Über dieses Buch

Einmal geht es in diesem wichtigen Zeugnis für Frauenleben in der jüngsten deutschen Vergangenheit um eine restlos verquälte Mutter-Tochter-Beziehung. Seine leiblichen Eltern hat das von einem älteren Ehepaar adoptierte Mädchen nie kennengelernt. Nach der Adoption ist es den Launen und Pressionen seiner herrschsüchtigen neuen Mutter und des dazugehörigen schwächlichen Vaters hilflos ausgeliefert. Das Mädchen sehnt sich nach Liebe, Wärme, Zärtlichkeit, erfährt aber unentwegt Zurückweisung, Unverständnis und Strenge. Familienleben erfährt die Heranwachsende – mit einer geläufigen Redensart ausgedrückt – als täglichen Faschismus. Zum anderen geht es um den Faschismus als Alltag. Die Handlung spielt in der zweiten Hälfte der Nazi-Zeit und in den ersten sechs Jahren danach. Ein Gutteil der Zeitgenossen hat sich arrangiert (»Wenn wir den Krieg gewinnen, kaufen wir uns ein Haus«). Dann Bombennächte, die Flucht aus Berlin nach Osten und wieder zurück, als die Rote Armee näherrückt. Hungerwinter, Staatsgründung der DDR, Eintritt in die FDJ – schließlich Flucht in ein staatliches Internat, um der tückischen Enge des Elternhauses zu entgehen. Die optimistische Aufbaugeneration glaubt an Gerechtigkeit – und arrangiert sich mit der Realität der Stalin-Ära. Nach dem Einzug der Erzählerin ins Internat schließt das Buch: »Auf der Mauer waren Glasscherben einzementiert.«

Die Autorin

Helga M. Novak wurde 1935 in Berlin geboren, studierte Journalistik und Philosophie in Leipzig. 1961 Heirat in Island, wo sie mehrere Jahre lang als Arbeiterin in Fabriken tätig war; Rückkehr nach Leipzig und Studium am Literaturinstitut »Johannes R. Becher«; Aberkennung der DDR-Staatsbürgerschaft, lebt seit 1967 in Frankfurt am Main.
Ihre wichtigsten Veröffentlichungen: ›Ballade von der reisenden Anna‹, Gedichte (1965); ›Geselliges Beisammensein‹, Prosa (1968); ›Aufenthalt in einem irren Haus‹, Prosa (1971); ›Die Landnahme von Torre Bela‹, Prosa (1976). Helga M. Novak wurde 1968 mit dem Bremer Literaturpreis ausgezeichnet, 1979 war sie Stadtschreiberin von Bergen-Enkheim.

HELGA M. NOVAK

DIE EISHEILIGEN

FISCHER TASCHENBUCH VERLAG

Für Hedwig Esper †

Ungekürzte Ausgabe
Fischer Taschenbuch Verlag
Oktober 1981
Umschlagentwurf: Jan Buchholz/Reni Hinsch
Fischer Taschenbuch Verlag GmbH, Frankfurt am Main
Lizenzausgabe mit freundlicher Genehmigung
des Luchterhand Verlags GmbH & Co KG, Darmstadt und Neuwied

Gesamtherstellung: Hanseatische Druckanstalt GmbH, Hamburg
Printed in Germany
980-ISBN-3-596-25068-4

I

Das Wasser ist resedagrün und mit Schaum gesprenkelt. Ich stehe neben Kaltesophie und betrachte ein Schiff. Weit draußen ein helles Schiff, ein Leuteschiff, ein Feiertagsschiff, aus dem unverhofft ein dunkles, betäubendes, himmelschreiendes Heulen hervordringt. Ich schlage lang hin und breite die Arme aus. Kaltesophie stellt mich wieder auf und drückt mich mit dem Rücken an eine Hauswand. Wieder und wieder jagt das Schiff dieses Heulen aus sich heraus. Ich halte mir die Ohren zu und höre es trotzdem. Ich bin vollkommen eingehüllt in die Sirenentöne. Ich starre es an und kriege nicht heraus, ob es wegfährt oder sich nähert. Ich will, daß das Schiff aufhört zu brüllen und herkommt. Meine erste Erinnerung ist das Toben einer Schiffssirene auf der offenen See vor Cuxhaven-Duhnen.

Noch jahrelang hat Kaltesophie, wenn Besuch kam, erzählt, wie ich verlorenging. Sie hatte mich am Strand ausrufen lassen.

> Gesucht wird ein Mädchen, vier Jahre alt, dunkel, mit einer roten Propellerschleife und langen goldenen Ohrringen. Es ist nackt und streckt den Bauch vor. Wer das Mädchen gesehen hat, melde sich bitte sofort bei der Strandwache.

Dann zeigte sie ein Foto herum, groß wie ein Küchentablett, und ich kroch unter den Eßtisch.

aufessen
aufessen
der Teller wird leergegessen bis zum letzten Happen
rein in den Mund und schlucken
schlucken
schlucken nicht vergessen
kau nicht ewig auf derselben Kartoffel herum
bitte

nimm den Schieber nicht in den Mund
zum Essen ist der Löffel da
mit dem Schieber wird das Essen auf den Löffel geschoben
rein in den Mund
kauen
schlucken
ich bleibe so lange neben dir sitzen bis der Teller leer ist

Ein Fremder begleitete uns zum Kurkonzert und an den Strand.
Ach, die wunderhübschen Schleifen, die sie trägt.
Die sehen abends auch anders aus als morgens.
Die Augen, die Haare, sie muß aber ganz nach dem Vater kommen.
Nimm deinen Eimer und die Schippe und geh buddeln!
Karl befand sich in Altheide und kurierte sein Herz.

Und die Wärme des Hauses, in dem wir ein Zimmer haben
und die Wärme der Heuschober, wo ich meine Arme reinstecke
und die Wärme des Kuhstalls, wo ich mich verkrieche
und die Wärme in den Milcheimern, wo heimlich meine Hände untertauchen
und die Wärme der Wasserlachen, wo ich bei Ebbe drin sitze
und die Wärme der Modderpampe am Strand
und die Wärme, wie Concordia ankommt, extra von Berlin uns besuchen kommt und mich hochnimmt und mich auf den Brunnenrand setzt
die große Concordia ist da
Concordia, alt, riesengroß, dünn, grauhaarig, in einem langen geblümten Kleid
Concordia in Knopfstiefeln
und die Wärme, wenn sie mich ins Bett bringt und vorsingt.

Maikäfer flieg
dein Vater ist im Krieg
dein Mutter ist in Pommernland
Pommernland ist abgebrannt
Maikäfer flieg.

Eines Tages stehe ich auf dem Gang vor einer Zimmertür. Die Türen gehen auf den Korridor, und mir fährt eine Tür über die nackten Füße. Ich trug dann Badeschuhe, trotzdem habe ich seitdem verkrüppelte Nägel an den großen Zehen.

Kaltesophie ist für ein paar Tage nach Helgoland rübergefahren, und ich habe Concordia für mich allein. Sie geht mit mir im Hafen und überall spazieren. Das Kurkonzert sparen wir uns.

wie es dröhnt und prasselt auf dem Rückweg von der Kugelbake zurück zurück die Seen schlagen über die Mole schlagen an die Steine an die seitlichen Befestigungen schlagen über uns hinweg die See rollt über meinen Kopf hinaus so naß so stark so weich klatscht es mir ins Gesicht ich habe Schaum im Gesicht und sehe nichts mehr Concordia hält mich an der Hand die rutscht ihr dauernd weg dann hält sie mich am Arm zieht mich und die Seen treiben uns an den Rand der Mole Concordia hält mich fest und zurück wir laufen nicht mehr wir waten wir treiben wir stoßen gegen die Wassermengen vor es peitscht mal hoch mal tief vorwärts wir sind selber schon ganz Wasser fliegendes Wasser am Strand liegen alle Körbe auf dem Rücken und keine Spur mehr von einer Burg

Längst wieder zu Hause in Berlin, richtiger: in dem Vorort, der am weitesten nach Osten liegt. Und so stelle ich mir, den späteren Erzählungen nach, folgenden Dialog vor.
Hast du denn erwartet, daß ein Kind, was mit drei erst laufen lernt, dauernd verschwindet und wegrennt und ist unauffindbar?
Weit kann sie ja nicht sein, bist du nicht hinterhergegangen? Hast du sie nicht gesucht?
Das kleine Luder hat sich seit vier Stunden nicht mehr blicken lassen.
Ihre Frau ist überall herumgelaufen und hat gefragt.
Ich wollte erstmal warten, bis du nach Hause kommst.
Warum bist du nicht zur Polizei gegangen, wenn sie nicht in der Nachbarschaft ist?
Damit sich alle den Mund zerfetzen.
Wir gehen jetzt los, soll Tante Mieze hier unten warten, ob sie von allein wiederkommt.
Ich wollte zum Bahnhof, Karl abholen, und bin aus Versehen am Dämeritzsee gelandet. Zwei Mädchen haben mich auf-

gelesen und nach Hause gebracht. Kaltesophie hat mich nicht geschlagen. Ich habe Karl gesagt, daß ich den ausgebrochenen Spinat wieder aufessen mußte. Kaltesophie hat gesagt, sie lügt doch wie gedruckt, aber sie hat mich nicht geschlagen.

Wir besitzen ein Paddelboot, das ist in einem Bootshaus am Flakensee untergebracht. Wenn wir ausfahren, schlingt Karl eine Wäscheleine um meinen Bauch. »Ich hab dich einmal rausgezogen, das kann auch schiefgehen.« Wir paddeln die Löcknitz rauf und runter. Zwischendurch steigen wir aus und gehen in einem Gartenlokal Kaffee trinken. Oder wir haben Kartoffelsalat mit und halten an einer Badestelle.

Im ersten Kriegswinter hat mir Kaltesophie zu Weihnachten eine überlebensgroße Babypuppe geschenkt, für die sie im Laufe der nächsten drei Jahre so viele Kleider gehäkelt und gestrickt und bestickt hat, daß Karl gezwungen war, mir einen Puppenkleiderschrank zu bauen.

Ihr Haar ist recht dünn und noch zu kurz, aber wenn man ein bißchen zieht, kriegt man schon richtige kleine Zöpfe raus. Sieh mal, Karl, wie das aussieht mit den beiden großen Schleifen. Frau Ederling hat heute, als wir im Laden standen, gesagt, wunderhübsch, wie Sie das Kind anziehen, bestrickt und bestückt von Kopf bis Fuß, und die Schleifen sehen ja aus wie Schmetterlinge. Und das Kleidchen, was ich ihr jetzt häkele, rosaumrandet, wie das zu dem Grün paßt, ich würde es mir am liebsten selber anziehen. Morgen fahre ich mit ihr nach Köpenick rein zu Kepa und suche passende Schleifen aus. Na, nun kommt essen.

sitz gerade beim Essen
Ellbogen vom Tisch
man spricht nicht mit vollem Mund
erst schlucken dann reden
halt die Füße still
kau nicht ewig auf dem einen Bissen herum
beeil dich
wozu ist eigentlich der Schieber da

Im Kindergarten spielen wir »Die Mahlzeit«.
Auf dem Boden liegt ein Apfel, den darfst du dir holen. Aber: du mußt kniend auf dem Boden vorwärts rutschen und mußt dich dem Apfel mit einem Stock in den Kniekehlen nähern. Während du dich kniend auf den Apfel zu bewegst, greifen deine Arme zwischen den Beinen unter dem Stock durch auf den Boden. In dieser Haltung versuche nun, mit dem Mund den Leckerbissen zu erbeuten.
Der Apfel kann auch in eine Schüssel Wasser gelegt werden. Dann wird gefischt, aber kniend und mit dem Mund.
Ich kriege jeden Tag einen Apfel mit, den werfe ich auf dem Weg zum Kindergarten in den Kanal, bis Gisela Mohn mich verpetzt und Kaltesophie mich durchhaut.

Es gibt keine Bananen mehr.
Kaltesophie sagt: Das liegt am Krieg.
Karl sagt: Die Engländer sollen mal eins aufs Haupt kriegen, aber sonst.

Karl fettet die Spazierstöcke ein und breitet Wanderkarten aus. Kaltesophie zählt und sortiert und bügelt und faltet und zählt nochmal nach. Koffer werden gepackt, mein Löffel und der Schieber liegen obenauf. Dieses Jahr fahren wir alle zusammen ins Gebirge. »Klettern, wandern – sie muß ihre Beine stärken. Pack nicht so viel Kleider ein, Schuhe sind wichtiger.«
Das Gepäck wird mit der Bahn vorausgeschickt und ist nicht da, wenn wir ankommen. »Immer dasselbe.«
Hinter dem Haus, in dem wir zwei Zimmer gemietet haben, erstreckt sich eine endlose Liegewiese bis zum Fuße des Berges, der mit Fichten bestanden ist. Der Wald steht als schwarze Wand vor unseren Fenstern, und je nach Wetter nähert er sich oder entfernt sich. Ich weiß nicht, was derweile mit der Wiese geschieht.
Ich stehe früh auf und laufe ans Fenster, und mit einemmal hängen die Wolken so tief, daß ich darüber deutlich wieder Bäume erkenne. Die Wolken fliegen über die Wiese, rund um das Haus, und über den Wolken Bäume. Die Spitzen der Fichten klettern den Berg hinauf.
Im Haus neben uns, es ist mit Holz verkleidet, beschnitzt und bemalt, wohnt ebenfalls eine Urlauberfamilie. Karl und

Kaltesophie haben sich schnell mit denen bekannt gemacht, und ich spiele mit dem Sohn. Der Junge ist älter als ich, größer und heißt Hermann. Vor dem Kaffeetrinken komme ich allerdings nicht zum Spielen, erstmal die Berge rauf und runter.
Karl natürlich vorneweg. An seinem Gürtel hängt ein Emailletäßchen, in seiner rechten Hand läßt er den Spazierstock kreisen, er spielt Propeller und Windmühlenflügel. Sein Stock ist schon voller Plaketten.
Hier wachsen andere Pflanzen, manche haben Blätter wie Regenschirme, und die Farne sind größer als ich.

»Was unter zehn Kilometern ist, kann man nicht als Wanderung bezeichnen. Das ist besseres Spazierengehen, und dazu brauchen wir nicht ins Eulengebirge zu fahren.«
Also weiter getrabt und gesprungen und getrampelt und geschlichen und die Füße durchgescheuert und zurückgeblieben und gejammert und herbeigerufen und gerastet und an einer Quelle aus dem Emailletäßchen Quellwasser getrunken und auf und weitermarschiert und nach dem sogenannten Ausruhen taten die Füße noch viel mehr weh.
Karl natürlich immer noch vorneweg und singt besonders gern, wo er ein Echo erwartet, und singt Lützows wilde verwegene Jagd und ein anderes Lied, von dem ich nur zwei Zeilen erinnere: Und dennoch hab ich harter Mann so manches Mal gewaahahaint.

ich habe Zeit ich kann warten bis du aufgegessen hast
hier wird nichts übriggelassen
bei mir wird aufgegessen
na los schon
kauen ja und schlucken nicht vergessen
sowas habe ich schon einmal erlebt
mit meiner Christa
die sechs Stunden an einer Pflaume herumgekaut hat
sechs geschlagene Stunden an einer Pflaume
wer bin ich denn
das passiert mir nicht nochmal
bei mir wird alles aufgegessen

Kaltesophie neigt den Kopf und sagt, den Mund voller Torte: Gut, du darfst aufstehen.
In meiner Erinnerung, und die trügt wahrscheinlich, standen mindestens hundert Tische im Gartenlokal. Alle Sommergäste bei Kaffee und Kuchen unter Linden oder Kastanien oder Ahornbäumen, in blitzsauberen Kleidern, einander in Fröhlichkeit, die von Tisch zu Tisch sprang, überbietend, und die und wir Schnurrbärte aus Sahne und braungebrannt.
Darf ich aufstehen?
Kannst du keinen Moment still bei uns sitzenbleiben?
Laß sie gehen, sie ist ja fertig.
Na, meinetwegen. Aber nicht auf die Straße! Nicht das Grundstück verlassen!
Aus Silberpapieren von Zigarettenschachteln und Schokoladentafeln hatten wir uns, Dorfkinder und Sommerkinder, einen kleinen Ball geformt. Damit spielten wir Fußball auf der Dorfstraße, unter der ein Bach verlief: egal, wo man die Straße überquerte, man ging über den Bach. Der rauschte und lag ziemlich tief. Nicht weit vom Gartenlokal war ein gemauerter Zugang zum Wasser, das über eine Steintreppe erreichbar war. In dieser tosenden Höhle hatte ich die Waschfrauen verschwinden sehen und sie nicht beneidet um ihren Untergang.
Wer den Ball hatte, versuchte, ihn dorthin zu stoßen, wo er selber als Nächster wieder herankam. Als ich am Ball war, stieß ich ihn vorsichtig, aber doch ganz nahe an den Rand der brodelnden Tiefe. Kein anderer sollte sich zwischen mich und den Ball schieben können. Irrtum: der Junge aus der Urlauberfamilie im Haus neben uns rempelte mich hart an und stieß mich mitsamt dem Ball in die Tiefe. Heulend und patschnaß fand ich mich zwischen Steinbrocken im Wasser und kroch zerschlagen die Treppe zur Straße hinauf.
Da stand auch schon Kaltesophie, das Wasser übertönend mit Gebrüll. Sie hob mein triefendes Kleid hoch, zog mir die Hose runter und schlug und schlug.
Inzwischen waren alle Gäste aus dem Gartenlokal herbeigestürzt, ebenso die Dorfbewohner. Umkreist von Kindern und Leuten verdrosch sie mich nach Strich und Faden mitten auf der Straße.

Ich denke mir was aus.
Ich bleibe die nächste Nacht aufrecht im Bett sitzen.
Ich warte, bis mir was Passendes einfällt.
Ich weiß, mir fällt was ein, darauf kann er Gift nehmen.
Ich schlafe nicht ein.
Ich nicht.
Ich binde den Gürtel von meinem Nachthemd am Bettpfosten fest.
Ich kann gar nicht einschlafen.
Ich stelle mir was vor, was Schreckliches.
Ich bemühe mich, nichts Schreckliches auszudenken.
Ich kann gar nicht anders, als mir was Schreckliches ausdenken.
Ich zahle es ihm heim, der soll sich noch wundern.
Ich weiß, daß er mich mit Absicht gestoßen hat.
Ich weiß, wo er wohnt.
Ich weiß, in welchem Zimmer.
Ich weiß, daß sie jeden Abend ihre Schuhe rausstellen.
Ich zermartere mir den Kopf.
Ich schlafe natürlich ein.
Ich werde wach.
Ich habs und gehe ans Werk.

Beim Schuppen ein Flaschenhaufen, dort finde ich Steine und nehme mir eine Wein- oder Bierflasche vor, jedenfalls grün. Dort zerschlage ich eine Flasche zu kleinen, immer kleiner werdenden Brocken, Scherben, Splittern und sammle die Splitter in eine Konservendose. Ich stehle mich zwei Morgen später und noch vor dem Frühstück – »Du gehst mir weder vor dem Frühstück noch nach dem Abendbrot einen Schritt vor die Tür.« – also noch vor dem Frühstück ins Nachbarhaus, und da stehen tatsächlich seine Schuhe vor dem Zimmer.

und rein mit den Splittern in die Schuhe nicht alle und nicht zu viele daß sie nicht gleich hervorkollern und nach vorn in die Spitzen geschüttelt und raus aus dem Nachbarhaus niemand hat mich beobachtet niemand mich gefragt den Jungen hab ich bis zu unserer Abreise nicht mehr gesehen und zurück wieder in mein Bett ich bin nochmal davongekommen.

Endlich wieder bei Concordia. Sie umarmt mich und setzt mir Malzkaffee in einer bemalten Tasse vor. Bei ihr kann ich mich wärmen und ausruhen. Concordia hantiert in der Küche, tappt von dort in den Garten, kehrt mit einer Schürze voll Pflaumen zurück und rührt einen Brei aus Obst und Weißkäse an. Sie fährt sich mit dem Handrücken über die Stirn, dann bindet sie sich die Schürze ab und kramt das Schachspiel hervor, nachdem sie sich die Hände an der Schürze abgewischt hat. Ich will nicht, mich interessieren die Termitenbauten in Uluguru viel mehr. Bitte, zeig mir das Zigarettenbilderbuch von Afrika und lies vor.
Afrika ist für uns vorbei und erledigt.
Ach wo, lies doch bitte vor.

Omarururivier zur Trockenzeit. Wie fast alle Flüsse Südwestafrikas führt er nur zur Regenzeit oberirdisch Wasser. Andererseits ist das Anschwellen, das sogenannte Abkommen bei plötzlichen Regenfällen so gewaltig, daß Mensch und Vieh nicht Zeit finden, sich vor den Fluten zu retten und elendiglich umkommen.
Herero und Buschmann. Die Hereros gehören zu den hochstehenden Bantuvölkern Südafrikas. Diese ihre Herden über alles liebenden Viehzüchter waren groß, oft herkulisch gebaut. Ihre geistige Befähigung war keineswegs gering, aber ihr Charakter war wenig ansprechend. Hochmut, Anmaßung und besonders Grausamkeit waren für sie bezeichnend. Im größten Gegensatz zu den Hereros stehen die zwergenhaften, unstet durch die Wüsten und Steppen Deutsch-Südwestafrikas wandernden Sammler und Jäger, die nur 150 cm großen Buschmänner.

Wir spielen im Kindergarten »Negertanz«.
Mehrere oder zumindest zwei Kinder fassen sich bei den Händen und versuchen, einander auf die Füße zu treten. Wer einem anderen Kind dreimal auf die Füße getreten hat, scheidet aus. Das letzte Kind ist der Verlierer.
An meine verkrüppelten Zehennägel denkt dabei niemand.

Karl hat mir den Weg zum Bahnhof eingeprägt, mit Festpunkten, die ich auswendig lerne und mir unterwegs laut vorspreche.

Wenn ich rauskomme, gehe ich Richtung Marktplatz, und auf der Seite bleibe ich auch. Ich lasse die Gärtnerei Landgraf rechts liegen und gehe weiter, so daß ich an Eberts Tischlerei vorbeikomme, gegenüber hat Mutter Wolfen gewohnt, ich gehe die Wilhelmstraße runter, bis sie zu Ende ist. Dann biege ich nach links um die Ecke und überquere die Straße bei der Sparkasse. An der nächsten Ecke gehe ich rechts rum, und schon bin ich auf der Kanalbrücke zwischen Dämeritzsee und Flakensee. Ich gehe über die Brücke, sehe drüben und unter mir den Laden von Uhrmacher Kalisch liegen, daneben das Studio des Fotografen Harupka. Ich aber bleibe auf der Straße, bis ich die Eisenbahnunterführung sehe, kurz vorher überquere ich noch einmal die Straße und stehe direkt vor der Treppe, die zum Kindergarten hinauf führt.
Kaltesophie hat mich meinen Namen, Alter und Adresse auswendig lernen lassen.
Concordia hat mir beigebracht, meinen Namen auch schreiben zu können, vorerst in kleinen Buchstaben. Anfangs hielt sie eine Schiefertafel bereit und Griffel, später kramte sie summend eine Blechschachtel hervor, Faber-Bleistifte, und legte einen winzigen Bleianspitzer und einen Radiergummi neben mein Heft. Sie ließ mich Buchstaben für Buchstaben nachzeichnen, während sie jedem einzelnen eine märchenhafte Geschichte andichtete. Zuletzt schrieb ich die beiden Wörter als Ganzes. »Es heißt nicht Nachname, sondern Familienname!«

Frau Düring ist alt und weiß geheimnisvolle Sätze, die sich auf Pflanzen reimen. Anstatt guten Tag sagt sie: Nessel, schmerzhaft drückt mich deine Fessel.

Karl trägt mich abends huckepack in mein Zimmer.
Karl bringt mich ins Bett.
Karl liest aus dem Zigarettenalbum »Deutsche Hausmärchen« vor.
Karl erzählt vom Kaiser und vom Sedanfest.
Karl erzählt vom Ersten Weltkrieg und zeigt mir seine Narben.
Karl hat eine Narbe im Genick und eine neben dem Herzen.
Karl hat in seinem Nachttisch ein Eisernes Kreuz.
Karl gehörte zur Truppe der Gebirgsjäger.

Karl sagt: Bei uns durfte keiner unter einsfünfundachtzig sein.
Karl ist größer und fast so groß wie Concordia.
Karl ist zu Fuß über die Alpen, hin und zurück.
Karl ist zu Fuß über die Karpaten, hin und zurück.
Karl muß mir jetzt mal Jorinde und Joringel vorlesen.
Karl liebt das Märchen von Rapunzel.
Karls Firma heißt so ähnlich wie Köllnrottweil.
Karl lehrt mich seine Telefonnummer, wenn mal was ist.
Karl ist früher manchmal Jäger gewesen.
Karl hat unsere Veranda voller Hörner und Geweihe gehängt.
Karl sagt: Das sind nicht bloß Staubfänger, jedes hat eine Geschichte.
Karl muß unbedingt die Gänsemagd vorlesen, die habe ich am liebsten.
Karl singt: Wem Gott will rechte Gunst erweisen.
Karl sang als Kind bei den Berliner Domspatzen.
Karl sagt zu Kaltesophie: Soffie – du brummst.
Karl liest nochmal die Gänsemagd: Jetzt ist aber Schluß.

Ich konnte einigermaßen meinen Namen schreiben, als Kaltesophie mit mir wie üblich zur Sparkasse ging, um auf mein Sparbuch zwei Mark einzuzahlen. Es handelte sich regelmäßig um einen funkelnagelneuen Schein, denn Karl brachte nur neues Geld mit nach Hause, worauf ich sehr stolz war.
Concordia: Wenn er nichts kann, Geld drucken lassen kann er.
Kein Fältchen dran, der sieht wieder aus wie selbstgemacht, sagte der Schalterbeamte lächelnd. Ich habe ihn extra gebügelt, antwortete Kaltesophie und zwinkerte dem Mann seltsam zu. Der Bankbeamte beugte sich über seine Barriere und ließ mich selber einen Zettel unterschreiben, weil er wußte, daß ich das schon kann. Er sprach mich mit »junge Dame« an. Noch schrieb ich mich klein, aber ich schrieb meinen Namen.

Dieser infernalische Gestank wieder, ich schäme mich zu Tode. An nicht einem, an keinem einzigen Morgen steht die Göre aus dem Bett auf, ohne daß die Matratze, daß das Laken, ja sogar das Oberbett klatschnaß sind. Die kriegt ab jetzt keinen Tropfen mehr zu trinken beim Abendbrot, keinen Schluck mehr ab mittags. Und nachts werde ich sie regelmäßig zweimal wecken und auf den Topf setzen. So geht das nicht weiter. Nirgends gibt es dermaßen große Gummiunterlagen. Ich bin vollkommen ratlos und weiß auch gar nicht, wie ich das Zeug und wo trocknen soll. Auf dem Hof etwa, vor aller Nachbarn Augen?

Patsch – eine Backpfeife.
Zu faul, nachts aufzustehen, was?
Patsch – ein Katzenkopf.
Ist dir wohl zu weit zum Nachttopf?
Patsch – eine Kopfnuß.
Wenn du noch einmal das Bett naßmachst!
Pengpeng – rechts und links eine geklebt.
Alles nur aus Gemeinheit gegen mich!
Ritsch – noch ein Backenstreich.
Verschwinde in deinem Zimmer, verdammte Pißjule!
Drrrr – an den Zöpfen hin und her.
Willst mich vor allen Leuten unmöglich machen!

O du Falada, da du hangest,
O du Jungfer Königin, da du gangest,
Wenn das deine Mutter wüßte,
Das Herz tät ihr zerspringen.

Und in dem Feld setzte sie sich wieder hin und fing an, ihr Haar auszukämmen.

Ich gehe nicht an den kleinen Barren.
Ich gehe im Kindergarten nicht ans Reck.
Ich habe Angst vor dem Turnen.
Ich werde feige genannt und eine Memme.
Ich sage keine Liederstrophen auf.
Ich kann kein s sprechen, kein l, kein sch.
Ich erhalte täglich die Aufgabe, laut vorzusprechen.
Ich soll sagen: Esel essen Nesseln nicht, Nesseln essen Esel nicht.
Ich kann auf dem Hof auf den Ahornbaum klettern.
Ich kann über den Maschendrahtzaun klettern.
Ich kann schnell laufen: Du bist doch kein Junge.

Ich kann beim Schattenspielen den bösen Wolf an die Tapete werfen.
Ich habe eine Sicherheitsnadel aufgebogen.
Ich schreibe überall meinen Namen hin.
Ich ritze ihn mit der Nadel in Tische, Stühle, Fensterbretter ein.
Ich soll sagen: Sechshundertsechsundsechzig sächsische Schuhzwecken. Die andern lachen sich kaputt.

Kaltesophie ist nicht groß. Sie geht Karl bis an die Schulter. Karl und seine Schwester sind groß. Onkel Egon geht Concordia bis an die Schulter. Ich wachse schnell. Karl sagt: Wenn du so weitermachst, kannst du mit fünfzehn aus der Dachrinne trinken.

Du mit deinem Gequassel, bringst mich ganz durcheinander.
Wenn ihr die Leiter unter den Füßen weggleitet, bin ich schuld. Wenn ihr beim Abschrecken der Nudeln – Concordia: Nudeln schreckt man nicht ab! – das Sieb wegrutscht und das Essen in den Ausguß strömt, daß es aussieht wie ein blasses Schlangennest, bin ich schuld. Wenn sie ihre Brille verlegt hat und mit aufgeschlagenem Lokal-Anzeiger von der Küche ins Wohnzimmer segelt, auf der Kredenz landet, hinüber zum Buffet und von dort zum Sofatisch flattert und zwar vergeblich, bin ich schuld. Wenn ihr bei allzu heftigem Abwaschen ein Zinken aus der Aluminiumgabel bricht, bin ich schuld.
Kaltesophie hat schwarze, dauerkrause Haare. Sie hat dunkelbraune Augen. Ihre Lippen sind dünn, besonders die obere. Am wichtigsten sind ihre Augen, nicht zu vergessen die schwarzen zuckenden Brauen. Sie ist nicht schlank, nicht dick und wird von ihren Bekannten als hübsch bezeichnet.
Ich finde Concordia hübscher. Sie hat hellgraue Haare, die sie tagsüber mit Kämmchen hochsteckt. An Feiertagen nimmt sie eine Brennschere und legt das Haar in Wellen. Zum Geburtstag schenkt Kaltesophie Concordia Porzellan. Concordia schenkt Kaltesophie ein Buch. Karl liest die Bücher, die Concordia seiner Frau schenkt.
Karl liest Gustav Freytag. Kaltesophie liest Gustav Frenssen. Concordia liest Flaubert. Sie ist schon zweiundsechzig Jahre alt.

Einmal, als ich aus dem Kindergarten kam, sah ich vor dem Fischladen in der Bismarckstraße einen Jungen stehen, den wollte ich sofort als Bruder haben. Hätte ich zaubern können, würde ich ihn ohnmächtig machen und mit nach Hause nehmen und in meinem Zimmer verstecken. Schon von weitem gefiel mir seine Haltung, er hielt den Kopf so hoch und hatte krause dunkelbraune Locken. Er war größer als ich, nicht viel älter und trug einen Arm angewinkelt und im Gipsverband. Ziemlich unwillig antwortete er mir, er habe sich den Arm gebrochen und heiße Reinhold Wagner und sein Vater sei nämlich Lehrer. Freundlich war er eben nicht, und ich habe ihn wieder aus den Augen verloren, obgleich er nicht weit von uns wohnte, gleich in der Friedrichstraße gegenüber der Kirche. Ach, hätte ich doch wenigstens solche Lederhosen wie der.

Mittlerweile hatte ich mehrere Sicherheitsnadeln erobert und sie gerade gebogen. Bei denen, die ich schon länger benutzte, krümmte sich durch starkes Aufdrücken die Spitze, wodurch vorne ein zierliches Häkchen entstand. Mit diesem Häkchen ließen sich Beize und Lack leichter durchdringen und ich kam besser an die äußeren Holzfasern.
Als mich eines Vormittags die Kindergärtnerin bei der Arbeit unterbrach, um »ein paar Tische vor mir zu retten«, stach ich ihr ein paarmal in den Arm. Sie setzte einen Brief auf, den ich Kaltesophie übergeben sollte, und sagte, ich sei für den Kindergarten untragbar und gestorben. Sie sagte, ich bräuchte hier nie wieder aufzutauchen, und schickte mich nach Hause.
Kaltesophie war dermaßen entsetzt, daß sie mit dem Brief erstmal zu Tante Mieze hinauflief, bevor sie mich mit dem Besenstiel versohlte. Ins Bett!

Karl: Wenn wir den Krieg gewinnen, kaufen wir uns ein großes Motorboot.

Unglaublich, nach den Wolkenbrüchen gestern wieder das herrlichste Wetter, und ich sehe nach, klar, es handelt sich um einen jüdischen Feiertag, ahnte ich es doch, mein Leo hatte recht, recht hatte er, die werden vom lieben Gott bevorzugt behandelt, ist das Wetter nicht Beweis genug, es kann noch so trübe und wild sein, an einem jüdischen Feiertag geht die Sonne auf und steht da und scheint uns ins Gesicht, aller Sturm vergessen, umgefallene Bäume vergessen, die abgedeckten Dächer, sowas, gestern standen wir noch unter Wasser, und heute ist eine Witterung, als befänden wir uns im sonnigen Süden, verstehen tue ich es nicht, ich sehe nur, mein Leo hatte recht, die haben mit ihrem Gott einen Sondervertrag abgeschlossen, na, verdient haben sie das nicht, und Leo schon gar nicht, daß an seinen Feiertagen ein Himmel blaut wie auf Postkarten, so unschuldig ist er wirklich nicht gewesen, und dann wieder, wenn ihre Festlichkeiten vorüber sind, geht's wieder los mit Nieselregen und Landregen und Dauerregen und Schauerregen, als wüßte Gott nicht genauso gut wie ich, daß Leo im ersten Krieg ganze Waggons mit Pelzen verschoben hat, der Ganove der, dem nicht beizukommen war, bloß gut, daß ich ihn rechtzeitig durchschaut habe, sonst wär ich noch mit dem ins Standesamt gelaufen, immer piekfein angezogen, der Herr Verlobte, und angegeben wie 'ne Lore Affen, höflich, zärtlich, ach wie gern habe ich ihn gehabt, und dann eines Tages verschwunden, auf Nimmerwiedersehen, mitten im Krieg und mitten in Antwerpen, einfach nicht mehr aufgetaucht, und was hatte ich davon, die Sonne an seinen Feiertagen, ach der.

Zur Kur, Herr Doktor?
Tja, vielleicht helfen Solbäder.
Wir sitzen im Heim abends am Kamin und lernen:
Wir haben das Kohorn geschnihitten mit unserem goldenen Schwert.
Wir werden in Zweierreihen zum Badehaus geführt und lernen, wo rechts und links ist.
Rechts ist die Hand, mit der ich den Löffel halte.
Rechts ist der Fuß, mit dem ich den Ball anstoße.
Rechts ist die Hand, die ich hochheb beim Grüßen.
Rechts ist der Fuß, den ich zuerst anziehe.
Wir gehen im Gleichschritt durch die Stadt und betrachten ein Denkmal von Gneisenau und Nettelbeck.
Wir sitzen auf einer Lichtung um ein Feuer, und die Leiterin singt zur Klampfe.
Wir besuchen im Hafen – »Ich habe einen Cousin, der ist

Matrose« – ein Boot, das Minen sucht, damit andere Boote nicht von unten her entzweigehen.
Wir stolpern auf dem Boot bei jeder Tür über die erhöhten Schwellen, meine Schienbeine sind schon fast durch.
Wir hören, daß das Boot unten aus Holz ist, um nicht selber Minen abzukriegen.
Wir sitzen abends am Kamin, und die Leiterin spielt auf dem Schifferklavier: Blaue Jungs, blaue Jungs.
Ich komme inmitten vieler Kinder am Lehrter Bahnhof an, und Mütter und Väter stürzen uns entgegen. Kaltesophie ist auch da. Ich habe eine Menge zu erzählen.
Was hast du denn da in den Haaren? Wo sind denn die Schleifen geblieben? Wie siehst du denn überhaupt aus? Das ist doch Strippe, reine Strippe, die du da in den Zöpfen hast.
Noch in der Bahnhofshalle wird mein Koffer inspiziert, an dessen Deckelinnenseite sich das sorgfältig eingeklebte Inhaltsverzeichnis befindet.
Ich stelle nur eins fest, es sind sämtliche Schleifen weg.
Dafür habe ich nicht ins Bett gemacht, nie.
Das interessiert mich jetzt nicht. Komm du mir mal erst nach Hause. Laß du uns erstmal unter vier Augen sein.
Es war weit vom Lehrter Bahnhof bis raus zum östlichsten Vorort von Großberlin.

Concordia, Onkel Egon, Karl und Kaltesophie sind alle noch im vorigen Jahrhundert geboren. Concordia ist zwei Jahre älter als Onkel Egon und zwölf Jahre älter als Karl. Karl ist vier Jahre älter als Kaltesophie.
Concordia und Karl haben als Kinder im Lustgarten den Kaiser gesehen, als ein Pfund Pflaumen nur sechs Pfennige gekostet hat. Sie sind in Berlin am Cöllnischen Ufer groß geworden. Sonntags erhielten sie zwei Sechser für die Kollekte, damit gingen sie in eine nahe gelegene Konditorei und kauften sich für einen Groschen Kuchenbrocken. Sonntags saßen sie an der Spree und aßen süße Krümel.
Kaltesophie geht nicht in die Kirche: Beten kann ich auch im Wald.
Karl geht ebenfalls nicht in die Kirche: Ob es nicht doch ein höheres Wesen gibt?
Tante Mieze geht jeden Morgen um sechs in die Kirche.

Kaltesophie sagt: Katholiken sind falsch. Concordia sagt: So'n Blödsinn!
Concordia und Karl hatten noch drei Geschwister. Ihre Eltern sind als Saisonarbeiter aus Polen gekommen und blieben. Der Vater arbeitete als Königlicher Kutscher, die Mutter konnte kein Wort Deutsch. Sie stammten aus Wolomin. Concordia war die Älteste, Karl der Jüngste, die anderen sind früh gestorben. Das heißt, Hermann ist erst später gestorben, er hat drei Dutzend Schreibhefte voller Gedichte hinterlassen, Gelegenheitsgedichte.
Wo liegt überhaupt Wolomin?

hör auf zu husten hör auf hör endlich auf zu husten wozu haben wir dich eigentlich zur Kur geschickt hööör aaaauuff ich halte das nicht länger aus du hast doch gar nichts hör auf zu husten der Arzt hat gesagt du hast gar nichts erst hat er gesagt Solbäder bitte schön Solbäder und wozu das alles du bist nicht krank du hast überhaupt keinen Husten Herrgottimhimmelnochmal halt den Mund sage ich dir schlucks runter und hör auf zu husten du hast einfach keinen Grund zu husten weder erkältet noch Asthma noch Bronchitis nichts nichts weiter als Theater Karl sag du ihr doch mal sie soll aufhören zu husten tut gerade so als würde sie ersticken die will mich bloß auf die Palme bringen jetzt reichts mir aber gleich setzt es was daß dir der Husten vergeht aber gründlich und für immer ich kann das nicht mehr ertragen.

Im zweiten Kriegswinter stand zu Weihnachten ein langer Schlitten halb aufgerichtet an der Wohnzimmerwand. Naturfarben und mit breiten, blitzenden, gewölbten Kufen. Der reicht für drei Kinder: Na, weil ihr doch meistens im Liegen fahrt, auf dem Bauch. Dabei habe ich mir die ersten Kinnhaken geholt.

2

Tja, sagt der Arzt, und nichts weiter. Er steht gebeugt an unserem runden schwarzen Eßtisch und verstaut seine Utensilien, nachdem er mich vorne und hinten abgehört hat. In seiner Tasche blitzt es – »Steh' nicht nackend in der Tür herum, zieh dich an!« – die mit Kornblumen, Klatschmohn und dunkelgelben Ähren bestickte Tischdecke verrutscht, Kaltesophie zieht sie an der gegenüberliegenden Seite zurück, so daß der Feldblumenring wieder in die Mitte des Tisches zu liegen kommt. »Kein Rezept?« Sie sitzt am Tisch, sieht erwartungsvoll, freundlich, entgegenkommend, skeptisch zum schweigenden Arzt auf. Ich stehe halbangezogen in der Tür, drücke mich in der Ecke Buffet und Türrahmen herum. Der Arzt richtet sich gemächlich auf, dreht den Kopf nach mir, bückt sich, stellt seine Tasche auf den Fußboden, setzt sich Kaltesophie gegenüber an den Tisch, zieht die Augenbrauen hoch und weit auseinander und reibt sie rasch mit seinen ausgestreckten Zeige- und Mittelfingern, hin und her, hin und her. Ich stehe am Tisch, blicke von einem zum anderen.

Herr Doktor?

Nichts, sie ist kerngesund, vom Lispeln einmal abgesehen. Keine Bronchitis, keinerlei Entzündung, nichts.

Ich bin enttäuscht, Kaltesophie ist enttäuscht, ich habe den Arzt enttäuscht.

Und Sie wissen keinen Rat?

Oh, doch. Schicken Sie Ihre Tochter in die Schule, es tut ihr nicht gut, den liebenlangen Tag zu Hause herumzusitzen. Sie braucht Beschäftigung.

Beschäftigen könnte ich sie auch.

Anders ja, ich empfehle dennoch, ihre Einschulung zu beantragen. Sie braucht einen gewissen Umgang mit Kindern und Beschäftigung außerhalb des Elternhauses. Ich werde Ihrem Antrag meinerseits ein Gutachten hinzufügen.

Ich hopse auf einem Bein durchs Zimmer – »Benimm dich« –

hurra, ich gehe in die Schule. Der Arzt mit seinen welligen, grauen Haaren und dem geriffelten Mund sagt: Noch ist es nicht soweit. Er erhebt sich, und ich drücke ihm die Hand und mache einen Knicks. Kaltesophie sagt, nachdem sie ihn zur Tür gebracht hat: Das ist eine ausgezeichnete Idee, dich einschulen zu lassen. Jawohl, in die Schule mit dir. Dort wirst du endlich gehorchen lernen.

Karl: Du mit deinen jüdischen Feiertagen.
Kaltesophie: Nimm deren Neujahr, nimm Laubhüttenfest, nimm Versöhnung – klarer Himmel, Sonnenschein.
Karl: Ich nehme gar nichts, und du laß das niemanden hören, bringst uns in Teufels Küche.
Kaltesophie: Wieso denn?

Concordia und Onkel Egon besitzen ein Reihenhaus in Köpenick, in der Wolfsgartensiedlung Richtung Hirschgarten. Karl hat vor seiner Heirat bei Concordia gelebt, Kaltesophie war seine Nachbarin, sie hat mit ihrem Bruder Max bei ihrer Mutter gewohnt. Die Gärten beider Anwesen lagen, nur durch einen Dungweg getrennt, nebeneinander. Karl arbeitete in derselben Firma wie jetzt, Kaltesophie arbeitete als Verkäuferin bei Wertheim. Karl gehörte zu einem Ruderclub und nahm in Grünau an der Regatta teil, in seinem Zimmer hingen Urkunden, standen silberne Pokale, und eines Tages lud er Kaltesophie ein und erklärte ihr, was ein Vierer mit Steuermann ist.
Als sie heirateten, war Kaltesophie dreißig, Karl war vierunddreißig. Es stellte sich heraus, daß Kaltesophie keine Kinder kriegen konnte, und sie nahmen ein Pflegekind. Um ein Kind zu adoptieren, hätten sie zehn Jahre älter sein müssen. Das Mädchen hieß Christa.

Alles umsonst, das mühsame Sparen, die Anschaffungen, alles hinüber. Kein Fensterbrett mehr, kein Küchenmöbel, kaum drehe ich mich um, ist es passiert, nichtmal die Kredenz im Wohnzimmer hat sie verschont. Wir sind ruiniert. An Einladungen, an Besuch ist nicht mehr zu denken. Unmöglich, noch jemand in die Wohnung zu bitten. Selbst auf der Tischplatte prangt ihr Name, eingeritzt mit irgend etwas Spitzem, Nadeln oder gar Nägel, prangt ihr Name. Ihr eigenes Zimmer sieht aus wie ein Reibeisen. Unangetastet ist bis jetzt nur unser Schlafzimmer geblieben. Wer kann mir die Frage beantworten, warum dieses Luder überall ihren Namen schreibt? Was heißt schreibt? Einritzt, einkratzt. Das ist nicht normal, behaupte ich, das ist reine Zerstörungswut und Gemeinheit. Ich mache da nicht mehr mit, diesmal kommt mir das Biest nicht ungeschoren davon. Wir sind ruiniert, und das soll sie mir büßen. Ich will sie nicht mehr haben, ich verzichte. Soll dahin gehen, wo sie hergekommen ist.

Karl sagt: Wenn wir den Krieg gewinnen, kaufen wir uns ein Haus, vielleicht drüben in Woltersdorf ein Wassergrundstück.

Sie schreibt irgendwas. Sie faltet den Bogen Papier zusammen. Sie steckt ihn in einen Umschlag. Sie sagt: Zieh dich an! Sie beleckt die Gummierung der Klappe. Sie sagt: Mantel und Mütze! Sie zwängt mir den Brief in die Manteltasche. Sie sagt: Hast du die Handschuhe schon wieder verloren? Ist jetzt auch egal. Sie sagt: Mein Maß ist gestrichen voll, ich will dich nicht mehr sehen, geh dahin zurück, wo du hergekommen bist. Sie sagt: Wo der Bahnhof ist, weißt du ja. Sie sagt: In Köpenick steigst du aus und gehst zu Concordia, die Adresse steht drauf. Sie sagt: Der gibst du den Brief. Nun geh schon, geh! Ich stehe da mit gespreizten Armen. Sie steckt mir Fahrgeld in die andere Manteltasche.

Sie sagt: Nun geh!
Ich sage: Wohin?
Sie sagt: Habe ich dir doch eben erklärt, zum Bahnhof!
Ich sage: Und dann?
Sie sagt: Da siehst du es, dich hat der Esel im Galopp verloren.
Sie schiebt mich zur Wohnungstür hinaus, und ich trete flennend den Weg zum Bahnhof an. Am Marktplatz vorbei, die Wilhelmstraße hinunter, und nichts in Sicht vor lauter Heulerei. Ich bin fast auf der Höhe von Eberts Tischlerei, da werde ich am Ärmel zurückgezogen.
Sie sagt: Willst du wieder mit nach Hause kommen?
Ich sage: Ja, ja.

Sie sagt: Wirst du ab jetzt immer artig sein?
Ich sage: Ja, ja, immer artig sein.
Sie sagt: Vergiß es ja nicht, sonst schicke ich dich wirklich weg.

Und die Morgenstunden unserer Sonntage, Karl befestigt einen breiten Lederriemen an der Klinke der offenen Küchentür und schärft seine Rasiermesser, vor und zurück, vor und zurück, schon kocht das Wasser, mit dem er in einem braunen Bakelitschüsselchen einen Berg Seifenschaum herstellt. Zuerst schmiert er den Rasierpinsel an der Palmolive-Rasierseife dick ein, dann rührt er mit dem Pinsel rasch und lange in dem Schüsselchen herum, wobei die Seife sich auflöst und in lockeren Schaum verwandelt, anschließend geht er mit der Seife, dem aufgeklappten Rasiermesser, eine Serviette um den Hals, eine Zeitung unter dem Arm ins Badezimmer und ich hinterher. Während er mit Daumen und Zeigefinger der linken Hand seine Gesichtshaut in alle Richtungen zieht, stecke ich dauernd den Kopf zum Badezimmer herein und rufe: Servus Schneemann, Servus Schneemann. Sein Gesicht ist ein Schneefeld mit einem Krater darin, es ruft aus dem Krater: Ich servier dir gleich. Der Krater spuckt und lacht, Karl schnippt eine große Seifenwolke in meine Richtung, wupp, die bleibt innen an der Badezimmertür kleben, weil ich blitzschnell die Tür zuschmeiße und wieder rein, und sein eingeschneites Gesicht und wupp, ich brülle, wenn er mich getroffen hat, und wasche hastig die Seife ab, um weiterzumachen, bevor er fertig ist, glänzend aus dem Badezimmer tritt mit winzigen Fetzen Zeitungspapier auf den Backen, am Kinn, am Nasenflügel, blutgetränkte Papierchen, und wupp fliegt mir wieder eine Wolke entgegen, diesmal lasse ich die Tür weit offen, trete nur ein Stück beiseite, und die Wolke fliegt durch die Tür, durch den Korridor, sie überquert das Wohnzimmer und segelt zum Fenster hinaus. Da schwebt sie zwischen den Kastanien, steigt höher und höher und über Schützes Haus hinweg, wo sie sich langsam vermehrt, zusehends mehr und mehr schneeige Wolken gleiten über den Bahndamm und entfernen sich in Richtung Kranichsberge, diese himmelhochjauchzenden Wolken sind die Morgenstunden unserer Sonntage.

wirst du ab jetzt
artig sein
fügsam sein
willig sein
gehorsam sein
dankbar sein
fleißig sein
ja ja ja ja ja
versprichst du mir das
du Findling du
ich verspreche
artig zu sein
fügsam zu sein
willig zu sein
gehorsam zu sein
dankbar zu sein
fleißig zu sein
erstmal ins Bett mit mir
bis sie erlaubt
ihr wieder unter die Augen zu treten
ich will ab jetzt
immer gehorchen

Fräulein Mammert sagt: Ich heiße Fräulein Mammert und ich bin eure Klassenlehrerin. Sie ist älter als Kaltesophie und hinkt und ist auf ihren Stock angewiesen. Wir folgen ihr aus der Aula auf den vor dem Schulgebäude liegenden Pausenhof und nehmen am Fahnenappell teil. Die größeren Kinder stellen sich auf und nehmen die rechten Arme hoch, wir bilden mit unseren Müttern einen ungeordneten Haufen, das wird bald anders, und hören den Direktor eine kurze Ansprache halten.
Ostern, und auf meiner Schultüte ist ein Mädchen mit einer Schultüte, auf der ein Mädchen mit einer Schultüte zu erkennen ist. Ich stelle die Tüte neben mich, sie geht mir bis ans Kinn und ist schwer.
Später folgen wir Fräulein Mammert in unser zukünftiges Klassenzimmer, wo sie uns einzeln aus dem Gedränge ruft, uns unseren Namen sagen läßt – »Lauter!« – und uns gründlich mustert. Angst? Scheu? Still? Sie weist uns Plätze an, und ich gelange nach vorn in die zweite Reihe, Mittelgang. Ziemlich dicht am Lehrerpult.

Ich drehe den Hals, schaue mich um – »Ich stehe hier vorne, da hinten ist nichts, was dich angeht« – nach den größeren Kindern in der letzten Reihe. Hinter der letzten Reihe stehen unsere Mütter, die werden hinausgeschickt: Warten Sie bitte auf dem Flur, es dauert nicht lange.
Die Lehrerin läßt uns aufstehen, läßt uns die rechten Arme heben – »Richtig ausstrecken, höher, und ganz gerade halten, nicht einwinkeln« – läßt uns den deutschen Gruß nachsprechen, den sie uns laut und deutlich vorgesprochen hat, im Chor, läßt uns den deutschen Gruß wiederholen – »Das sitzt noch nicht« – spricht leise vor sich hin, läßt uns sodann die Hände falten, sagt ein Gebet auf, läßt uns hinsetzen, verteilt Lese- und Rechenbücher, läßt uns aufstehen, grüßen, entläßt uns: Nicht wie eine Lämmerherde hinausstürzen!
Von der Schule aus zog ich an Kaltesophies Hand und in Gesellschaft anderer Kinder und Mütter die Zittauer Landstraße hinunter, die Friedrichstraße hinunter, über das Flakenfließ, rechts am Anfang der Bahnhofstraße zum Fotografen.
Der Fotograf hieß mich, die Tüte schräg in den Arm nehmen, legte meine Zöpfe nach vorn, so daß die Schleifen auf der Brust lagen, und verschwand mit dem Kopf unterm schwarzen Tuch.
Angst vor der Schule?
Nee, ich freu mich.
Nein heißt es.

Tante Mieze sagt, ein Findling ist ein großer Stein, der alleine im Wald oder auf einem Feld liegt, den hat die Eiszeit hinterlassen.

Wenn ich zu Besuch bin, woanders übernachte, passiert es mir nie. Ich gebe mir große Mühe, nachts nicht einzuschlafen. Ich bleibe aufrecht sitzen und binde mich mit dem Gürtel meines Nachthemds an die vorderen Bettstreben. Ich denke mir Sachen aus, damit ich nicht einschlafe. Ich schlafe auch im Sitzen ein und schrecke hoch, wenn Laken und Matratze vollkommen durchnäßt sind.
Ich lege mich nachts unters Bett, um auf dem Fußboden zu schlafen, und klettere vor Kälte ins Bett zurück: nichts zu

machen. Ich stelle mich ans Fenster und betrachte die Lebensbaumhecke, die Dürings Grundstück vom Nachbargarten abschirmt. Ich betrachte den Himmel, Concordia hat mir Sternbilder gezeigt. Unter meinem Fenster ist die Hauswand mit Wein überwuchert, der an einem Spalier befestigt ist und genau zu meinem Geburtstag tiefdunkelblaue, pralle Beeren hervorbringt.

Nachmittag bei Concordia. Sie holt das Schachspiel hervor und läßt mich die Figuren anfassen. Alles, was ich begreife, ist der Rösselsprung. »Tu mir nicht die Schande an und bleibe ein Leben lang an der Rätselseite hängen.«
Dann haben wir einen schweren Atlas vor uns liegen. Concordia blättert um und liest mir Namen aus Deutsch-Südwest vor. Sie zeigt mir die Meere, auf denen sich ihr Sohn Bertholt gerade befindet. Sie erzählt von Palmen und Ochsenfröschen und vom Staudamm auf der Farm Hoffnung. Onkel Egon setzt sich selten zu uns. Er weiß, wie man Lehmöfen mauert, Antilopenfleisch trocknet, einen Ochsenwagen durch feindliche Hererogebiete geleitet. Er spricht von Hendrik Witbooi und dem Häuptling Maharero dem Jüngeren, als seien es Leute, die um die Ecke wohnen.
Mein Cousin Bertholt, der als einfacher Schiffsjunge angefangen hat, er ist viermal so alt wie ich, mußte zur Kriegsmarine überwechseln. Concordia weiß immer seltener, auf welchem Meer er sich in dem Moment befindet.

Überschwenglich den Ranzen geschultert der klappert und allmorgendlich losgerannt fast eine Stunde früher die Wohnungstür zugeknallt die Haustür das Gartentor zugeworfen – »Knall nicht so mit den Türen!« – sie ruft mich zurück obwohl ich schon an der Ecke bin und befiehlt mir langsam und leise die Türen zu schließen.
Rache is Blutwurscht.
Was war denn das?
Ach, nischt.
Hier wird nicht berlinert, ist ja ganz neu.
Schnell am Vorgarten entlang noch unter ihren Augen am Schlafzimmer Wohnzimmer am nördlichen Verandafenster vorbei und geduckt an Dürings oberem Garten entlang wo die Hecke ihren Blick aus dem östlichen Verandafenster noch

nicht ganz verdeckt sie mich noch immer ausspähen und zurückrufen kann rasch bis zur Ecke des Grundstücks die gleichfalls die Ecke Hübner-Wilhelmstraße ist entkommen und angehalten und in die Hocke und die kratzenden Strümpfe von den langen mit Knopflöchern versehenen Gummibändern abgeknöpft und runtergerollt so daß die dicken wollenen Ringe über die Hacken hinunter auf der Erde nachschleifen jetzt von dem durch Kaltesophie streng vorgeschriebenen Schulweg abgewichen und nicht etwa die Hübnerstraße weiterverfolgt sondern sie überquert und geradeaus bis zum Friedhof dort krauche ich durch den verwilderten Kurpark stoße am Kriegerdenkmal auf die Zittauer Straße und bin schon da und sitze als erste im Klassenraum lange bevor die andern eintrudeln.

Wie sehen denn deine Finger aus?
Fräulein Mammert hat mich geschlagen.
Warum?
Wir haben einen Vogel fliegen lassen.
Wer?
Alle.
Und nun sehen alle Hände aus wie deine?
Nein.
Also wer?
Susanne Lampertz und ich.
Wer ist Susanne Lampertz?
Aus dem Gemeindehaus.
Schöner Umgang, weiter.
Der Vogel hat die Scheibe kaputtgemacht.
Was war das für ein Vogel?
Eine Taube. Dann hat sie uns auf die Finger geschlagen, mit ihrem Lineal auf die Fingerspitzen. Wir mußten die Hände zwischendurch drehen, damit sie innen und außen rankommt.
Und wer soll die Scheibe bezahlen?
Ich.
Patsch, patsch – eine links, eine rechts.
Und jetzt ins Bett, Denkpause.

Im dritten Kriegswinter schenkten sie mir zu Weihnachten ein Paar Schlittschuhe. Das waren solche zum Anschrauben, die setzten wir unter unsere normalen Winterstiefel und drehten und bohrten die Schlittschuhklammern so lange in den Absatz, bis er sich in seine geschichteten Bestandteile auflöste. Vorne hing auch bald die Sohle herab, aber ich war nicht mehr von den Schlittschuhen herunterzubringen. Gelernt habe ich gegenüber auf Inderans Gartenteich.

3

Um diese Zeit fing ich an, wie eine Wahnsinnige meine Fingernägel abzubeißen. Weder Drohung noch Schläge, weder Blamage – »Leg mal deine Hände auf den Tisch und zeig Tante Grete, wie die Nägel aussehen« – noch Verdammungsurteile vor dem Schlafengehen hinderten mich daran, Fingernägel zu kauen.
Hatte ich sie bis auf die Kuppe runtergefressen, ging ich zu der Haut seitlich der Nägel über. Von dort aus nahm ich mir das Nagelbett vor, bis die Nägel suppig und karminrot umrandet waren. Aber keine Sorge, Kaltesophie wußte Rat.
Tante Mieze war durch eine Bekannte auf die »Frau von heute« abonniert, die sie sich aus Böhmen-Mähren schicken ließ, und Kaltesophie entnahm dieser Zeitschrift praktische Winke zur Herstellung von Waschlappen, so schnell wie billig.
Man schneidet aus Frotteeresten Rechtecke aus, welche die Maße 12 mal 20 cm nicht überschreiten sollen. Diese länglichen Tücher werden zu handgroßen Säckchen zusammengeklappt, die, sauber vernäht, eventuell auch mit farbigem, aber kochfestem Baumwollgarn umhäkelt werden können. Es empfiehlt sich auf jeden Fall, an einer Ecke der Öffnung einen gedrehten Aufhänger zu befestigen.
Nachdem Kaltesophie ihre alten Handtücher aussortiert hatte, verfertigte sie mehrere Paare dieser Waschlappen, sie besaß keine Nähmaschine, und steckte beim Zubettgehen meine Hände in je eins der Säckchen, die sie außenherum mit Bindfaden zuschnürte.
Das Umhäkeln und die Aufhänger hatte sie sich gespart.

Konnte ich mich gar nicht mehr beherrschen, bohrte ich mit einem spitzen Messer Löcher in Kaltesophies Inlett, sicher, daß die Löcher sich vergrößern und beim Beziehen unangenehme Flocken hervordringen werden, seidig, spitz und unaufhaltbar eine Feder die andere nach sich ziehend. Die sammelten sich während des Schlafens im Bettbezug, mißmutig hervorgeschüttelt, landeten sie auf dem Teppich, setzten sich fest, waren schwer zu tilgen.

ich bin Preuße und meine Tochter geht krumm neee stell dich mal hier hin
ganz gerade
gerade stehen
Bauch rein
Brust raus
Kopf hoch
jetzt die Hände auf den Rücken
nicht wackeln
so
fünf Bücher auf den Kopf
nun machs mal wie die Negerfrauen
stillhalten
und jetzt geh langsam zum Fenster
ganz ruhig weiter weiter
dreh dich um na dreh dich schon um
so
und jetzt zurück
Vorsicht
das sind gute Bücher keine Schulhefte
nochmal
jaaa guuut
das probierst du ab jetzt jeden Tag
den Schiller auf dem Kopf
und dann los
laß die Bücher bloß nicht fallen
die habe ich als Auszeichnung bekommen
als ich die Schule verließ
sechs Bände
aber mit sechsen schaffst du es nie zum Fenster

Rote Haare Sommersprossen
sind des Teufels Volksgenossen.

Montags faltete Fräulein Mammert auf dem Katheder die Gelderliste aus: Schulsparen ist in diesen Zeiten oberstes

Gebot. Was für Zeiten? Und warum in diesen? erklärte uns niemand. Sie hieß uns einzeln vortreten, Name und Summe nennen und hatte immer Bemerkungen parat, wenn aus den letzten Reihen ein paar Groschen nach vorne getragen wurden und Lilo Finke schüchtern erklärte, sie habe ihr Spargeld vergessen. Lüge, so vergeßlich könnte ja niemand sein in diesen Zeiten, um die Geschichte beim Namen zu nennen, habe ihre Mutter wohl mal wieder die gesamte Fürsorgeunterstützung durch die Kehle gejagt, unverantwortlich, da sie das Geld nicht für sich, sondern zur Ernährung ihrer Kinder erhielte, um ihre Kinder am Leben zu erhalten, und für nichts sonst.
Montags schonte Fräulein Mammert mich und äußerte sich beifällig, wenn ich meinen spiegelglatten und noch nie geknifften Zweimarkschein aus dem Lesebuch fischte und nach vorne trug. Aah, sie streckte den Geldschein in die Höhe: Seht euch das Scheinchen an, keine Knitterfalte, kein Untätchen, blank wie ein Märchen. Ich setzte mich aufrecht hin, hob den Kopf. Ich wuchs mit meiner Spareinlage.
Montags erweckte ich das Interesse meiner Klassenkameraden. Ich besaß unter ihnen keine Freunde, hielt mich sonst abseits, und jetzt umringten sie mich in der Pause und fragten: Wo arbeitet dein Vater denn, daß er so neues Geld kriegt? Inner Schießpulverfabrik. Haha, dreht er da Kanonen oder Granaten? Neee, der ist Prokurist. Watn det? Na'n Anjestellter isser. Ach soo.

Das erste Volksschuljahr ist rum, und Lilo Finke und Erwin Droht sind nicht versetzt worden, dabei haben sie sowieso schon in der letzten Reihe gesessen. An ihrer Stelle kommen nach den Ferien Maria Wehrle und Inge Wassermann zu uns. Auch Inge Wassermann wohnt im Gemeindehaus hinter der Schranke, und ihre Mutter geht regelmäßig zum Schrankenwärter Rüdiger auf Besuch, der gegenüber in Schützes Souterrain wohnt – »Auf gut Deutsch – eine Kellerwohnung«.
Sitzenbleiber – Kartoffelreiber! Sitzenbleiber – Kartoffelreiber!

Wie ich ihre Schritte belausche wenn sie sich durch den Korridor nähert um aufzumachen

ich klopfe in der mir eigenen Art zu klopfen
jetzt kommt sie heran
langsam träge schlurfend widerwillig
ist ihr die Milch angebrannt?
oder rennen Laufmaschen am Bein herunter?
oder hat etwa der Staubsauger gehustet und ist dann weggeblieben?
egal – bei diesem Schritt besteht keine Gefahr
anders wenn sie herbeihastet dabei fest und energisch auftretend
nur eben schneller
auf dich habe ich gewartet komm mal her hierher
anderntags trampelt sie über den Kokosläufer wie ein Elefant
und selbstvergessen
aha ihr ist was in die Quere gekommen was sie nicht durchschaut
sie hat was gehört oder gelesen was sie beschäftigt
bleibe ruhig sie wird es nie verstehen
aber sie hat wenigstens was zu knabbern
sollte sie jedoch tänzelnd gar summend auf die
Wohnungstür zufliegen ist der Tag gerettet
sie drückt mich selten und wenn sie es tut
stoße ich mich ab winde mich
stemme mich weg mit meinen Handflächen weg von ihrem Geruch.

Karl sagt: Wenn wir den Krieg gewinnen, fahren wir mal einen Winter nach Norwegen.

Allnächtlich meine Fäuste
in kleinen Taschen
bis mir die Krallen nachgewachsen sind.
Von jetzt an hebe ich sie mir auf.

Inge Wassermann kriegt in der Schule die meisten Schläge. Sie hält es nicht aus und verfällt in wilde Tänze. Sie schreit und dreht sich wie ein Kreisel und hat nicht die Kraft, auf Fräulein Mammerts Befehl hin, die Handflächen nach jedem Schlag umzudrehen, damit die Innen- und die Außenseite gleichviel abbekommen. Sie dreht sich auf einem Bein, springt hoch in die Luft, vollführt Spitzentänze und heult in hohen, zitternden Tönen. In den Pausen steht sie allein. Ich hake sie unter und gehe ein Stück mit ihr. Dafür haben die anderen mich tagelang nicht angesprochen.

Hast du aber alte Alte, die könnten ja deine Oma und dein Opa sein.

Am letzten Schultag vor den großen Ferien brauchen wir nicht zu lernen.

Nachdem eine Menge Pfänder zusammengekommen sind, spielen wir »Römisch beichten«.
Bei Römisch beichten muß einer, den wir weggeschickt haben, drei Fragen beantworten: Wie oft hast du das ERSTE getan? Wie oft das ZWEITE? Das DRITTE?
Wir haben in seiner Abwesenheit genau ausgemacht, welche Sünden und wie er sie büßen muß. Machen wir etwas Gutes aus, dann wird er fünfmal belohnt, wenn er Fünf gesagt hat.
Diese heimlichen Abmachungen sind beeinflußt von Sympathien, auch vom Ansehen des betreffenden Schülers. Unsere Urteile hängen außerdem davon ab, ob wir Angst haben vor dem, der Römisch beichten muß. Die Jungen aus der letzten Reihe verprügeln uns sonst auf dem Nachhauseweg.
Am Ende werden wir von Fräulein Mammert mit Händeschütteln und Winken verabschiedet. Traurig hinkt sie mit ihrem Stock ins leere Gebäude zurück. Sie hat keinen Mann. »Meine Kinder seid ihr, ihr seid mein Ein und Alles!«

Kaltesophie windet sich hinter einem Strauch und ruft nach einem Taschentuch und erbricht das Mittagessen. »Es ist noch kein Gericht auf den Tisch gekommen, das sie ohne Kümmel zubereitet haben.« Mit Hirtentäschel gewürzte Speisen spuckt sie genauso aus.
Sudetengau, Glashütte, Ferien 1942. Wir wohnen in einem Komplex verschiedener Höfe, die zusammengehören. Neben dem Gasthaus steht ein Bauernhof, beiden sind ein Sägewerk und eine Glashütte angeschlossen. »Die schütten den Kümmel sogar in den Pudding«, und Kaltesophie läuft blubbernd und glupsend aus dem Speisesaal.

Nachmittags besuchen Karl und ich oft die nahe gelegene Försterei, weil der Förster zusammen mit Karl im Ersten Weltkrieg gedient hat. Karls Bekannte sind alle Förster oder Jäger. Sie sind alle riesengroß und jetzt nicht im Krieg, da sie die Fünfzig schon überschritten haben. Beim Förster erfahre ich, daß hier gar nicht mehr Deutschland ist, sondern die Tschechei.
Mitten auf den Feldern ducken sich hellgraue Bunker aus Beton. Schießscharten und dumpfe Eingänge, die Bunker stehen auch in den Wäldern und recken ihre verrosteten Eisenstreben in die Luft.
Haha, die wollten gegen uns antreten, wurde aber nichts draus, wir sind schneller gewesen.
Geh da nicht rein.
Warum nicht?
Man weiß nie, was für Kroppzeug da reinkriecht.
Nun grade.

Der Glasbläser tippt mir mit einem langen, heißen, gläsernen Stab auf den nackten Arm, und ein Zucken durchläuft mich, als hätte ich den Finger in eine Steckdose gedrückt. Völlig außer mir gehe ich rückwärts bis an die Brettertür, nein, es war eher wie das saure Stechen einer Waldameise, allerdings ohne den nachfolgenden, lang anhaltenden Brand, es biß nicht. Zwar mache ich denselben kurzen Sprung, doch das Kribbeln setzt sich nach innen fort, bis zu den Füßen runter und steigt wieder herauf, in die Kopfhaut. In mir ballt sich ein Kloß zusammen, der pendelt zwischen Bauch und Hals, wird leichter, luftiger, tänzelt und bleibt irgendwo im Bauch stecken. Ich sehe dem Glasbläser nicht ins Gesicht.

Auf unseren Wanderungen bringt mir Karl bei zu singen. Auf, auf, Kamerahaden, aufs Pferd, aufs Pferd, ihins Feld, in die Freiheitt gezoogen. Im Fälde, da ihist der Mannn noch was wert, daha wird ihm das Härz noch gewoogen. Zwischendurch pfeift er den Yorkschen Marsch und richtet meine Beine, die Schritte nach dem Takt aus, den er anschlägt. Dann läßt er mich die Arme anwinkeln, die Ellenbogen so weit wie möglich nach hinten drücken und schiebt mir meinen Spazierstock quer über den Rücken durch die Arm-

beugen. So gehe ich eine Weile vor ihm her, um Haltung zu gewinnen.
Kopf hoch! Kopf hoch! schreit er, dabei hält er ihn selber gesenkt. Unter dem Gewicht seines Fernglases tut ihm die Narbe im Nacken weh. Bei jedem zweiten Schritt schwingt er seinen Spazierstock bis in die Waagerechte und stößt ihn dann in den steinigen Weg. Kaltesophie verursacht mit ihrem Stock dasselbe Knirschen. Ich ziehe meinen hinter mir her und hinterlasse irgendwelche Zeichen, damit wir den Rückweg finden. Karl hat eine zuverlässige Karte bei sich und geht nie denselben Weg zurück.

Er setzt einen Klumpen Masse an, bläst die Backen auf, augenblicklich besteht sein Gesicht aus drei Kugeln, eine milchige vorneweg, rechts und links verfolgt von zweien aus Haut mit roten Äderchen. Der Ballen vor seinem Mund nimmt Tropfenform an, neigt sich, hängt herunter, jetzt hat er eine gewaltige Zunge, die dreht sich, stellt sich auf, wippt am Ende und wird immer länger. Die Zungenspitze wächst sich aus, nimmt wieder Kugelgestalt an, während seine Hände vor dem Mund sich drehen und drehen, als wolle er sich eine übergroße Schraube in den Rachen stoßen. Ich gehe ganz nahe an ihn heran, wie er da sitzt, dünn, auf seinem niedrigen Hocker, und besichtige die aufgerissenen Nasenlöcher, in denen kleine Haare flattern. Selbst seine Augen sind gläserne Murmeln und sprühen und jagen mir Schreckschüsse ein, die sausen bis in die Fußsohlen.
Jede freie Minute drücke ich mich in der Glashütte herum. Ich pflanze mich vor ihm auf und strieze ihn mit endlosen, hastig erfundenen Wortreihen: Hutzel, wutzel, knutzel, schutzel, mutzel, rutzel, dutzel, brutzel, lutzel. Solange er pustet, läßt er sich nicht stören. Plötzlich versucht er mich zu packen, ich laufe weg, er hinterher, ich falle in einen Haufen Sägemehl, er ist weg.
Was treibst du denn da? Laß ihn in Ruhe!
Jaaaajaaaa.

Karl und Kaltesophie begeben sich auf eine Rundfahrt und überlassen mich der Obhut der Wirtin. Der Glasbläser schnitzt mir eine grobe Holzpuppe, mit der Puppe im Schoß sitze ich neben ihm – »Rück mir nicht so auf die Pelle« – auf einer Kiste und stiere ins Feuer. Nach ihrer Rückkehr packt Karl ein Kristallschiff aus, mit gezacktem Rand und lichtsprühendem Schliff. Das Ding ist so groß wie eine Bratenpfanne, und Kaltesophie hat mir eine Negerpuppe mitgebracht mit Turban und roten Pluderhosen. Die interessiert mich nicht.

Hör dir mal an, was ich in der Küche aufgeschnappt habe, wie die Tschechen mit ihren Neugeborenen verfahren, wenn sie einen Buckel haben. Ooch, wie die mit ihren Kindern umgehen. Also, wenn ein Kind einen Buckel hat, rühren sie Brotteig an und legen das Baby so tief hinein, daß nur noch die Augen rausschauen. Ist der Teig ausgegoren, packen sie das kleine Wesen ins Bett, backen Brot aus dem Teig und legen dem Kind drei ausgebackene Brote zur Seite. Hast du sowas Hirnverbranntes schon gehört?
Meine Mutter hatte auch allerlei so Zeug aus Polen mitgebracht, ansonsten verstehe ich sowieso nichts von Kindererziehung.
Karl, hier geht es nicht um Kindererziehung, sondern um Hygiene.

Unter uns liegen breite Felder, grün und gelb. Die Bunker überragen das hohe Korn. Im Nu ist alles grauingrau, Wolkenbruch und Gewitter. Hinter uns kollern die Kieselsteine, die rennen, rutschen, schlittern genau wie wir ins Tal hinunter, naß und glänzend. Kaltesophie zuckt bei jedem Blitz zusammen und hält mich fester, bis wir auf die Blockhütte stoßen mit den Goldfischen im Fenster. Und nichts wie rein.
Ein großer Raum mit Brettern ausgeschlagen, und Hunderte von Holzfiguren in den Regalen. Kaltesophie interessiert sich für eine Tischlampe, deren Fuß eine alte Eiche darstellt. Der bemalte Schirm ist aus Pergament, er weist braune Nähte auf und zeigt Bilder aus der Jägerei. Und das ist nicht alles. Unter dem Schirm, von der Birne in Licht getaucht, steht auf dem Sockel der Lampe ein röhrender Hirsch mit hocherhobenem Geweih. Der reißt aber das Maul auf, und Kaltesophie wird nicht weggehen, ohne dieses Vieh unterm Arm zu tragen. Dessen ist der Holzschnitzer sicher.
Ich stehe vor dem angestückelten Fensterbrett und starre in das Glas, groß und rund wie ein Medizinball, leise schwe-

bende Wasserpflanzen und voller Goldfische. Warum sind Goldfische rot statt gelb? Finger da weg, laß die Fischchen in Ruhe!
Das Gewitter schickt Blitze durch das handtuchkleine Fenster und direkt ins Goldfischglas. Ich rühre darin herum, flitsch, flatsch. Die Biester sind glitschig und schwer festzunageln.
Kaltesophie fährt mit den Fingerspitzen am Hirsch entlang.
Ich suche, taste, rühre im Glas nach einem Fisch. Zack, dich hab ich, du Zappelphilipp. Und mir vorne rein in die Bluse, wo er auf dem Bauch landet und nicht mehr wegkann, »drei Uhr und stockfinster draußen«, gefangen über dem schmerzhaft festgezurrten Schürzenband. Oft trage ich rund um mich herum einen dicken Wulst über der Gürtellinie, ein Haufen Kram und Zeug läßt sich da verstauen und mitnehmen. Igitt, ist der naß und kalt und schlägt weiter aus. Ich presse die Hände auf den Bauch und drücke, bis er aufgibt und stillhält. Ruhe erstmal.
Der Holzschnitzer schraubt das Geweih ab und packt es extra ein. Die reinsten Mistgabeln, die er in Holzwolle verbuddelt. Aaaah, es klart auf, und auf schnellstem Weg nach Hause.
Kaltesophie läuft zu Karl, ich in die Glashütte, meinen Goldfisch geangelt und dem Glasbläser hinten in den Hals unters Hemd. Der hat vielleicht gebrüllt. Rasch weg und aufpassen. Ach, jetzt zertrampelt er das tote Fischchen, der Idiot.

Concordia empfiehlt mir, Hammer statt Amboß zu sein. Das kapiere ich nicht.
Sie ist gelernte Weißnäherin, allerdings hat sie einen Bildungsverein und später regelmäßig die Volkshochschule besucht. Wenn ich sie frage, warum sie nach Afrika gefahren sei, sagt sie: Frage mich nicht, das kapierst du doch nicht.
Concordia sammelt Goethezitate, die einander widersprechen wie Bauernregeln.

Wie Kaltesophie aufschloß und keuchend den Korridor entlangeilte, die Tür fiel hinter ihr ins Schloß, und der Küche zustrebte, wo sie die Einkaufstasche auf den Tisch hob und patsch und tief einatmete und erschöpft ausatmete, da traute

ich ihr nicht. Dieser mit schweren Lauten getränkten Stille, der traute ich nicht.
Sie ruft mich in die Küche. Sie steht mitten im Raum und deutet mit dem Zeigefinger auf den Tisch auf einen Stapel Schreibhefte, linierte Übungsblätter für die Deutsche Schrift, und sagt: Um richtig zu schreiben, braucht der Mensch Papier, auf die Schiefertafel geht ja nichts rauf, lächerlich.
Verblüfft und überrascht, fröhlich stürze ich mich auf den Packen, so hoch wie ein Bierglas – »War nicht einfach zu kriegen, die fangen an, das Papier zu rationieren« – schlage das oberste Heft auf, die sind alle gleich und mindestens zwanzig Stück, und bewundere die Buchstaben und Wortteile, die links auf jeder Zeile vorgeschrieben stehen. Saubere große und kleine Schriftzeichen und Pfeile deuten an, wie der Buchstabe in Angriff genommen werden soll und wie das e sich vom n und das n sich vom u unterscheidet und das große A, welches um keinen Preis mit dem großen N verwechselt werden dürfe, und die Wörter Europa und Erdball und Endspiel alle drei untereinander. So, und nun los, die Zeilen ausfüllen, einfach weiterschreiben, so, wie die da angefangen haben. Ich freue mich halbdämlich. Und bevor ich das Wort Heimat ausgeschrieben habe, ohne abzusetzen, bin ich fast erstickt, weil ich die Luft angehalten habe, und bin selig, wenn ich bloß das große H schaffe, und bin schweißgebadet beim letzten kleinen Aufstrich, den ich dem t versetze.

Hast du von meinem guten Service einen tiefen Teller fallenlassen?
Nein.
Oder beim Abtrocknen irgendwo damit angestoßen?
Nein, wieso?
Na, der hat einen Sprung, und den hat er nicht von alleine.
Ich wars nicht.
Also das kannst du jemandem erzählen, der die Dummheit mit Löffeln gegessen hat, aber nicht mir. Da ich es nicht war, mußt du es doch gewesen sein.
Nein, bestimmt nicht.
Sag doch einmal die Wahrheit, ein einziges Mal, es passiert dir nichts. Ich will nur wissen, wie der Sprung in den guten Teller gekommen ist.
Weiß ich nicht.

Dann sage mir wenigstens, wie der Sprung anders hat reinkommen können. Ich wars nicht, du warst es nicht, Karl hat seit vier Wochen nicht abgetrocknet.
Ich weiß nicht, wie, aber ich wars nicht.
Du bleibst dabei?
Mir ist er nicht runtergefallen, ich habe ihn nicht angestoßen, ich habe den Teller nicht kaputtgemacht.
Patsch, ich kriege eine geschoben.
Ich wars nicht.
Peng, noch eine.
Ich wars nicht.
Puuuh, rechts und links, daß es mich schüttelt wie einen Affen auf dem Weihnachtsmarkt, und ich weinend ihre Finger einzeln geküßt – »Ich wars nicht« – und ihre Handrükken mit Tränen überschüttet – »Ich habe den Teller nicht entzweigemacht« – als hätte ich kleine Tassen im Kopf voller Wasser – »Wirklich nicht« – und meine Augen waren die reinsten Tee-Eier.
Richtig herzerweichend, und du meinst, ich glaube dir? Nein, nicht von hier bis über die Straße glaube ich dir, und wenn du noch so heulst. Solange du leugnest, ist mit mir nicht zu reden. Und jetzt setzt du dich hin, nimmst eins der Hefte vor und schreibst eine ganze Seite runter: Ich soll nicht lügen. Immer hintereinanderweg. Ich soll nicht lügen. Wenn die Seite voll ist, werden wir weitersehen.
Ich soll nicht lügen. Ich soll nicht lügen. Ich soll nicht lügen. Ich soll nicht lügen. Ich soll nicht lügen. Ich ....
Kliere nicht so!

Wer lügt – der stiehlt.
Wer stiehlt – der tötet auch.
Wer tötet – wird aufgehangen!

Auf jeder Seite oben und unten Sprüche und gute Ratschläge.
Sitze bequem, aber aufrecht! Kopf hoch! Nicht den Brustkasten anlehnen!
i- Punkte und *u* -Bogen, Umlaut-Striche zuletzt! Nicht stückeln oder flicken!
Beide Füße ganz aufstellen, nicht die Fußspitzen unter den Sitz!
Wadenkrampf staut das Blut!

Beide ϑ sind lebendige Formen, beachte ihre stolze Kopfhaltung!
Heft schräg legen! Schreibst du in die unteren Zeilen, so nimm das Heft höher hinauf, nicht die Arme an die Tischkante herab!
Unter die Hand ein Löschblatt! Handschweiß verdirbt Papier und die Schrift!
Das 𝓇 hat Leben und Bewegung, verlangt aber gute Arbeit!
Führe den Halter leicht und locker! Wozu ihn pressen und drücken?

Dich sollte man mal aufsäbeln, um zu wissen, wie es eigentlich in deinem Kopf aussieht. Na, lieber nicht, schlecht könnte mir werden.

Damit ich nicht sehe, wie die zierlichen, blutigen, teelöffelkleinen Mandeln, meine Mandeln, in die tiefe, weiße, nierenähnliche, mit kobaltblauem Rand versehene Emailleschüssel fallen, hält eine Schwester mir die Augen zu. In meinem Rachen steckt eine gespreizte Klammer, ein Arzt fuchtelt mit seinem Puppenbesteck vor meinen halbverdeckten Augen herum. Sein Gesicht mit den niedergeschlagenen Augen berührt gleich meine Nase und kraucht mir buchstäblich in den Hals. Rrrrraaaaahrrr. An Narkose war nicht zu denken, »die werden ja nur gekappt«, und von den Kindern aus meiner Klasse, aus meiner Straße, aus unserem Viertel landet sowieso jedes einmal irgendwann im Rüdersdorfer Krankenhaus.
Ich bleibe eine Woche zur Beobachtung auf der Kinderstation. Dreimal die Woche Besuch, und Kaltesophie bringt mir mein Lesebuch. »Damit du den Anschluß nicht verlierst.« Ich habe einen leichten Schock davongetragen und kann nicht sprechen. »Sie kann nur deswegen nicht sprechen, weil sie denkt, daß sie nicht mehr sprechen könnte.«
Wir sind Jungen und Mädchen, und sobald das Licht der tiefblauen Nachtlampe alles verwischt, setzt ein geheimnisvolles Rumoren, Kichern, Zischen, Tappen, Schleichen ein. Ich reiße die Augen auf und verfolge die Zusammenrottungen in den Ecken. Zeigefinger tauchen auf, deuten hierhin, dorthin. Dann unterdrücktes Heulen, Schluchzen. Na, jetzt verhauen sie einen.

Ein Mädchen in der Bettreihe gegenüber hat seine Puppe dabei: eine überlebensgroße Babypuppe aus Zelluloid mit Schlafaugen, die Mama sagen kann. Mit flehender Mimik bedeute ich dem Mädchen, daß ich die Puppe mal geliehen haben möchte. Ich fuhrwerke mit Händen und Füßen vor ihrem Bett herum und drücke das hohle, klappernde Baby an mich, bis die Puppenmutter sagt: Hm, für eine Nacht.
Links neben mir liegt ein älterer lauter Junge, dem ein Bein bis zum Knie fehlt. Ich versuche dauernd, nicht hin zu sehen, denn er zeigt oft und plötzlich seinen verknorpelten Stumpf. Ruckzuck streckt er seinen vernähten und rötlich vernarbten Rest unter der Decke hervor und geradewegs in Richtung meines Gesichts. Und nie läßt er seinen Stock los. Der liegt immer neben ihm auf der Decke. Manchmal nimmt er ihn sogar mit ins Bett. Fällt der Stock trotzdem auf den Boden, befiehlt der Junge mir streng, sofort den Stock aufzuheben: ein dunkelbrauner Stock, der unten in einen Gummipfropfen mündet.

Eine Woche später redete ich wieder wie ein Wasserfall, durfte meine Sachen packen und wurde in einen anderen Trakt überführt, in Quarantäne. Ich hatte mich im großen Saal mit Diphtherie angesteckt. Kaltesophie ließ mir mein Rechenbuch aushändigen.
Ich gewöhnte mir an, nachmittags zu schlafen. Stand sie mittwochs und sonntags hinter oder, von ihr aus gesehen, vor dem Fenster, drehte ich mich in meinem Bett zur Seite und kniff die Augen zu. Quarantäne, das hieß, sie konnte mir nicht auf den Leib rücken.
Zuerst hatte sie getobt, dann kam sie seltener. Zuletzt erkundigte sie sich telefonisch, wie es mir ginge.
Zwei Monate später kam Karl und holte mich ab. Er mietete uns ein Auto, und mein Zimmer zu Hause war renoviert. Ein Kindersofa hatten sie mir anfertigen lassen, darüber hing ein bestickter Wandbehang: »Hab Sonne im Herzen, obs stürmt oder schneit.«

Ganz verkommen und verdorben sind die Pflanzen
am Weg an den Wegen nach Rüdersdorf
vom wilden Hafer über den Beifuß die Schlehen die rauhhäutigen Birken bis zu den Kiefern.

Was hier wächst ist grauhaarig und versteinert
bevor es alt wird oder groß oder verwelkt.
Dick bepudert und schwer neigen
sie ihre Köpfe und Wipfel und Kronen.
Ihre Adern und Zellen sind durchdrungen von Kalk.
Die Pflanzen in Rüdersdorf und seiner Umgebung gehören
samt und sonders ins Altersheim.

Ehe Concordia schlafen geht, zieht sie die Kämmchen und Nadeln aus dem hellgrauen Haar, sie kämmt sich und flicht zwei lange Zöpfe. Dann zieht sie ein weißes Leinennachthemd an mit Spitzen, das bis zur Erde reicht. Sie ist die Allerschönste und sieht aus wie ein Mädchen.
Kaltesophie läßt sich selten breitschlagen. Wenn ich bei Concordia übernachten darf, sagt sie: Ich habe mich mal wieder breitschlagen lassen.

Der Affenbrotbaum oder Baobab ist ein Charakterbaum der weiten Steppengebiete des inneren Ostafrika. Sein Stamm erreicht einen gewaltigen Umfang. In der Trockenzeit wirft der Baum die Blätter ab, so daß er fünf bis sechs Monate blattlos dasteht.

Berlin ißt heute sein Eintopfgericht.

Meine liebe Gertrud, ich habe ein schwieriges Kind großzuziehen und beim besten Willen keine Zeit für Deine Freundschaft. Was den Eintopf betrifft, so koche ich mehrmals in der Woche Eintopf, aber meinen Speisezettel, den stelle ich mir immer noch selber zusammen. Wenn ich Appetit auf Linsen habe, gibt es Linsen, und Kartoffelsuppe mache ich ebenfalls, wenn ich Lust darauf habe, und nicht am Sonntag, bloß weils in der Zeitung steht.

Im vierten Kriegswinter erhielt ich zu Weihnachten ein Paar Skier, mit denen ich nur einige Male die winzige Böschung von der Wilhelmstraße zum Marktplatz hinuntergefahren bin. »Säubern, trocknen, putzen, wachsen.« Außerdem nahmen die Luftangriffe ein solches Ausmaß an, daß ich selten ausgeschlafen war. Jede Nacht in den Keller, und ich schlief nachmittags nach der Schule.

Heiligabend gab es bei uns Gardesterne. Ich habe – »Schling nicht so« – acht Stück gegessen. Wenn Kaltesophie Kartoffelpuffer macht, sagt Karl: Laß mich reiben, bei dir wirds wieder die reinste Blutsuppe. Kaltesophie ist verrückt nach Grünen Heringen, davon macht sie eingelegte Bratheringe, auf Vorrat. Rollmöpse gelingen ihr am besten. »Ich hab als Kind Rollmöpse gedreht für Vaters Laden bis zum Gehtnichtmehr. Trotzdem hat er Bankrott gemacht. Wir hatten eben nur Laufkundschaft.«
Mit süßen Nudeln kann sie mich jagen, mit Spinat und Schmorgurken erst recht, und an Milchreis mit Zucker und Zimt finde ich auch nichts. Buletten lasse ich mir gefallen, auch Löffelerbsen und Pellkartoffeln mit Beamtenstippe.
Karl ißt kein Hammelfleisch, er ißt keinen Kochfisch, und an die Béchamelkartoffeln gießt sie viel zu viel Essig ran.
Kaltesophie sagt: Kiesätig, und das mitten im Krieg. Du als Erwachsener gehst mit schlechtem Beispiel voran, hast du den Kohlrübenwinter vergessen? Na, ihr werdet noch froh sein, alle beide!
Also, was mir wirklich hochkommt, ist Leinöl mit Quark.

Und jedes Weihnachten ein Haufen Zeug für die Aussteuer. Mit sieben verfügte ich über ein Dutzend Frotteetücher und ein Dutzend Geschirrtücher und ein Dutzend Gläsertücher. Mit acht überreichte sie mir einen Stapel Bettwäsche, immer zu Weihnachten, zweimal komplett zum Beziehen. Concordia war nicht viel besser, aber sie tanzte wenigstens mit selbstgemachten Kochlöffeln an, mit Milchquirlen aus Holz und kreisrunden Topflappen.

4

Karl bezeichnet es als Verschwendung, Geld für Schreibhefte in Bergen zu zwei Dutzend hinauszuwerfen. Seitdem bringt er aus der Firma neue Kontobücher mit, festgebunden, hundert Seiten stark, doppelt so groß wie ein Schreibheft, und die blaulinierten Seiten mit zarten, roten Längsstreifen versehen. Links oben steht Soll, und rechts jeweils Haben.

Ich soll nicht das Bett naß machen.
Ich soll nicht das Bett naß machen.
Ich soll nicht das Bett naß machen.
Ich soll nicht das Bett naß machen.
Ich soll nicht das Bett naß machen.

Längst habe ich eine neue Methode herausgefunden. Zuerst schreibe ich die Seite runter Ich, dann die Seite runter soll, und so weiter. Das geht viel schneller, als die Sätze hintereinanderweg zu schreiben. Unangenehm ist es nur, wenn Kaltesophie sagt: Du setzt dich so lange hin, bis ich sage Schluß. Das unbefristete Strafschreiben ist ein Grauen.

Vorsichtig lockere ich den Hahn am Heizkörper ihres Schlafzimmers. Nachts ergießt sich dann eine brühendheiße Fontäne, die waagerecht auf die Ecke des Kleiderschranks zuschießt. Die Tapete unterm Fenster trieft nur so. Der Teppich kräuselt sich wie eine Fingerkuppe, die lange im Waschwasser war. »Paß bitte auf, Karl, und geh besser mit den Heizkörpern um, die Bettumrandung ist hin.«

Ein Johlen, Kreischen, anschwellend, verklingend, dann immer lauter werdend. Ich lief an Dürings oberem Garten entlang und um die Ecke in die Hübnerstraße hinein. Dort sah ich sie, ein Haufen Leute, bei der Oberschule hervorquellen, und in die Friedrichstraße einbiegen. Im Viertel Neuseeland war ein englischer Flieger abgestürzt. Die Menge wurde größer, schien sich in gebückter Haltung vorwärts zu schieben, schrille Jauchzer ausstoßend. Nichts wie hin.

Unterhalb der Kirche holte ich sie ein. Die Menge bewegte sich langsam, heftig, dunkel, spritzte auseinander und rottete

sich wieder zusammen. Das Knäuel scharte sich um eine nicht festzumachende Mitte; es kostete allerhand Kraft, mich durch die Leiber und gesenkten Köpfe zu drängeln. Das Zentrum bestand aus einem flachen Handwagen, auf dessen Pritsche ein uniformierter Mann lag, dem ein Bein mitsamt dem Hosenbein fehlte. Der Mann grunzte, röchelte, stöhnte. Seine Laute mischten sich mit dem Rattern der Wagenräder, die, klein wie Frühstücksteller, eisern über das Pflaster rollten. Ich tappte in Blut und schrie und blieb eingekeilt. – »Warum brüllst du denn wie am Spieß?« und sah, wie der Verwundete die Arme hochreckte, so daß einen Moment lang zehn Finger in die Höhe standen.
Einer der Bewacher, die Augen wie aufgeklappt, hob einen Knüppel und schlug zu. Es knackte wie im Wald das trockene Geäst unter unseren Füßen, es hörte sich an wie Fräulein Mammerts Lineal, wenn es auf unsere Fingerrücken niedersauste. Unmöglich, sich frei zu rudern.
Ich steckte das Gesicht in die Armbeuge. Als ich zu mir kam, befand ich mich auf dem Bürgersteig vor dem Tor, das zum Rathaus-Park hinunter führte. Eine Frau nahm mich bei der Hand und brachte mich nach Hause.
Ich heulte den Abend lang weiter; Kaltesophie machte mir ein Lager im Schlafzimmer auf der Besuchsritze zurecht. Karl flößte mir Baldriantropfen ein und summte mir ein Lied nach dem anderen vor, es half alles nichts. Ich kriegte keine Luft und zerfetzte den Bettbezug. Kaltesophie rannte hin und her und schaffte Tee herbei und wickelte mich in nasse Handtücher und zwang mir ein Pulver ein, das sie aus einem weißen Briefchen in den Löffel schüttete. Nächsten Morgen brauchte ich nicht in die Schule zu gehen.

Im Krönichen wachsen Narzissen, zu denen sagt Karl Dichternarzissen. Tante Mieze nennt die Blumen Pankrazerln, und mich nennt sie Pankrazia. Das kommt mir vor wie Bärentatzen.

stell dich mal vor mir hin
wollen die Übungen etwas erweitern
erschweren sozusagen
gerade stehen
Kopf hoch

Bauch rein Brust raus Kopf hoch
laß die Arme diesmal lose runterhängen
die Bücher soo
und ab heute nimmst du Abschied von den kleinen Trippelschritten
drück die Knie durch
nicht anwinkeln beim Gehen
gerade halten beide Beine
rechten Fuß anheben
der Fuß wird gestreckt
nicht die Zehen einkrümpeln
strecken
jetzt das linke Bein
so nun geh los
links zwei drei vier links zwei drei vier
du brauchst dich nicht zu beeilen
kehrtmachen am Fenster
ja dreh dich um und komm zurück
vortrefflich ganz ausgezeichnet
nächstes Mal regulieren wir die Armbewegungen
dann hast du den richtigen Stechschritt intus
Hauptsache gerade gehen
huck huck Stuck verschluck
das ist wichtiger als mit der Winterhilfsdose rumzurennen
Körperbeherrschung kannst du vielleicht nochmal gebrauchen

Auf dem Nachhauseweg aus der Schule im Gänsemarsch und schreiend die Straße langmarschierend. Parademarsch, Parademarsch, der Hauptmann hat ein Loch im Arsch. Parademarsch, Parademarsch, die Mammert hat ein Loch im Arsch!

Ich habe doch Windbeutel bestellt und keine Lucca-Augen.
Es macht Spaß, mit Kaltesophie ins Café zu gehen. Sie lächelt dabei. Malzkaffee und Windbeutel mit einem Inhalt aus Pudding. »Das waren noch Zeiten, als sie bis zum Überlaufen mit echter Sahne gefüllt waren.« Nächstes Mal bestellen wir uns Schillerlocken. Mal sehen, ob derselbe Vanillepudding drin ist.
Mir schmecken sie auch so.

Halt die Füße still und hau mir nicht gegen die Schienbeine!
Warum geht der Geiger von Tisch zu Tisch?
Pscht, ich höre zu.
Jetzt kommt er zu uns.
Putz dir die Nase und zieh nicht immer hoch.
Wieviel hast du ihm gegeben?
Das geht dich nichts an, iß nicht so hastig.
Warum nicht?
Nicht in der Öffentlichkeit. Plapper nicht so viel.
Ich will noch einen.
Ich will?
Ich möchte.
Die Dinger? Gut, ich bestelle dir noch einen. Gefällt es dir hier?
Ja, sehr gut.
Wir gehen nächsten Sonntag wieder Kaffeetrinken, hm?
Ja.
Immer, wenn wir aus dem Krankenhaus kommen?
Ja. Warum tanzen die?
Sie tanzen zum Fünfuhrtee; bitte, fang nicht schon wieder an, mir Löcher in den Bauch zu fragen.
Nimm die Ellenbogen vom Tisch.
Der kommt wieder an. Gibst du ihm nochmal was?
Nicht so laut.
Wo ist denn ihr Pianist geblieben?
Den haben sie eingezogen.
Ach jeee!
Sie hört nicht auf zu lächeln, und in ihren schwarzen Augen sind Blitze.

Nein, sagte Karl, die bringen uns nicht jede Nacht runter. Manchmal dauert der Angriff eine ganze Stunde, und die haben uns nicht weiter als bis auf den Gang hinausgefahren.
Schon wieder diese Verzweiflung in deinen Reden, sagte Kaltesophie.
Vielleicht wissen sie dann genau, daß hier nichts runterkommt.
Das ist der Anfang vom Ende, sagte Karl, kannst du mir glauben. Ich habe gestern morgen ganze hundertfünf Pfund auf die Waage gestellt.

Nun mal Kopf hoch, du, sagte Kaltesophie, ich bringe dir zu essen, was ich auftreiben kann.
Du siehst es ja selber, sagte Karl. Meine Krankheit frißt mir alles weg, und das Herz schlägt mir auf die Lunge, daß ich kaum Luft kriege.
Ich spreche nachher mal mit dem Arzt, sagte Kaltesophie, was der sagt.
Der sagt dir auch nichts anderes, sagte Karl, als ich dir erzähle.
Es ist ja nicht so, daß ich hungere. Es setzt nur nicht an.
Wie lange, sagte Kaltesophie, denkst du denn, daß du hier drin bleiben mußt?
Der Oberarzt rechnet glatt mit einem halben Jahr, sagte Karl.
Das ist ziemlich lange, sagte Kaltesophie, aber das halbe Jahr vergeht auch. Laß dir keine grauen Haare wachsen.
Herr Scherer aus der Hübnerstraße, habe ich gesagt, hat auch Basedow und wird immer dicker.
Das ist ja das Komische, sagte Karl. Wenn man Basedow hat, wird man entweder dick oder dünn, und ich habe die Sorte, von der man ewig abnimmt.
Dafür hat der Scherer einen Kropf und Froschaugen, sagte Kaltesophie, und die hast du nicht, mein Lieber.
Kann ja noch kommen, sagte Karl.

Anneliese Kleiber, die vor mir saß, hatte einen Bleianspitzer, der war so groß wie ein Tischtennisball, kullerrund, farbig, aus Blech und zugleich ein Globus zum Aufschrauben. Bleistifte hatte ich genug und Buntstifte und Papier, aber einen solchen Bleianspitzer hatte ich noch nie gesehen, der lag so gut in der Hand. Vor Ende der großen Pause lief ich in die Klasse, kramte Annelieses Mappe durch, nahm den Bleianspitzer an mich und knotete ihn in mein Taschentuch. Dann steckte ich mir das Taschentuch vorne in den Pullover und lief mit eingezogenem Bauch und ohne Luft zu holen aufs Klo, wo ich das Knäuel in dem zweiten Wasserbehälter rechts oben verstaute.
Mitten im Diktat meldete sich Anneliese und schrie über unsere stillen, geneigten Köpfe hinweg: Die haben mir meinen Bleianspitzer geklaut.
Fräulein Mammert sagte: Gestohlen heißt es. Und jetzt wird erst zu Ende geschrieben.

Bei Schulschluß behielt sie uns da und ließ uns die Mappen auskippen. Alle, wie ihr seid, nachsitzen! Bis der Bleianspitzer wieder auftaucht.
Er tauchte aber nicht auf, und nach anderthalb Stunden durften wir nach Hause gehen.

Sie hat es eilig mit dem Abendbrot und läuft ins Schlafzimmer, ohne abzuräumen, und öffnet knarrend die Mitteltür, die mit dem langen ovalen Spiegel, und die linke Seitentür und gibt den Blick frei auf Sachen, Sachen, Sachen, und ein leichter Mottenkugelduft fliegt heraus. Sie steht und wählt nicht lange und zieht ihr gutes Blaues heraus, ihr Ball- und Theaterkleid, lang wie ein Nachthemd, ein fließender Strom aus Blau, blauem Kreppsatin, innen ganz und gar mit hellblauer Seide gefüttert, das schimmert und schillert nur so. Sie legt ihr Jackenkleid ab und holt aus dem Wäscheteil hinter der rechten Flügeltür des Schranks ein Korsett hervor, wickelt sich hinein und läßt mich an den Bändern ziehen, fester, und zieht den Bauch ein und hebt mit ihren Händen den Busen hoch, daß er richtig in den Körbchen liegt, fester, und hebt vorsichtig das Kleid an und legt es breit und weit, ohne sich in ihrem Korsett groß bücken zu können, aufs Bett, breitet es auf dem Bett aus und daneben das endlose, rutschende, glänzende, hellblaue Samtband, ihre Schärpe. Dann liftet sie den hinteren Rocksaum und zieht die knisternde, raschelnde, hellaufleuchtende Hülle über den Kopf, sie taucht ein, taucht überhaupt nicht mehr auf, stöhnt unter dem blauen Zelt, taucht doch wieder auf, rollt mit den Augen, zupft, zerrt, hält den Atem an, drückt die Brust flach: jetzt rutscht es nur so runter, fließt, fällt auf den Fußboden wie ein ausgeschütteter Eimer Wasser, so rutscht das hinunter. Sie atmet aus und läßt einen Augenblick die Schultern hängen. Ruhiger und lächelnd greift sie nach der Schärpe, bindet sie sich um den Bauch und bindet eine Schleife, zwei Bänder fallen herab und werden geordnet, der Samt läßt keine Verdrehung, keine Falte zu, dann seufzend die Haare aus dem Gesicht gestrichen, die Ärmelbündchen herum- und zurechtgezupft, fertig? Nein. Die Schuhe, die Sandalen, Sandaletten, Sandalettchen fehlen noch, die im Hutfach in einem beigen Karton zwischen Seidenpapier aufbewahrt werden, die aus hauchdünnen Sohlen, zugespitzten Absätzen und einem Gewirr von silbernen Riemchen bestehen, Silbergeflechte, in denen sie kaum stehen kann, also zugemacht mit den Schnallen so klein wie ein Kleinfingernagel und zum Spiegel gestakt.

Die langen Ärmel waren vom Bündchen bis zum Ellbogen hinauf offen, Schlitze, aus denen das hellblaue Futter hervorstrahlte. Ein ähnlicher, auseinanderspringender Schlitz zog sich vom geschlossenen Halsbündchen über den Brustansatz hinunter. Auch hier schimmerte das seidige Futter hervor, wenn sie, wie in diesem Moment, die Schultern hoch und zusammenschob.

Vor Bewunderung hielt ich mich etwas abseits, verfolgte aber trotzdem jeden Schritt, jede Bewegung, ganz versunken in den Traum aus Blau, in das Wellenspiel der schwingenden Stoffbahnen.

Ja, sie posierte hingegeben vor ihrem Schlafzimmerspiegel, ließ die Augenlider herabsinken, senkte auch das Kinn, drehte sich dem Fenster zu und schaute sich selber über die Schulter, so daß der Spiegel ihren Rücken und das Gesicht im Profil zurückwarf. Ich fragte: Willst du weg? Sie sagte leise: Bloß mal sehen, obs noch paßt. Ich sagte: Sieht schön aus; und der Neid riß mich fast mitten entzwei.

Concordia ist ausgebombt.

Im Lebensmittelladen Steinkraus hing im Fenster ein Schild »Juden verboten!«

Mittwochs fuhr Kaltesophie allein zur Charité. Ich blieb in der Obhut von Tante Mieze zurück, die mir erlaubte, bei ihr oben das Bild mit dem Adler und Ganymed zu bewundern, wie sie zwischen zerfetzten Wolken dahinsegeln. Tante Mieze war katholisch; ich liebte die Marienbilder, die sie aufgehängt hatte. Sie sagte mir bei den Schularbeiten die Rechenergebnisse direkt ins Kästchen, damit wir mit den Aufgaben nicht den ganzen Nachmittag vertrödelten. Wir hörten die alte Frau Nentwich, Tante Miezes Zimmerwirtin, nebenan Klavier spielen und schwiegen einen Moment. Dann ging ich hinüber und fragte – Frau Nentwichs Mann war Kupferstecher gewesen – ob ich die Kupferplatte anfassen dürfe, die schräg auf ihrem Buffet stand. Langsam tastete ich die feinen Rillen und Linien ab. Sie stellten eine Birke dar, bei Sturm. Ich stand auch lange vor einem Gemälde: eine breite Straße in

Paris bei Regen. Die Frauen trugen lange Röcke, kurze Jäckchen und Schirme. Die Straßenlaternen glimmten, und das Bild bestand aus lauter Punkten.

Sonntags fuhr ich mit Kaltesophie zusammen Karl besuchen. Zuerst gingen wir Ecke Marienstraße in ein Restaurant, wo sie uns rosane Krebssuppe vorsetzten. Können Sie mir bitte erklären, fragte Kaltesophie, wozu Sie mir Fettmarken abgenommen haben? Später standen wir in einer schwarzen Menschentraube vor dem Eingang zum Krankenhaus. Zwischen den dunklen Gestalten leuchteten Blumensträuße auf. Die Angriffe forderten mehr und mehr Opfer. Anschließend liefen wir ins Café. Die Schillerlocken waren ebenfalls mit Vanillepudding gefüllt, und der Geiger kam zum Schluß ohne sein Instrument und setzte sich kurz zu uns an den Tisch. Er sagte zu Kaltesophie: Schöne Frau. Und sie nannte ihn im Scherz Zigeunerbaron.

Pst! Feind hört mit.

Als wir an unserer Station aus der S-Bahn stiegen, blickte sie an mir herab. Ich trug ein rotes Seidenkleid mit Pikeekragen und weißen Manschetten. Ihre Augen wanderten hin und her. Jetzt erwachte sie und schlug zu: ich hatte in der Bahn, in die wir leicht noch hätten zurückspringen können, meine rote Lackledertasche liegenlassen.
Wenn ich nicht auf alles achte, du Kamel, du! Was, glaubst du, habe ich mir für Mühe gegeben, eine Tasche aufzutreiben, die zu deinem Kleid paßt! Kleine Idiotin! Peng. Drrrr, an den Zöpfen gezogen. Dir ist einfach nichts wert, schon gar nicht, wenn es von mir ist. Du achtest weder meine Sachen noch deine, und das mitten im Krieg. Satansbraten. Steh nicht so dämlich da! Ich bring dich zum Aufsichtsbeamten und fahre nochmal nach Friedrichstraße rein. Soll er auf dich aufpassen.
Zwei Stunden später kam sie mit meiner Tasche unterm Arm zurück. Ich hatte inzwischen alle Stationen bis Friedrichstraße auswendig gelernt.

Karl: Selbst wenn wir den Krieg gewinnen, kriegen sie mich nicht in die Partei. Mich nicht, eher lerne ich Autofahren.

Kaltesophie: Du mit deinen Herzattacken, und dann Autofahren.
Karl: Ich habe nicht gesagt, daß ich anfangen will zu rasen.
Kaltesophie: Ich denke, wir schaffen uns ein Motorboot an, das ist weicher.
Karl: Vielleicht nichts von beiden, noch haben wir den Krieg nicht gewonnen.
Kaltesophie: Wer soll denn den Krieg gewinnen? Laß das bloß keinen hören.
Karl: Du hast es gerade nötig, du mit deinen jüdischen Feiertagen.

Nimmt es mir im Großenganzen gesehen immer wieder viel Zeit weg, anstatt mit dem Unterricht vorzufahren, mich eurer Erziehung und Disziplin widmen zu müssen. Diejenige, die es betrifft, wird bald merken, alle werden bald merken, worum es heute geht, denn der Spengler hat in den großen Ferien einen besonderen Fund gemacht, den ich euch sogleich zeigen werde. Und wo hat er den Fund gemacht? Diejenige wird es wissen, wenn ich euch nun ein kleines Taschentuch vorführe: gewaschen, gebügelt, gefaltet habe ich es inzwischen, natürlich war es mir unmöglich, die Rostflecken zu entfernen. Wenn diejenige, der das Taschentuch gehört, denkt, länger schweigen und ableugnen zu können, hat sie sich geirrt, das Taschentuch ist nämlich gezeichnet. Moment, ich gebe es sofort durch, so daß ihr es in Ruhe betrachten könnt. Vorher sagt uns diejenige aber mal laut und deutlich, wo der Handwerker es gefunden haben mag. Na? Nichts – aber das hilft doch nicht. Also sage ich es euch: er hat es auf eurer Toilette gefunden. Das rostige Taschentuch mit einem sehr interessanten Inhalt schwamm im Spülwasserbehälter, oben unter der Decke, im Wasserbehälter einer eurer Toiletten. Und was stak darin, was war in das Taschentuch eingebunden? Diejenige, die es dort versteckt hat, schweigt ebenfalls? Ist feige? War nicht zu feige, einen Diebstahl zu begehen? Und ist nun feige? Wir können warten. Inzwischen zeige ich euch den kleinen runden, nun leider rostigen, also verdorbenen Gegenstand, der sich in dem Taschentuch befunden hat: da seht ihr, wie es ans Licht der Sonnen kommt. Und nun bitte ich diejenige, sich zu erheben, na, komm schon, komm schon nach vorne, hierher zu mir, jaaa, die Finger ausstrecken, es ist ganz unsinnig, jetzt einen Knicks zu machen, steh gerade, ganz aufrecht und strecke die Hände aus, flach halten, drehen, jaaah.

Der vorweihnachtliche Himmel
läßt seine Sternbilder verblassen
hinter einem Vorhang
aus gekreuzten Scheinwerferstrahlen
dick wie Balken
und kreuzigen Kassiopeia und Andromeda.
Außerdem hängen am Himmel
lauter Weihnachtsbäume und Leuchtkugeln
machen Feuerwerk.
Der Himmel hat an zahlreichen Stellen
die gewohnten Bilder mit Licht erschlagen.
Neben mir steht ein großer Mann
nur noch Haut und Knochen
der Weihnachten unbedingt zu Hause sein wollte.

Kaltesophie sagt: Die hat ja 'n Flitz.
Tante Mieze sagt zu ihrem Sonntagsessen Köchen. Sie sagt zu Grieben Grammeln. Sie sagt zu Pfefferkuchen Lebzelten. Sie sagt zu Pilzen Schwämme. Sie sagt zu Weißkäse Topfen. Sie sagt zu Tomaten Paradeiser. Sie sagt zu Blumenkohl Karwjol. Sie sagt zu Rosinen Zibeben. Sie sagt zu Schrippen Wecken. Sie sagt zu Wienerbrot Kopenhagner Schnitte.
Tante Mieze sagt zu mir: Nadu Aschkappelmuster – und lacht.
Karl sagt: Ich versteh kein Wort.

Die Nacht vor Heiligabend, und wieder raus und wieder runter. Ich bete und bete und bete und bete. Zusammengekauert sitze ich in meinem mit Decken ausgeschlagenen Liegestuhl und bitte den Herrgott, niemanden von Bomben treffen zu lassen. Wenn ich darum bitte, daß es niemanden erschlägt, meint das Gebet auch mich, und ich bin gerettet. Die Einschläge kommen immer näher; nie würde ich wagen, für mich allein zu bitten. Ja, ich bin fest davon überzeugt, daß Gott mir geneigter ist, wenn ich auch für die anderen bitte.
So nahe sind die Bomben denn doch nicht, das täuscht, die nehmen sich die Fabriken vor. Frau Nentwich lehnt es wieder

einmal ab, herunter in den Keller zu kommen. Sind wir nicht für die alte Dame verantwortlich? Was tun, sollte das Haus abbrennen, und wer stürzt dann hinein, sie holen?
Entwarnung. Es ist eine einzige Bombe niedergegangen, am Rande der Ortschaft. Aber dort hat eine einstürzende Hauswand ein siebenjähriges Mädchen erschlagen. Es war ein Jahr jünger als ich.

Zwischen Weihnachten und Neujahr fand die Beerdigung statt. Kaum eine Familie aus unserem Ort, die keinen Abgesandten schickte. Manche Familien erschienen geschlossen. Leichter Hundepfotenschnee blieb in den Eiben hängen und tropfte herunter. Am ersten Eingang des Friedhofs und gleich rechts, in der Reihe, die sich an der Mauer hinzog, war ein Grab ausgehoben. Die Bevölkerung belagerte die Grube und erwartete raunend, daß die Kleine – »Das erste Opfer unserer Kirchengemeinde, Bombenopfer meine ich doch« – in die Erde gesenkt würde.
Kaltesophie und ich stolpern zwischen Gräbern und Marmorsteinen herum, da kommen sie. Der Pfarrer richtet eine kurze Ansprache an uns alle, dann fährt das Mädchen hinab. Als die Mutter vortritt und statt Erde Puppen hinter dem Sarg herwirft, geht ein Stöhnen von Mund zu Mund.
Jede Nacht im Westen ein Feuerschein. Berlin brennt. Jetzt hat der Krieg die Vororte erreicht. Was für unfröhliche Weihnachten dieses Jahr.
Die Friedhofsverwaltung ordnet an, einen Jagen Wald zu roden und das Gelände bis zur Bahnüberführung hin zu vergrößern.

5

Nach den Weihnachtsereignissen schlief ich lange nicht mehr durch. Entweder schrak ich von Träumen hoch, oder mich weckten die Sirenen. Ich wachte bei jeder Gelegenheit auf, Karl konnte mich noch so vorsichtig in den Keller tragen, und dann blieb ich sicherheitshalber gleich munter. Wir mußten nicht selten zweimal, sogar dreimal nachts in den Keller gehen.
Karl hatte einen Kollegen, dessen Familie von Weißensee nach Mecklenburg evakuiert war, der besorgte uns eine Unterkunft. In der ersten Januarwoche fuhren Kaltesophie und ich nach Güstrow, wo wir in einem schiefen Fachwerkhaus eine Schlafkammer bezogen, die vom Wohnzimmer der Vermieter nur durch eine vorgehängte Decke getrennt war.
Die Leute hatten einen Franzosen als Arbeiter für ihre kleine Landwirtschaft. Sie hatten Kaninchen und Federvieh und hielten sich einen dressierten Schäferhund. Der Hund hieß Uz. Der Franzose bekam Päckchen von Zuhause und fütterte den Hund und mich mit Bonbons. Kaltesophie freundete sich mit dem Hund an und sprach mit dem Franzosen Französisch.
Abends saßen wir alle unter der tiefhängenden Lampe im Wohnzimmer – »Von Verdunkeln haben die wohl hier noch nichts gehört« – und ich durfte aus alten Bilderbögen Anziehpuppen ausschneiden und eine Eisenbahn, die sich falten und aufstellen ließ. Ich hatte nur die Nähte mit Mehlbrei zu verkleben.

Morgens los auf Pantinen in Fäustlingen aus schlecht gegerbtem Kaninchenfell die hingen an einer wollenen Kordel um den Hals außen unterm Mantelkragen damit die Kordel nicht scheuert und in der Schule von Güstrow kein Wort verstanden und die Kinder nicht verstanden seltsames Kauderwelsch was die reden und gefroren also mit Mantel in die Bankreihen gedrückt seitenlang Ernst Reuter vorlesen vorlesen kann ich sowieso nicht und wenn ich es versuche brüllen die andern vor Lachen dafür habe ich meine Schlittschuhe mitgebracht die hier haben nur zwei eiserne Drähte längs unter ihre Pantinen genagelt zum Schlittern lächerlich also die Schlittschuhe angeschraubt und auf die Bäche und mit den hinteren Spitzen gehackt daß die Absätze wackeln und Löcher gebohrt dasselbe auf einem Teich und eingebrochen bis zum Bauch.

Karl ist da und klagt über unpünktliche Zugverbindungen. Und jetzt werde ich dir mal erklären, warum wir den Krieg doch gewinnen. Sieh mal, was ich hier aufzeichne, ist Rußland, daneben ist Deutschland, richtig, viel kleiner, das stimmt, die Russen haben auch viel mehr Leute, stimmt, weiß jeder, die sind mehr als wir, und was haben wir, was die nicht haben? Rate mal! Wir haben Maschinen, und Köpfchen haben wir. Die schicken Kinder mitten in die Front, denen sie kleine Bomben oder Granaten auf den Bauch gebunden haben, das haben wir nicht nötig. Nimm deine Eisenbahn und denk dir, die fährt mit einem Pferdewagen um die Wette. Wer kommt schneller vorwärts? Die Eisenbahn natürlich. So ist es mit allem. Wir verfügen über Eisenbahnen, die über Panjewagen, wir haben Kanonen, Panzer, Maschinengewehre, die haben manchmal nur ein Messer in der Hand, da kann gar nichts schiefgehen.

Seltsame Gegend, und seltsame Gedichte müssen wir in der Schule lernen. Berge sehe ich erstmal keine, dafür dickköpfige und kahle Weiden entlang der Bäche. Die Wiesen unter dem knirschenden Schnee sind eingezäunt von Stacheldraht und Knüppeln, die in alle Windrichtungen stehen. Unbegreiflich, was die schwarzen Vögel suchen, die den Himmel aufreißen und niederfliegen wie Rußfetzen. Bibbernd und mit aufgeplatzten Lippen spreche ich im Chor nach:

Herr Dagbrand kämpfte harten Strauß
mit Ungemach und Erdengraus
Die Pest verschlang ihm Weib und Kind
der Krieg ihm Hof und Ingesind:
Und wie er ganz sich arm vermeint,
stahl ihm Verrat den liebsten Freund.

An den Nachmittagen, wenn der Himmel größer ist als jemals Zuhause, Schlittschuhlaufen mit laufenden Nasen, oder einer zieht den anderen auf dem Schlitten hinter sich her. Keine Abfahrt, so flach ist es hier, und die Brücken über schmale Bäche aus Holz und oft so morsch. Einzelne Bäume, und immer ist Wind. Außerdem knallen die hier Obst ans Essen. Rosinen, Pflaumen, Birnen mit Fleisch zusammen. Das schmeckt mir kein bißchen. Wirklich gut sind bloß die Griebenroller.

Kannst du nicht deinen Gürtel opfern, hast ja zu Hause mindestens vier andere.
Mir schlottern die Hosen am Bauch.
Du hast Hosenträger dran.
Für diesen Franzmann etwa?
Ja.
Hm, sehe ich nicht ein, hätten besser kämpfen sollen.
Er hat uns dauernd was zugesteckt aus seinen Päckchen.
Warum schicken sie ihm dann keinen Gürtel?
Was weiß ich.
Na, guuut.

Auf dem Kopf trug Kaltesophie zu der Zeit ein Wagenrad, aufrechtstehend und mit einer Hutnadel befestigt. Ach, wenn sie zur Haustür hereinkam, zur Wohnung, und im Gegenlicht dastand mit diesem Rad auf dem Hinterkopf, der ihr Gesicht mit einem schwarzen, unheiligen Schein umgab aus Filz und Pappe.
Anfangs dachte ich, der Hund unserer Wirtsleute sei mein Freund, obwohl er streng dressiert wurde. Aber wer konnte schon mitten im Krieg einem dressierten Schäferhund trauen.
Wenn Kaltesophie das Haus betrat, war es meine Aufgabe, ihr den Mantel abzunehmen, in den Flur zu tragen und aufzuhängen. Einmal nahm ich den Mantel nicht höflich entgegen, sondern riß ihn schlechtgelaunt an mich: da sprang mich auch schon der Hund an, der auf zwei Beinen stehend mich überragte. Ich hielt noch den Mantel im Arm, Kaltesophie nestelte noch an ihrem Hut, der Köter schlug mir seine zwei oberen Schneidezähne in die rechte Augenbraue. Ich schrie. Die Wirtin schrie.

Später erklärte Kaltesophie den Zusammenhang: Der Hund habe nur gedacht, ich wolle ihr den Mantel stehlen.

Ich kroch auf den Knien im Schafstall herum: nichts. In die Milchkammer: nichts. Die Treppe runter in den Keller mit dem Eingeweckten und dem Geselchten und dem Sauerkrautfaß: hier stieß ich endlich auf rötliche, fast violette Körner, die in Häufchen am Boden lagen. Ich ramschte alles zusammen und steckte mir das Zeug in die Manteltasche.
Auf dem Weg zur Schule nahm ich meine Brote her, kratzte die Leberwurst ab, knabberte die Kruste runter und knetete das Rattengift in den Brotteig. Ich bespuckte den graubraunen Ball und knetete den ganzen Vormittag mit einer Hand in der Tasche an drei Kugeln, die sich auf dem Heimweg schnell erhärteten.
Am Nachmittag warf ich die Brotkügelchen in den Zwinger. Das Ergebnis war gleich Null. Also am nächsten Morgen dasselbe nochmal, aber mitsamt der Leberwurst.
An dem Abend heulte der Köter und jaulte stundenlang zum Himmel hoch, bis der eilig herbeigerufene Veterinär ihm ein Brechmittel in den Hals stopfte. In der folgenden Nacht hat der Hund, sie hatten ihn in die Küche hereingenommen, dauernd gewürgt, gekeucht, gehustet, gebrochen. Gestorben ist er nicht, aber: Unser Uz ist nicht mehr derselbe wie früher.

Kaltesophie sagt: Ich gehöre zu meinem Mann, ich gehöre in meine Wohnung, ich gehöre nach Hause. Was habe ich hier verloren, mitten im Eis und kein Wald in Sicht, und die Leute reden anders, und wir haben nichts als eine winzige Kammer und ein einziges Bett und keinen Schrank. Und nachts können wir keine Tür hinter uns zumachen und haben bloß eine Decke zwischen deren Wohnzimmer und unserer Kammer. Ich gehöre nach Hause zu meinem Mann.
Kaltesophie sagt: Jetzt wird gepackt. Ich bleibe hier keinen Tag länger, bloß weil du mal einen Luftangriff nicht vertragen hast. Du wirst im Leben noch ganz andere Sachen durchzustehen haben, schließlich ist ja gar nichts passiert. Die Bombe, die da fiel, war meilenweit weg. Also ab nach Hause.

Eines Morgens war es dann soweit. Ich hatte Kaltesophies Niveadose gestohlen, ging, wie so oft schon, eine Stunde

früher in die Schule und nahm mir die Wandtafel vor. Nach gefährlichen Klettertouren war ich mit ihr auf gleicher Höhe und schmierte sie bis in alle Ecken mit Creme ein. Da rutschte jeder Strich ab, da war es unmöglich, was mit Kreide an die Tafel zu klieren. Da nutzte es wenig, wenn Fräulein Mammert, ehe sie den Raum verließ, irgendein Kind an die Tafel beorderte und sagte: Du schreibst alle auf, die schwatzen oder Krach machen.
Inge hatte mich ertappt, als ich noch an der Tafel herumturnte. Zwar war ich nun ganz in ihrer Hand, gottlob hatte ich sie in der Pause manchmal untergehakt, aber es fiel mir nicht schwer, sie einzuweihen und schwören zu lassen. In der Stunde blickte ich mich nach ihr um. Ich kniff die Augen zusammen, riß sie dann drohend auf, Inge zuckte leicht mit der Schulter, was ich eigentlich von ihr wolle. Bald darauf ging ich zum ersten Mal und heimlich ins Gemeindehaus, und ihre Mutter setzte mir eine Kohlroulade vor.

Noch ein Schlag! Und ich steck ihr wieder 'ne Stecknadel ins Sofakissen, daß sie wie von ner Tarantel gestochen in die Luft geht.

Drei Hanowski-Jungen saßen in unserer Klasse, und Rudi Hanowski ist es gewesen, der eines Tages nach vorne kam, ihren Stock packte und in Nullkommanix über seinem Knie zerbrach. Wir hielten die Luft an. Stumm und gelähmt blickten wir ihm nach, wie er seelenruhig auf seinen Platz zurückging.
Hach, und wie Fräulein Mammert laufen konnte und nach hinten peeste und Orgel spielte auf den Gesichtern der letzten Reihe.
Rudi hat die Schule nie wieder betreten. Der hatte es gut.

Besuch, Besuch. Onkel Hans hat vier Tage Urlaub und kommt direkt aus Paris. Er stellt mir eine braune Papiertüte hin, gefüllt mit lauter Möbel für meine Puppenstube. »Kannst dich neu einrichten, alt ist modern.« Kaltesophie kriegt einen Schal und Toilettenwasser, für Karl hat er ein funkelnagelneues Rommeespiel in der Tasche. Onkel Hans ist groß, braunhaarig, guter Laune, seine Uniform ist gebügelt, und die Teile aus Metall blitzen in der Märzsonne. Und noch was: Morgen brauchst du nicht in die Schule zu gehen, ich hab Lust, mit euch einen echten deutschen Waldspaziergang zu unternehmen. Hm? Hurra. Und Kaltesophie: Wir nehmen uns Brote mit und gehen früh los, gleich bei Sonnenaufgang. Und Onkel Hans: Einen Likör habe ich auch dabei, den heben wir uns auf für die Morgenkälte. Und Kaltesophie: Nein, wird der Karl sich freuen, wenn er nach Hause kommt.

Im Märzen der Bauer die Rößlein einspannt
Auf einem Baum ein Kuhukuck
simsalabimbambasaladusaladim
Hat dein heimatliches Land
keinen Reiz für deinen Sinn
Rote Kirschen eß ich gern
schwarze noch viel lieber
Wir fahren übern See, übern See
wir fahren übern See
Drei Reiter zu Pferd
wo kommen sie her?
Von Sixen, von Sachsen
wo die schönen Mädchen
auf den hohen Bäumen wachsen
hätt ich eher dran gedacht
hätt ich dir eins mitgebracht

Ist heute zufällig ein jüdischer Feiertag?
Sophia! Du fragst vielleicht Sachen. Nanu, Tagesalarm?
Haach, ich bin noch ganz erschöpft vom Rumlaufen.
Tagesalarm, habt ihr das öfter?
Erst das zweite Mal, eine reine Vorsichtsmaßnahme. Bei Tagesalarm überfliegen sie nur, da werfen sie nichts ab.
Von wegen, jetzt aber schnell runter. Laßt die Mäntel gleich an.

Das war ein Tag. Am hellen Nachmittag wurde es ganz finster, und in der Nacht war es warm und hell, daß man draußen hätte Zeitung lesen können.
Hans übernimmt sofort das Kommando.
Raus aus dem Gang, rein in die Seitenkeller. Na, in Paris wars

ruhiger. Hinhocken, zusammenrücken, ganz fest zusammenbleiben und hinhocken! Arme über die Köpfe halten! Keiner geht einzeln!
Hanowskis Haus brennt.
Weg vom Fenster! Weg da, bei den Stützbalken bleiben!
Und zu Kaltesophie: Hörst du nicht, beug dich über das Kind, ich beug mich über euch.
Raus! Ich will hier raus! Raus!
Hiergeblieben! Und wenn ich dich k. o. schlage!
Die hauen uns das Haus überm Kopf zusammen, ich will raus!
Brüll nicht so! Das ist die zweite Welle. Die kommen nochmal wieder. Na, mehr als drei werden sie nicht loslassen.
Ich ersticke!
Wenn du rausrennst, ist das dein sicherer Tod. Am Schluß kommen sie runter und knallen euch auf der Straße ab. Ruhe, verdammt! Die dritte Welle ist vorbei. Na, hörst du die Maschinengewehre? Höst du sie?
Alles, was wir hören, sind Explosionen, Detonationen, berstende Mauern. Singen, Zischen, Aufschlag, Detonation. Dann hört das Pfeifen der niederfallenden Bomben auf. Wir hocken noch eine Weile zusammengekrümpelt und übereinander. Dann hoch und rauf, obs brennt. Das Kellerfenster ist geplatzt, Rauchschwaden dringen herein. Zwanzig Minuten, länger hat das Ganze nicht gedauert. Dürings Schuppen brennt, er ist voller Kohle und Kaninchen.
Löschen, löschen! Steht nicht rum. Bevor das Feuer aufs Haus übergreift.
Hans klettert erstmal auf den Wäscheboden und findet eine Stabbrandbombe, die sich nicht entzündet hat. Er trägt sie mit bloßen Händen in den Garten.
Schützens, Inderans und wir haben nichts abgekriegt, sonst brennt, soweit wir sehen, jedes Haus. Aus den Leitungen kommt kein Wasser mehr. Vor Hanowskis Pumpe im Garten steht eine Riesenschlange. Wir bilden eine Kette, um den Schuppen zu löschen. Ich habe einen Marmeladeneimer. In der Kette sind mir die Abstände zu groß, ich gehe allein und schleppe und renne zurück und stelle mich nicht an und schleppe wieder. Der Strumpfhalter reißt mir, ich befestige den Gummi rasch außen an einem Mantelknopf, dann laufe

ich wieder los und schleppe Wasser. Hans setzt die Kohlen unter Wasser, die unter der Haustreppe eingelagert sind. Zentnerweise Kohlen, die fangen erst nach einer Weile richtig an zu brennen und strömen eine Bullenhitze aus.
Die Straße ist voller Menschen, die heulen, schreien, kreischen, jammern. Und mitten in das Gequietsche hinein die alte Frau Düring: Rettet meine Kaninchen, hört ihr sie denn nicht, die Kaninchen, die Kaninchen, helft ihnen doch!
Onkel Hans, ihr ins Ohr schreiend: Madame, Ihre Kaninchen überleben das sowieso nicht, wichtiger ist jetzt, die Kohlen zu löschen, damit das Feuer nicht auf Ihr Haus, Madame, übergreift, Madame! Ooch, man merkte, der kam direkt aus Frankreich.

Immortelle, es ist besser, daß ich mich verstelle.

Nachdem der Schuppen oberflächlich gelöscht war, glimmten die Kohlen noch tagelang weiter, und jeder Hausbewohner übernahm ein paar Stunden Feuerwache. Kaltesophie warf sich ihren Mantel um und zog mit mir durch die Straßen, um irgendwo Dachpappe oder Sperrholz zu erstehen, um sie vor die Fenster zu nageln.
Die Bürgersteige voll Hausrat, Bettzeug, Kinder obenauf. Wir hielten uns ängstlich in der Mitte des Fahrdamms. Die Hitze war unerträglich; aus den Häusern prasselten Steine, zischte glühendes Gebälk.
Was in einer halben Stunde alles in Klump gehen kann.
Die Wiese, der alte Marktplatz, voll Menschen, dazwischen Ballen und Bündel, Bettzeug und Sachen, rasch in Bezüge gestopft. Überall werden Leute und Kinder verbunden. Dann links um die Ecke und rauf in die Friedrichstraße. Rechts und links brennende Häuser, einstürzende Giebel und Dachstühle.
An der Ecke, wo wir in die Friedrichstaße einbiegen, liegt ein totes Pferd. Das war das Pferd von Bolles Milchwagen, und das da unter der Decke? Kann nur der Milchmann selber sein.
Komm weiter, nicht stehenbleiben! Wo soll ich denn jetzt Dachpappe oder Sperrholz auftreiben? Mal sehen, wie es am Ende der Straße aussieht, entsetzlich, womit haben wir das verdient.

Frau Mohn läuft uns verrußt und heulend in den Weg.
Zwei Sessel habe ich runtergeschleppt, als ich nach dem dritten gerannt bin, mitten ins brennende Wohnzimmer und hatte ihn glücklich draußen, waren die ersten beiden weg. Geklaut! Wer? schreit sie, wer? In solcher Feuersbrunst, wer hat da Zeit und Nerven, uns das letzte Bißchen noch zu klauen, wer? Aber ich werde meine Sessel wiederfinden, und wenn ich in jede Stube krauche.
Beruhigen Sie sich, Sie leben. Und wo wollen Sie jetzt noch heile Stuben finden?
Dann sind es Auswärtige gewesen, ich gebe nicht auf.
Kommen Sie über Nacht zu uns, unser Haus steht noch. Bleiben Sie nicht draußen in der Kälte.
Es wird nicht kalt heute nacht, eher wärmer.
Trotzdem. Weiter jetzt.
Mit einem Mal ist es stockdunkel. Der Rauch lagert dicht über der Ortschaft und nimmt uns nicht nur den Atem, auch die Sicht. Mit einem Mal ist es Nacht, trotz der Flammen, trotz der schwelenden Balken. Daß Knistern so laut sein kann. Dichtgedrängt sitzen die Ausgebombten in den Gärten, auf den Bürgersteigen, halbnackt die einen, eingemummt die anderen. Viele sehen aus wie Rouladen: eingewickelt in dicke Decken und die Köpfe mit nassen Handtüchern umwunden. Hunderte sind, was wir noch nicht wissen, verschüttet und müssen ausgebuddelt werden. Kaum jemand, der sich nicht mit einer schweren Last abmüht, und pausenlos überholen uns welche mit Eimern und Spaten.
Bis zum Rathaus haben wir uns durchgeschlagen, auch das brennt lichterloh. Wir stehen am gegenüberliegenden Straßenrand und hören Frauen und Kinder schreien. Bricht denn keiner die Gitter auf? Die sind doch noch im Keller, die wedeln da doch mit was aus den Kellerfenstern. Warum haben die denn die Gitter nicht beizeiten entfernt?
Zurück, zurück, alles zwecklos. Weg, weg, zurück, nach Hause!
Wir biegen in eine Querstraße ein, geraten auf die Wilhelmstraße. Was haben wir für ein Glück gehabt, da steht ja auch kein Haus mehr. Zurück und wieder am Marktplatz vorbei und nach Hause.
Als wir zurückkamen, war unsere Wohnung voller Leute, die trampelten wehklagend auf den Fensterscherben herum. Bei

Schützes lag ein Blindgänger im Hof, sie mußten das Haus verlassen, bis das Ding entschärft war, und Onkel Hans war gerade dabei, die Fensterrahmen mit Läufern zu vernageln. Die Bettumrandung aus dem Schlafzimmer hatte er schon verarbeitet; die überhängenden Teppichbahnen hingen herunter auf den Fußboden, daß man darüber stolperte. In allen Betten lagen zwei, drei Personen, die Sessel wurden zusammengeschoben.
Wer kann denn in dieser Nacht schlafen?
Legen Sie sich hin, ruhen Sie trotzdem.
Die Pumpen laufen leer, Inderans Teich ist ausgeschöpft. Dafür sprudelt Wasser aus kaputten Leitungen, das reicht doch aber nicht, um eine Feuerwehrpumpe anzuschließen.
Nehmt Eimer!
Erstmal haben, und ein Ende mit weg sein.
Hahaha, wollen Sie ein dreistöckiges Haus mit Wassereimern löschen?
Und wenns der erste Stock ist.
Und wie reinkommen mit dem Eimer?
Sind die Kohlen unter der Treppe auch richtig gelöscht?
Jaja, die harken sie schon raus auf den Hof.
Wenn nur nicht der Schuppen wieder anfängt, das schlägt zu uns rüber.
Der alte Düring steht dabei und paßt auf.
Dann sitzt Kaltesophie ein paar Minuten auf einem Küchenstuhl und stiert vor sich hin. Dann fährt sie schreiend hoch: Und wo bleibt Karl? Wo bleibt mein Mann? Die müssen doch in Berlin wissen, was bei uns los ist, die müssen doch den Feuerschein sehen. Wo bleibt er bloß?
Dann sagt Onkel Hans: Bewege dich, unternimm was, sitz nicht da und warte. Jetzt nicht grübeln, Sophia! Es gibt genug zu tun. Dann sie wieder: Er muß ja doch nach Hause kommen. So finster wie es ist, er sieht ja nichts, er sieht ja die Hand vor Augen nicht mehr. Dann ruft Onkel Hans aus dem Wohnzimmer: Er wird es schon sehen, daß das Haus noch steht, er wird schon sehen, wir leben noch. Nun komm schon, Sophia.
Das monotone Surren der Pumpen nimmt ab, dafür tönt das Jammern, Klagen, Stöhnen, Wimmern vom Marktplatz herüber. Der Pole und der Ostarbeiter sind drüben in Schützes Haus geblieben – »Haben die keine Angst?« – ebenso Bahn-

wärter Rüdiger. Der sagt, er habe stets in seinem Bett geschlafen, egal, was von oben runterkam, und wird das auch heute beibehalten. Vielleicht hat die drei auch keiner zu uns rübergebeten, die Fremdarbeiter bestimmt nicht.

Wie verlorene Rohrpostbehälter lagen in den Gärten, auch im Wald die achteckigen Stabbrandbomben herum. Das Kopfsteinpflaster blieb lange aufgerissen, Häuserwände lagen platt auf der Straße mit Fensterrahmen und Gardinen dran. Noch jahrelang roch es bei Regen und Schnee nach feuchtem Mörtel, nach Asche, Ruß und morschem Holz, während aus den Fensterlöchern schon Sträucher und junge Birken hervorblickten.

Von zehntausend Einwohnern über zweitausend Tote, fünfundachtzig Prozent der Häuser bis auf den Grund zerstört. Die Kugellagerwerke arbeiten weiter, ebenso die Rütgerswerke. Und der Maulbeerbaum rechts vor der Apotheke, schräg gegenüber vom Rathaus, der steht noch.
Aus meiner Klasse hat es eine Menge Kinder auf dem Heimweg erwischt, aus der Luft erschossen.

Diesmal ist Kaltesophie durchgedreht, und keine Woche später sind wir wieder evakuiert: über Frankfurt mit dem Dampfzug nach Kunersdorf, von dort mit der Kleinbahn nach Süden, dann mit einem Fuhrwerk in ein Dorf direkt an der Oder.
Die Schule bestand aus zwei Räumen, erste bis vierte Klasse in einem Raum, fünfte bis achte in einem anderen. In der dritten Klasse war kein Platz mehr, sie setzten mich in die Bänke der vierten. Das weitläufige Schulgebäude war von einem Schulgarten umgeben. Die Lehrerin, ebenfalls evakuiert aus Berlin, schickte uns mit Eimer und Müllschippe auf die sandige, zerfahrene Dorfstraße, um Kuhmist und Pferdeäpfel einzusammeln. Sie ließ uns Mistbeete und Komposthaufen anlegen, Erbsen stecken und Petersilie aussäen und sagte: Petersilie braucht manchmal ein Vierteljahr, bevor sie aufgeht. Ob wir dann noch hier sind? Aber sicher. Wir haben sogar noch Winterspinat ausgesät.
Wer den wohl gegessen hat, die Polen oder die Russen oder deren Pferde?

Ich kann 'nen lebenden Maikäfer runterschlucken.
Glaub ich nich.
Ich kann 'ne lebende Maus runterschlucken.
Glaub ich nich.
Ich kann 'ner lebenden Ratte 'n Kopf abbeißen.
Iii, glaub ich nich.
Was zahlsten?
Janischt.
Weil de nix hast.
Paaah.

Da gab es die Oderwiesen mit Sandkuhlen und Gruppen raschelnder Strauchpappeln, die papiernen Blätter oben hellgrün, unten silbern, daß sie glänzten wie Weihnachten, und die Buhnen erstreckten sich in den Fluß hinaus, wo es schon zu tief ist für mich, und zwischen den Buhnen die Strudel, die einen runterziehen, wenn man nicht schwimmen kann wie ich. Am Ufer die trockenen, vom Wind schrägen Sträucher, in denen wir uns umziehen und ausziehen und verstecken und unsere Sachen vergraben.
Abgebrochene Besteckmesser haben wir uns zugespitzt mit Zange und Stein und geschliffen. Nur der Älteste von Abrahams, in dem Dorf hießen fast alle Leute Abraham, besaß ein richtiges Taschenmesser. Und rein und raus und bibbernd angezogen und mit der Fähre hin und her, mit den leeren Leiterwagen hinüber und den vollen zurück. Viele Bauern hatten auch jenseits der Oder Land, besseres Land. Hier wuchsen Kartoffeln und Roggen, drüben gediehen Zuckerrüben und Weizen. Auf unserer Seite standen auf dem Brachland wildriechende Katzenpfötchen und Ginster, westlich des Flusses sah ich überhaupt kein Brachland; bei uns wuchsen Mohnblumen, drüben Kornblumen und Ackerschachtelhalm. Bei uns hatten wir Wald mit Erdbeeren und Maronen zwischen den Föhren, drüben sammelten sie Schampinjongs. Da war Pilzesuchen keine Kunst. Auf unserer Seite mußten wir mit den Zehen den Waldboden um und um stülpen, um auf ein paar Pfifferlinge zu stoßen. Drüben wohnte der Rechtsanwalt und Notar, die drübige Seite hieß Loose, und oderabwärts stand hinterm Deich das Vorwerk. Auf unserer Seite gefiel es mir besser, da war mehr los. Da mußten die Polen bei Pulverkrug Harz abzapfen und in

Fässer füllen und die Fässer in ausgehobene Gräben legen, damit das Harz nicht den Wald gefährdete, wenn es Feuer fing, und nachts steckten sie es heimlich an.

Das Klavier war alt, es summte und kicherte in seinem Bauch. Hansi Abraham konnte richtig spielen. Er nannte das Flohwalzer und haute auf die Tasten und immer lauter und hörte nicht auf. Wir sangen Stücke von Schlagern und Filmmusik, er war nur zur Untermalung da und spielte stets dasselbe. Auf den konnten wir bauen, der ließ uns nicht sitzen.

Frau Seemann, unsere Wirtin, pflegte keinen Umgang mit Frau Abraham, der Nachbarin. Beide standen einer großen Gastwirtschaft vor, Frau Abraham der größeren. Sie hatte außer ihrer Gaststube noch ein Billardzimmer, und der Tanzsaal von Abrahams war größer als der von Seemanns.
Abrahams Saal war leer und wurde nicht benutzt. Die Bühne stand voller verstaubter Kulissen, und hinter der Bühne zeigten mir die Jungs Kisten wie Särge, aus denen Lumpen, Hüte, Tücher und Fetzen quollen. Wir verkleideten uns und spielten Familie und Krieg und schrieen: Links, links, links 'ne Pappel, rechts 'ne Pappel, in der Mitte 'n Pferdeappel. Wir spielten Hochzeit: Mein Häärz hat heute Premjääre, und spielten Schule.
In diesem Oderdorf sind wir nicht geschlagen worden in der Schule.

Wenn ich mir was vorstelle, muß ich heulen.
Wenn ich mich an was erinnere, muß ich heulen.
Wenn ich Märchen höre, muß ich heulen.
Wenn ich was Wahres höre, muß ich heulen.
Wenn einer geschlagen wird, muß ich heulen.
Wenn mir was wehtut, muß ich heulen.
Wenn ich was nicht darf, muß ich heulen.
Wenn ich im Kino sitze, Zarah Leander oder Der Große König, muß ich heulen.
Wenn ich was nicht schaffe, muß ich heulen.
Wenn ein Köter humpelt, muß ich heulen.
Wenn ein anderer heult, muß ich auch heulen.

Manchmal heule ich die halbe Nacht durch
dann esse ich von dem Brot, das ich im Taschentuch im Strohsack aufhebe oder von der Mohrrübe.
Wenn mich einer beim Heulen überrascht,
heule ich erst recht.

Die Jungs über zehn sagten zweimal die Woche: Keine Zeit heute, Mist zu sammeln, Dienst! Wir gehen mit der Büchse rum und sammeln fürs WHW. Die Jungmädel sammeln ebenfalls fürs WHW und nehmen die schönsten Anstecknadeln für sich, Flieger und kleine Panzer und so. Ich bin acht und werde im Herbst neun, erst im nächsten Herbst werde ich zehn.

Daniela spricht so Deutsch wie wir und läßt sich von Frau Stiehler Danuta nennen und von mir Danka, ich nenne sie auch Dankachen.
Frau Stiehler sagt: Soll sie etwa auch ihre Socken zeichnen, hä, und die Pantinen, und das Band in ihrem Zopf, daß ihr ein P aufn Hintern runterhängt. P wie Po? Meine Danuta ist immer als Dienstmädchen gegangen, vorher und jetzt, und jedesmal bei Deutschen, und haben nicht alle immer polnische Dienstmädchen gehabt? Was ist da Neues dran, daß sie sich ein P aufs Hemd nähen sollen, seh ich nicht ein, die sind bei uns in Stellung gewesen als Knechte und Mägde und werden das bleiben, egal, wer regiert, und bei dem Kroppzeug, was sie jetzt anfahren, Ukrainer und Weißrussen und welche mit Schlitzaugen, weiß der Teufel, wo die noch herkommen, da hab ich Glück gehabt mit meinem Mädchen. Stammt doch wenigstens aus zivilisierten Verhältnissen, na, aus unserer eigenen Gegend eben.
Frau Stiehler ist Hebamme, und Danuta hat schon alles darüber bei ihr gelernt. Danka ist erwachsen, wenn sie auch einen Zopf auf dem Rücken trägt. Neunzehn oder zwanzig ist sie bestimmt schon. Ich gehe mit ihr nach Matschdorf, sie holt Waschpulver, Chlor und Rattengift, ich hole Grützwurst. Ich hole unsere Milchkanne voll Blutwurst mit Grütze, mehr Grütze als Blut, also Grützwurst, die esse ich leidenschaftlich gerne, ein bißchen Senf. Danuta sagt: Wenn wir schlachten, bring ich euch mal richtige Blutwurst. Auf dem Rückweg finden wir noch Pfifferlinge und kommen

nach Hause, die Taschen voll zerquetschter Pilze. Danuta rennt mit mir den Hügel runter von der Post bis vor Seemanns Haus, ich komme außer Atem, sie hält mich fest und rennt mit mir. Ich bin ganz verrückt nach ihren Händen, sie soll dauernd mit mir irgendwohin rennen.
Baden gehen darf sie nicht. Dafür hat meine Danuta nun wirklich keine Zeit, sagt Frau Stiehler, mit euch noch in der Oder rumzuhopsen, vor dem ganzen Dorf und nichts an, würde sie selber nicht machen, selbst wenn ich es erlauben täte.

Wenn ich mit Kaltesophie ins Holz gehe, brauchen wir für den Hinweg eine Stunde. Die Kiepe schlenkert zwischen ihrer rechten und meiner linken Hand; zurück zieht die Stunde sich in die Länge, verdoppelt sich nicht selten. Der Korb mit dem frischen, zerkleinerten Knüppelholz hängt schwer an unseren Schultern und Armen. Über dem Kleinholz ist in Gehrichtung und fest ein Bündel längerer Äste verschnürt, obenauf das kleine Beil, tief in die Seile geschoben.
Die Griffe der Kiepe werden heiß, feucht, rutschen und scheuern. Wir umwickeln sie mit unseren Taschentüchern, später mit Lappen, die wir schon auf dem Hof mit Baumwollgarn befestigen. Wechseln. Wir stellen den Korb ab, umkreisen ihn halb und nehmen ihn wieder auf. Die vorher strapazierte Hand hängt runter, fängt etwas von dem Zeug auf, der durch den anderen Arm, über die hochgeschobene Schulter, damit der Korb nicht schleift, über den Rücken in die unbelastete Hand fährt. Die leere Hand füllt sich mit Blut und schwillt ein bißchen an. Wechseln. Dann kurze Rast auf dem Brachfeld, links unter der einzelnen, alten Akazie, die einen durchlöcherten Schatten liefert.

Auf Strohsäcken zu schlafen macht Spaß. Da kann ich alles drin verstecken, was Kaltesophie nicht sehen soll. Ich habe sogar zwei alte Fackeln unter mir liegen, die sind fast abgebrannt, ist aber noch Schwarzes dran. Bleistifte habe ich im Strohsack, ein winziges Kruzifix und eine Mohrrübe. An der kaue ich nachts, wenn ich was nachdenken muß. Und natürlich meine Messer, verschieden lang.

Unsere Wirtin hat zwei Söhne, die sind jünger als ich. Wir sitzen um den Küchentisch, Frau Seemann hat einen Topf Pellkartoffeln auf die Platte geschüttet und ein Salzfaß dazugestellt. Wir pellen die Kartoffeln mit den Fingernägeln, stupsen sie in Salz und stecken sie in den Mund. Wir rollen sie mit geblähten Backen im Mund hin und her, holen zischend Luft und warten, daß sie ein bißchen abkühlen.
Frau Seemann steht derweil mit Frau Stiehler am Herd, beide eine Kaffeetasse in der Hand. Alle schwatzen und lachen, plötzlich deutet Frau Stiehler auf mich und fragt: Ist sie das? Frau Seemann nickt mir beifällig zu und sagt: Ja, ist aber nicht ihr eigenes, ist ein angenommenes. Auch Frau Stiehler betrachtet mich freundlich; dann reden sie von etwas anderem, während wir die Kartoffeln aufessen.
Als Kaltesophie nach Hause kommt, frage ich: Was ist ein Angenommenes? Sie sagt: Wie kommst du denn darauf? Sie sagt: Blödsinn, wer redet dir sowas ein? Sie sagt: Was? Die sagt das in deiner Gegenwart? Sie sagt: Die kann dich nicht gemeint haben. Sie sagt: Die hat über jemand anderes gesprochen, aber nicht über dich, da hast du dich gewaltig verhört. Sie sagt: Du gehst mir nicht mehr in die Küche, die essen ja noch mit den Fingern.
Am späten Abend, ich lag schon im Bett, haben sie in der Küche einen himmelschreienden Krach veranstaltet. Kaltesophie drohte Frau Seemann mehrmals mit dem Gericht.

Das Gewitter kommt nicht über die Oder, und wenn es dann doch herüberkommt, findet es nicht über die Oder zurück und bleibt auf unserer Seite hängen. Eines Nachts stand bald eine Scheune in Flammen. Frau Stiehler sagt: Wenn bei einem Bauern der Blitz einschlägt, kommt lange vor der Versicherung erstmal die Polizei und zählt die Streichhölzer nach.
Kaltesophie und ich laufen zur Unglücksstelle.
Ich höre die Kühe brüllen und brüllend aus dem Stall drängen, der inzwischen Feuer gefangen hat. Das ganze Dorf steht herum und blickt aufgeregt und mit strahlenden Augen auf das knisternde, funkensprühende Anwesen. Heu- und Strohbüschel steigen brennend auf und zischen. Die Luft ist voller Sternschnuppen. Wenn das jämmerliche Quieksen und Gebrüll der Tiere und der Frauen nicht wäre, die

Löscharbeiten mit dem summenden Ton der Pumpen, die das Wasser von der Oder heraufholen, üben eine eher beruhigende Wirkung auf uns aus.

Der stand schon tagelang bei uns und redete auf Kaltesophie ein. Er lehnte sich zum offenen Fenster herein, so daß sein Kopf beinahe die Vase umstieß, die auf der Kommode stand, welche wir aus unseren drei übereinandergeschichteten Koffern hergestellt hatten, Tischdecke rüber, fertig. Neben Kamm und Bürste standen da die Vase und eine Bonbonniere mit Haarklemmen auf der leicht schwankenden Kommode: dazwischen sein längliches Gesicht. Er breitete vor Kaltesophie seine Herkunft aus, Rheinländer, und seine Familienverhältnisse, verheiratet, kleine Tochter, und war uns schon eine Woche auf die Pelle gerückt, bevor sie ihn bat, uns beim Holzholen zu begleiten.
Von da an brauchte ich nicht mehr zu schleppen. Bald darauf hatte auch Kaltesophie die schlimmste Plackerei hinter sich und ging vom Tragen zum Ziehen über, denn der Rheinländer borgte jeden Nachmittag einen kleinen Handwagen. »Schieben, nicht bummeln da hinten!« Wer kontrollierte schon, wie ich mich ins Zeug legte, gut gedeckt von der überladenen Fuhre.
Frau Seemanns ausgeräumter Fest- und Tanzsaal beherbergte ungefähr ein halbes Hundert Soldaten. Die lagerten auf Stroh, wuschen sich mit Trara auf dem Hof und nannten sich Flieger, obwohl weit und breit kein Flugplatz zu sehen war. Sie wurden aus einer Gulaschkanone versorgt, marschierten in der Gegend rum und über die Felder, krochen durch das Korn und über hochgelegte Baumstämme und hatten nebenbei viel Zeit.
An den Wochenenden, an denen Karl uns besuchen kam, gingen wir nicht ins Holz. Die Flieger blieben den ganzen Sommer über, und ich brauchte dann überhaupt nicht mehr mitzugehen.
Dafür zog ich gern allein die von Apfelbäumen bestandene Chaussee nach Aurith hinunter. In den Bäumen hingen Heu und Stroh wie Haare.

Kaltesophie hatte gegen unsere Wirtin einen Prozeß angestrengt, der erst im Spätherbst und mit einem Vergleich

endete. Der Rechtsanwalt wohnte am anderen Ufer der Oder.
Karl sagt: Alles, was recht ist, aber du gehst immer aufs Ganze.
Kaltesophie sagt: Was Recht ist, muß Recht bleiben, wo käme ich hin.
In unserem Rücken das Dorf wie ausgestorben, alle in der Kirche.
Kaltesophie sagt: Bis der wieder hier ist, das dauert bis morgen.
Karl sagt: Los, gehen wir noch ein paar Schritte auf und ab.
Kaltesophie sagt zu mir: Nichts wie Ärger deinetwegen.
Karl sagt: Laß das, das versteht sie doch nicht.
Kaltesophie sagt: Ist ja egal, gehen wir noch ein Stückchen.
Ich trotte hinterher, wie sie von der Anlegestelle wegstreben, bald kehrtmachen und zurückgehen. Die Fähre schaukelt herbei, sie sieht aus wie ein schwimmendes Küchentablett, aus Brettchen zusammengenagelt.
Karl sagt: Schöne Beschäftigung. Die paar Sonntage, die ich euch sehe.
Kaltesophie sagt: Mach mir keine Vorhaltungen, lieber komm seltener, aber gern.
Karl sagt: Bei der Entfernung, und wie die Züge jetzt fahren, ist es wirklich eine Strapaze. Und dann noch Prozesse führen in einem wildfremden Dorf, wo alle zusammenhalten wie Pech und Schwefel.
Kaltesophie sagt: Kannst ja hierbleiben, wenns dir nicht paßt.
Karl sagt: Na endlich.
Kaltesophie sagt: Ein Kahn hätte auch genügt.
Der Fährmann sagt: Konnte ich nicht ahnen, ich sah nur jemanden winken.
Langsam setzen wir über. Der Rechtsanwalt und Notar empfängt uns. Ich werde so lange aus dem Zimmer geschickt.
Am nächsten Morgen hat Frau Seemann die Küchentür verrammelt. Sie benutzte den Zugang von ihrem Zimmer aus, und wir konnten nicht mehr kochen. Kaltesophie saß ohne Kaffee da und mit rohen Kartoffeln.

Was wissen die Bauern hier schon, was Krieg ist, nie einen Alarm, nie in den Keller, nie das Haus überm Kopf angezündet, zu essen haben sie genug, Wolle zum Stricken und lassen sich Felle gerben, brauchen also auch nicht zu frieren, sommers auf Pantinen, winters auf Pantinen, wo kriegen wir denn in der Stadt noch wollene Socken her und Schmalz bei der Verknappung aller notwendigen Dinge zum Leben. Wären wir nicht evakuiert, in der Stadt hätte ich nicht gewußt, wie ich euch durchbringen sollte. So kann ich Karl noch was mitgeben. Man bedenke, es gibt in manchen Dörfern noch Schlachtwurst ohne Marken, wenn sie auch arg gestreckt ist mit Mehl und Graupen, immerhin, und Brot kann ich auch mehr auftreiben als uns allein für meine Marken zusteht. Trotzdem würde mich langsam interessieren, ob das ein Daueraufenthalt werden soll oder wie alles ein glückliches Ende nehmen wird und wann etwa, die Schule kann man schließlich nicht allzu ernst nehmen, gelernt wird da nichts, und es wäre schon angebracht, mal wieder in ordentliche Verhältnisse zurückzukehren, wie gesagt.

Der Seemannschen und der Abrahamschen ihrer waren an der Front, der Stiehlerschen ihrer war daheim. Der schien aber nicht viel zu sagen haben, weil er nicht viel sagte, und wenn er was sagte, waren das böse, zänkische, für mich aufregende Wortfetzen wie: Binnich jeck? oder: Dammte Schlaimschaißerai. Vielleicht standen ihm nur wenige Wörter zur Verfügung, denn er begnügte sich stets mit halb gehusteten Zwischenbemerkungen. Die Hebamme hat ihn nie unterbrochen. Wahrscheinlich hat sie auch darauf gewartet, daß mehr aus ihm rauskommt als: Desauigln hamnmais zetramplt andersrumufhängn. Wer, wann, wo, das hat er uns nicht verraten.
Trotzdem hat er mal Kaltesophie erzählt, wie vor einem Jahr gleich drei junge Männer, frisch eingezogen, in die Oder gegangen und wie im drauffolgenden Frühjahr zwei von ihnen, als Eis und Hochwasser abgezogen waren, blau aber noch gut erhalten auf der Oderböschung gelegen sind, während der dritte an einer Buhne hängengeblieben war, einen ausgestreckten Arm frei in der Luft. Kaltesophie schüttelte sich und sagte: Sind wohl Freunde gewesen. Stiehler dazu: Michn desan? und senkte seinen Arm, den er zur Unterstützung seines Berichts hochgehalten hatte wie ein Lahmer.

Ich möchte, daß er weiterredet, weil ich davon Gänsehaut kriege. Aber da kommt nichts mehr, und er geht wieder in die Stube und kraucht ins Radio.

Erstmal Zöpfe auf, dann rein ins gute Blaue, die Schleifen auf die Stirn, ihre silbernen Theaterschuhchen, hmmm sinddiesüß, muß ich irgendwie festbinden, wie sieht die denn aus, ein Nachtgespenst, ein Nachtgespenst, los tanzen, mach Musike, mach Musike, da ram ta ta, springen, drehen, wippen, haschen, Bauchtanz, trippeln, segeln, Küßchen werfen, Brücke, kreischen, laufen, Grimassen schneiden, erstarren, Platz-da-aus-dem-Weg-Knallköppe, hinsinken, Beine hoch, Ringelreihen, die Määäänner sind aaale Betrüüüger, iha Härz is ein finsteres Lochch, spielen-spielen-mitsingen-ihr-Armleuchter, das Kleid geht in die Luft, verwickelt sich, da da ram ta ta, da da ram ta ta, da da ram da dam da ram ta ta, Massen Stoff, leicht und weich und weit und lang, das bläht sich, bauscht sich, aba liiiieb, aba liieb, sind sie dochch, wie das weht, eine Wolke aus Blau, stolpern, hüpfen, Rock hoch, der schleift, höher, puuuh, schön is die Liiebe im Haaaafen, schön is die Liiiiebe zur Seeee, da da ram ta ta, peng, im Klavier ist was gerissen, weiter, und wir fallen alle übereinander, huch, aua, ritsch, mein Kleid, mein Kleid, aua, du hast mich gekniffen, schrei doch nicht so, los, auf, alle raus.

Unser beider Schatten sahn wie einer aus
daß wir lieb uns hatten das sah man gleich daraus
Auch in Tropenregionen
leben Millionen
Auf deutsch sie hieß Marie
Unter den Pinien
von Argentinien
unter den Bananen
begann ich es zu ahnen
unter den Zypressen
hab ich mich vergessen
unter den Kakteen
ist es dann geschehen
Mein Herz geht an Bord und fort
muß die Reise gehn

blau
ist das Meer
und wie groß kann der Himmel sein
Mein Herz hat heute Premjäre
das Stück heißt du und ich
und wenn ich mich auch wehre
ich lieb nur dich nur dich nur dich
Jeß Söör noooou Sööööörr

Als es dunkelte, die Kleider geschürzt, und ich rüber, um meine Fackeln auszugraben. Vorne nahm ich einen dicken Rockzipfel hoch und zog ihn durch den Gürtel, hinten bildete der Rock eine lange Schleppe. So schritten wir in der Dämmerung die Dorfstraße hinab. Frauen winkten uns aus den Fenstern zu, eine rief, euch juckt wohl das Fell. An meinen Lichtern war nicht mehr viel dran, und ich hielt die Arme weit auseinander, damit die Fackeln nicht aufs Kleid sprühen. Parademarsch, Parademarsch, Das ist Lützows wilde, verwegene Jagd.
Die Flieger hauen ab, die marschieren weg. Na, hinterher doch.
Eeeerikaaaa, In einem kleinen Städtchen.

Immer mehr Lastkähne schippern an unserem Dorf vorbei, überladen mit Menschen, Viehzeug, Pferdewagen, Sachen in Bündeln.
Warum fahren sie oderaufwärts?
Die kommen aus der Warthe und nehmen den Kanal.
Was sie nur alle in Berlin zu suchen haben, da steht doch kein Haus mehr.
Den Lastkähnen folgen Motorboote, später auch Ruderboote, aber die kommen nicht gegen die Strömung an und geben auf und fragen nach einem Bahnhof. Einen Bahnhof haben wir nicht, da müssen Sie nach Pulverkrug gehen.
Karl: Wie sollen wir denn den Krieg gewinnen, wenn alle abhauen?

Auch die Flieger sind abmarschiert. Über Nacht ist das Stroh, auf dem sie geschlafen hatten, aus Seemanns Tanzsaal hinüber in Abrahams Saal geschafft worden. Als wir am anderen Morgen durch die Seitenfenster, die auf unseren Hof rausgin-

gen, reinsehen wollten, kamen Soldaten und haben uns weggejagt.
Nach der Schule rotteten wir uns zusammen und drangen zu einem der fast zugewachsenen Fenster an der Oderseite vor. Es war ein trübes, verstaubtes Fenster; der Saal war voll, mit Frauen belegt. Es flüsterte, tuschelte, summte darin wie in der Kirche nach dem Gottesdienst.
Mit dieser Nachricht zu den Erwachsenen und Löcher gefragt. Zigeunerinnen sind es, Polinnen, Kriegsgefangene, Spione oder die Frauen von Spionen, naja, wir wissen auch nicht mehr, aber mit Sicherheit kommen sie aus Polen oder von noch weiter, wir wollen die auch gar nicht hierhaben, Russenfrauen, Kalmücken, was wissen wir. Keine Ahnung, warum sie in unserem Dorf lagern und für wie lange. Frau Stiehler hatte selber spioniert und sagte: Da sind zwei Schwangere dabei, eine ist gleich soweit. Und der Soldat am Eingang: Nein, nein, leider, da darf keiner rein, keiner raus. Die kriegen ihre Kinder schon von ganz alleine, wenns Zeit ist.

Kurz und klein gekochte Sandknochen auslutschen: ich sitze mit Danuta in Stiehlers Küche, wir trinken Wurstsuppe und essen Roggenfladen. Frau Stiehler sagt: Die steht wirklich kurz vor der Entbindung, aber sie lassen mich nicht zu ihr.
Wir schlürfen die Suppe aus braunen Schüsseln. Sie ist so heiß, daß mir vom Dampf die Nase läuft. Am Boden sammeln sich Krümel von Blut- und Leberwurst. Draußen herrscht dicker Nebel, die Küchenfenster sind ganz beschlagen.

Eines Tages empfing mich Kaltesophie nach der Schule mit zwei frischen, grünen Weidenruten in der Hand.
Wann, wann, frage ich, hast du mein Kleid versaut? Und die guten Schuhe voller Modderpampe, und die Riemchen eingerissen. Wann?
Und bei jedem Wann zischten mir die Ruten um die Beine.
Wann?
Als – du – in – Berlin – warst.
Als ich in Berlin war? Da hast du mit deinen Dreckfingern meine Sachen durchwühlt?
Ich – habe – ja – bloß – die – Rosinen.

Ach, an den Rosinen bist du auch gewesen? Genascht hast du? Die letzten Vorräte weggefressen?
Nicht – ganz.
Keine Zeit mehr, was? Das Kleid verhunzen war dir wichtiger, was? Mein Theaterkleid durch die Pfützen zu schleifen, darauf kam es dir an, was? Dafür hast du lieber ein paar Rosinen übriggelassen, oder? Sie hatte mich längst an die Stubenwand getrieben. Dort klebte ich fest und roch Kalk, und bei jedem Was zog sie mir die Ruten über. Die pfiffen, legten sich um meine Knie und rissen die Waden, die Kniekehlen, die Schenkel auf.
Hergucken, sage ich! Hängt hier nicht das Futter raus, wie? Ist nicht der halbe Rock mit Erde verkrustet, wie? Ist der Saum nicht ab und zerfasert und zerfetzt, wie? Hast die Schärpe verknotet und nicht mehr aufgekriegt, wie?
Bei irgendeinem Wie enfernte sich die Wand und legte sich mir zu Füßen. Ich knickte langsam ein und fiel hin.

Und draußen ist soviel los und ich liege im Bett und kann mich nich rührn und die weicht nich von meiner Bettkante mit ihren feuchten Umschlägen und Danuta kommt und haut mir triefendnasse Erde auf die Beine und die Seemannsche lugt herein wenn Kaltesophie aufs Klo geht und wenn sie einkaufen geht flößt mir die Seemannsche ne Art Tee ein der schmeckt nach Eicheln und wirklich da schwimmt ne Borke drin rum und dann taucht die Stiehler auf mit ner Schüssel Sauerkraut und reißt Kaltesophies Umschläge ab und bepackt mich mit Sauerkraut und schon ist Danuta wieder da die läuft mächtig zwischen meinem Zimmer und Abrahams Saal hin und her da drin kriegt eine jetzt gleich ihr Baby und die Stiehler darf nich rein und ich liege hier fest wie ne Flunder aufm Sand und Kaltesophie die mir vorlesen soll im Augenblick kann ich se umn Finger wickeln und ich sag noch n Gedicht sollse vorlesen wie Concordia eins wo was drin vorkommt und die tischt mir ne Geschichte auf da schneidet einer seiner Mutter das Herz raus weils seine Braut so will und schleppt es durchn Wald und durchn Moor ums der blöden Braut zu bringen und dann ungefähr so: und als im blutroten Mondesbrand ihn zur Stelle begräbt überschollender Sand – hingefalln isser der Nieselpriem anstatt die Füße zu heben – da fängt das Mutterherz zu weinen an mein Sohn hast du dir wehgetan: mit som Quatsch über den ich nun ganz und gar nicht heulen kann stiehlt sie mir die Zeit während Danka hinter ihrem Rücken von draußen zum Fenster herein Faxen macht und Mätzchen Kaltesophie geht mal raus und schon is Dankachen drin und wuselt unter mir im Stohsack rum was suchstn da ich wills dir bloß auflockern sagtse geh von mein Strohsack weg pscht mach jetzt nicht den Hund in der Pfanne verrückt mit mir könnses ja machen in allem was Kaltesophie mir vorliest kommt ne Mutter drin vor jetzt reicht es mir aber und nich zu glauben tritt Danuta paar Tage später herein mit ner zugedeckten Schüssel und sagt das Kind is raus is prima gegangen und gesund ich denke schon die hat das Baby mitgebracht aber da sind tatsächlich geriebene Kartoffeln in der Schüssel.

Als ich wieder aufstehen konnte, war nichts mehr wie früher. Die Frauen aus Abrahams Saal waren zu Fuß weg, Richtung Frankfurt. Danuta war auch weg, keiner wußte, wo lang. Frau Stiehler war von Haus zu Haus gegangen fragen; zuletzt hatte sie eine Suchanzeige aufgegeben, ohne Erfolg. Einen halben Monat später kamen zwei Männer zu ihr und forschten nun ihrerseits nach Danuta, und da hat Frau Stiehler erfahren, daß Danuta eigentlich mit den Frauen aus Abrahams Saal mitgehen sollte.
Warum? Bedauern, Achselzucken.
Das im Saal geborene Kind war inzwischen bei der NSV-Schwester gelandet, und Frau Stiehler füllte einen Antrag aus, das Baby zu sich nehmen zu dürfen, bitte, da sie selber kinderlos sei und, wie alle bestätigen könnten, mit Säuglingen durchaus umzugehen verstünde. Kurz darauf erzählte sie Kaltesophie, daß ihr Antrag abgelehnt worden sei.
Warum? Bedauern, Achselzucken.
Das Kind wurde in ein Heim übergeführt, denn die NSV-Schwester hatte keine Zeit, sich einem durch ein Kleinstkind bestimmten Privatleben zu widmen. Nach diesen Zwischenfällen hat Kaltesophie Frau Stiehler nicht mehr besucht.

Hurra hurra hurra
Karl bleibt jetzt da
seine Firma ist in Klump
der Tresor liegt
verschüttet im Keller

die Bücher sind verbrannt
er hat keine Arbeit mehr
unser Kanarienvogel ist
bei Tante Mieze in Pflege
hurra hurra hurra
Karl bleibt jetzt da.

Den letzten Kriegswinter verbrachten wir an der Oder. Wir gingen Heiligabend lange spazieren, aber die Stimmung war nicht wie sonst. Concordia hatte mir ein Paket geschickt, darin war eine Flickenpuppe, die trug genau solche Kleider wie Concordia immer anhat, dann kam eine Handvoll Zinnsoldaten zu Vorschein, in alten Uniformen, und zuunterst lag das Zigarettenbilderalbum Deutsche Kolonien, endlich. Ich informierte mich über Kalebassen, Zauber- und Wahrsagehölzchen, Knochenmesser und vergiftete Pfeilspitzen. Afrika war mir sicher, ganz zu schweigen vom Bismarckarchipel, wo in Häusern aus Stroh Dämonen leben und die Boote in Neupommern aus einem einzigen Baum geschnitzt werden mit der Hand.

6

Ein Lidschlag, Danka steht auf der Buhne und springt, die Arme ausgebreitet, graue Schwingen. Der Fluß zieht weg, der Strudel zwischen den Buhnen zieht nach unten. Wenige erreichen die offene See.
Ein Pfiff, wer pfeift – ein Schrei, wer schrie? Die Kinder von Abrahams haben sie gesehen. Das ist ein Vierteljahr her, und sie werden selber verschwunden sein, bevor es taut.
Danka im Strudel unter Eis: wenn sie auftaucht, sind die Einwohner des Dorfes über die Oder gegangen wie in diesem Augenblick Dankas Brotherrin peitschenknallend neben ihrem Pferd, ihrer beweglichen Habe hergeht. Die Reichsten sind als erste aufgebrochen.
Danka wird auf die Oderwiesen gespült. Es ist keiner mehr da, der sie kennt.

Heb die Füße! Du hast keinen Grund, so zu schlurfen. Wir sind genauso müde wie du. Denk an deine Schuhe, ich hab nichts zum Wechseln. Heb die Füße! Du brauchst dich nicht am Rand entlang zu drücken. Geh hinter mir, bleib in meiner Spur, und heb die Füße!

Der Schnee hat die Herbstgräser nicht gefällt. Ihre Halme, die Dolden und Rispen schwanken im Wind. Der Schnee hält sie aufrecht in seiner trockenen, wehenden Stille. Rechterhand und kurz vor Pulverkrug brennt der Wald. Links die Oderwiesen sind von Radspuren zerschnitten. Ich gehe zwischen Karl und Kaltesophie nach Norden. Unsere Chaussee kommt von Aurith. Sie führt durch Kunitz nach Reipzig, von dort an die Oder zurück und nach Frankfurt.
Kaltesophie sagt: Die Polen sind nicht mehr zu bändigen, sie stecken überall den Wald an.
Karl sagt: Es brennt, weil niemand mehr löscht.
Kaltesophie sagt: Das letzte Jahr über hat es ständig gebrannt.

Karl sagt: Da haben sie nur das Harz angesteckt.
Kaltesophie sagt: Wenn sie das Harz verbrennen, können sie sich doch denken, daß das Feuer auf die Bäume übergreift.
Karl sagt: Es sind ja nicht ihre Bäume.
Eine kalte, schneehelle Januarnacht. Wir sind allein auf der Straße. Die Bauern gehen quer übers Eis. Die Eisdecke knirscht und donnert manchmal bis zur Chaussee herauf.
Karl sagt: Die werden einbrechen mit ihren Wagen.
Kaltesophie sagt: Die Auswärtigen. Die Einheimischen wissen, wo es hält.
Karl sagt: Kommt darauf an, wieviel sie mitnehmen.
Karl und Kaltesophie tragen Rucksäcke und Koffer. Ich trage eine Milchkanne mit Pflaster, Tabletten, Verbandszeug und unserem Fieberthermometer darin. »Ein Haushalt ohne Fieberthermometer ist wie ein Krankenhaus ohne Arzt.«

Morgengrauen in Frankfurt. Wir steigen in einen überfüllten Güterzug nach Berlin.
Karl sagt: Wenn wir erst zu Hause sind, mag kommen, was will.
Beim Halt auf freier Strecke werden tote Säuglinge hinausgereicht.
Zu Hause packt Kaltesophie die Koffer nicht aus. Sie richtet im Keller Betten her. Nachdem sie das Eingeweckte sortiert hat, packt sie zwei Waschzuber voll Geschirr und Kristall. Sie ruft nach Zeitungen für das Kristall. Ich bringe stapelweise Berliner Lokalanzeiger.

aufstehen
den rechten Arm hoch
deutscher Gruß
die Hände falten
beten
setzen

Mein Zimmer ist mein Territorium. Ich hasse es, wenn Kaltesophie die Tür aufreißt und sagt: Ich muß doch mal nachsehen, du bist so still.
In meinen weißen und kupferfarbenen verzierten Eisenbett vollführe ich die gefährlichsten Übungen und bin Turnerin Nummer eins. Auf dem Sofa unter dem Wandbehang – »Hab

Sonne im Herzen, obs stürmt oder schneit« – umgebe ich mich mit meinen Zigarettenalben und schreibe aus Sigismund Rüstig wilde Stellen ab. In meinem Vertiko, auf dem ein Foto von Bertholt in Matrosenuniform steht, habe ich Verstecke angelegt, die jeden Gefängnisinsassen mit Bewunderung erfüllen würden. Vor dem zwei Meter hohen Spiegel, eingefaßt in einen breiten, gerillten Mahagonirahmen, ziehe ich teuflische Gesichter, mache Faxen, drehe und wende mich, bücke mich und schaue mir von hinten in meine Löcher: da studiere ich alles, was an mir dran ist, und stehe wieder auf und halte eine Rede an den Führer, daß wir den Russen Beine machen werden, und zwar ein bißchen plötzlich. Gerd Hanowski, der im Garten eine Panzerfaust versteckt hält, hat gesagt: Der erste Russe, der in unsere Straße einbiegt, gehört uns. Sollte sich mir die Gelegenheit bieten, zu den Werwölfen zu gehen: keine Frage – sofort!

Die vierte Klasse ist in einen anderen Raum gezogen. Ich komme zu spät, niemand beachtet mich. Fräulein Mammert und Inge Wassermann stehen vor dem Katheder. Fräulein Mammert drischt mit ihrem Lineal auf Inges Finger ein. Die hölzerne Kante ist zersplittert, bis in die letzte Reihe ist die metallene Schiene zu sehen. Ich setze mich nach hinten und ducke mich. Inge dreht sich um die eigene Achse. Sie kreiselt und wirbelt herum und macht Luftsprünge. Fräulein Mammert packt ihren Oberarm und hält sie fest.
Dir werde ich helfen, Kastanien in die Tintenfässer zu stecken, bis die Tinte überläuft und rausschwappt und auf den Fußboden rennt.
Hände her! Beide Hände nebeneinander, und die Finger ausgestreckt! Handrücken jetzt oben, jaaa. Finger auf, und stillgehalten.
Inge hüpft. Ihre Finger haben geknackt.
Stehenbleiben! Dreh dich nicht, dreh dich nicht.
Stillhalten. Keine Fäuste machen, Finger auf!
Inge Wassermann geht auf ihren Platz. Sie hält ihre Hände weit von sich ab. Die Finger hängen in der Luft.
Fräulein Mammert ruft mich nach vorne. Sie sagt: Die Evakuierte ist wieder da, und setzt mich in die zweite Reihe, wo ich früher saß.

Zwischen den Winterbäumen, unter Krähen liegen wir auf dem glasklaren Teich und beobachten die Wasserpflanzen. So schwarz ist das Grün unter dem Eis in Inderans Garten.
Im Herbst ist der Teich übergelaufen und hat nun den Graben unterhalb des Bahndammes in eine lange Schlittschuhbahn verwandelt. Wir fegen das Eis auf dem Graben. Hier ist es milchig und klingt hohl. Dumpfes Rollen, wenn oben ein Zug vorüberfährt. Der Graben hat eine Gänsehaut, das Wasser muß gezittert haben, als es gefror.

Aber mit einemmal hat die Schule ihre Türen geschlossen.

Karl hat was gegen Tante Mieze.
Mir als Wienerin darf der Führer den Zucker im Kaffee nicht streitig machen.
Hahahaha, die leidet ja an Gehirnerweichung. Da, wo unser Zucker herkommt, im Oderbruch stehen längst die Russen. Wenn sich jemand Zucker in seinen Kaffee schüttet, dann die.
Die Russen trinken keinen Kaffee, die trinken Tee.

Ein staubiger, unkrautiger, steintrockener, rissiger, sehr breiter, sandiger Landweg, in den unsere Straße, die Wilhelmstraße mündet. Wer diesen Weg nimmt, kommt unweigerlich an unserem Haus vorbei.
Der Landweg führt parallel zur Eisenbahnlinie direkt nach Osten. Er ist eine alte Heerstraße und begleitet den Streckenverbund Berlin–Fürstenwalde–Frankfurt bis nach Warschau. Vielleicht hört der Weg auch dort nicht auf. Entweder in unserem hellen brandenburgischen Licht oder bei ekelhaft langem Landregen oder unter weittreibendem Schnee zog Friedrich der Zweite diesen Landweg nach Osten und verlor in Kunersdorf siegreich eine Schlacht. Andere Heerführer zogen ihm nach, der Sonne entgegen, und kehrten der Sonne entgegen zurück. Seit dem zeitigen Frühjahr zogen Flüchtlinge vorbei, anfangs mit Pferd und Wagen. Im April zogen über den Landweg große Teile der Roten Armee, Kosaken, Tscherkessen, dann Hunderte von Panjewagen. Keinen Monat später kamen die Polen durch, singend, fluchend, auf Pferdewagen, Zwangsarbeiter auf dem Weg nach Hause.

Ihnen entgegen tauchten die ersten Heimkehrer auf, an selbstgeschnitzten Krücken, mit leeren Hosenbeinen, leeren Ärmeln an ramponierten Uniformen. Zur selben Zeit trafen Überlebende aus deutschen Gefängnissen und KaZets ein, so blaß wie unser Licht im April. Bald darauf folgten ihnen die Verschleppten, Frauen und Jugendliche, die als Torfstecher in russischen Lagern gearbeitet hatten. Dann zogen die Flüchtlinge, die im März vor der Front nach Westen geflohen waren, zurück nach Osten und kehrten wieder nach Westen um, als sie erfuhren, daß die Gebiete jenseits der Oder an Polen gehen.

Ein unbefestigter Landweg, Kiefern rechts und Birken links und Habichtspilze rechts und Birkenreizker links. Von den Pilzstellen will ich nicht reden. Vielleicht haben sie sich geändert. Vielleicht kehre ich zurück, und sie haben sich nicht geändert. Karl hat selten Pilze gefunden, lieber hat er gesungen: Auf, auf, Kameraden, aufs Pferd, aufs Pferd, ins Feld, in die Freiheit gezogen.

Die alte ausladende, zerfahrene, sandige Heerstraße hat in dem Jahr viel Fußvolk gesehen und viel Reiterei. Aber so weit sind wir noch nicht. Es ist April, und zwar genau der zwanzigste. Und Karl singt nicht länger: Das ist Lützows wilde, verwegene Jagd, das ist Lützows wilde, verwegene Jagd.

Dürings gehen als erste in den Keller. Der Hauswirt klopft kurz und sagt: Sie kommen. Er steht da in seinem feierlichen schwarzen Tuchmantel und sagt: Sie kommen. Dann geht er die Treppe hinunter. Frau Düring und Edith folgen ihm schweigend. Dick angezogen, tragen sie Netze und Taschen und allerlei Zeug bei sich. In der Nähe heult und pfeift eine Stalinorgel.

Mit Gelächter und Getrappel ziehen Dr. Kenzig (Chemiker, Katzenfarm, neunhundert Katzen außerhalb) und Tante Mieze (Wienerin, unverheiratet, lebt seit acht Jahren mit dem Doktor zusammen) in den Keller hinunter. Tante Mieze hat ein Kruzifix unterm Arm und in einer Hand das Bild mit Ganymed und den irrsinnigen Wolken. Stille. Einzelne Schüsse. Stille.

Dann geht Frau Nentwich hinunter (achtundsiebzig, Witwe eines Kupferstechers). Sie trägt einen Kochtopf vor sich her,

über den sie eine Serviette gebreitet hat. Langsam, Stufe für Stufe, leises Ächzen.
Bei uns passiert gar nichts, bis Kaltesophie aus der Wohnung stürzt in ihrem wehenden Pelzmantel und Schaftstiefel an. Das Kopftuch tief im Gesicht, schwenkt sie ein Lederköfferchen, nicht größer als Karls Aktentasche. Karl läuft hinterher und kriegt sie auf der Vortreppe zu fassen. Das Rattern von Kettenfahrzeugen wird lauter.
Im Haus brennt kein Licht mehr. Das Wasser ist weg, der Gasherd verödet. Ich gehe zu Karl und Kaltesophie auf die Vortreppe. Karl zerrt an ihrem Ärmel, sie wehrt sich. Sie gewinnt eine Stufe in Richtung Gartentor, er zieht sie wieder herauf.
Soffie, komm zu dir! Wo willst du denn jetzt noch hin?
Weg. Laß mich los!
Die Russen stehen schon zwischen Kurpark und Friedhof.
Eben, und ich glaube einfach nicht, daß sie dort stehenbleiben.
Laß das, ich will wissen, wo du hinwillst.
Zum Bahnhof, zum Bahnhof.
Daß ich nicht lache. Den Bahnhof gibt es nicht mehr. Komm sofort in den Keller.
Ich laß mich doch nicht von denen!
In den Keller, hab ich gesagt, bevor es zu spät ist.
Karl! Da drüben, zwischen Schützes und Hanowskis, sind sie das schon?
Tatsache. Wie vierzehnachtzehn. Genau-so-sehen-sie-aus.

Und weg und rein und runter in den Keller und ans Fenster. Kopf da weg! Duckt euch! Paah, die Neugier siegte bei Kaltesophie und mir. Nichtzuglauben, das sind sie. Bei Kartoffel-Schütze an der Hausecke stehen zwei, ihre Uniformen sind graubraun wie Erde, sie halten Maschinenpistolen in den Händen und blicken vorsichtig um die Ecke und in Schützes Vorgarten. Zwei Russen, und sonst niemand zu sehen.
Aber was soll denn das bedeuten? Karl, sieh doch mal!
Bahnwärter Rüdiger, der bei Schützes das linke Kellerzimmer bewohnt, schiebt keine drei Meter von den Russen entfernt etwas Dickes, Gerolltes, Weißes aus seinem Fenster und dreht und dreht und entrollt ein gewaltiges, ewiglanges

Tuch. Bahnwärter Rüdiger kapituliert und schleift eine weiße Fahne hin und her über Schützes Kaiserkronen und Osterglocken.
Sieh mal an. Der hat heimlich und mindestens drei Laken aneinandergenäht.

na warte
wenn die Russen kommen
die nageln uns alle
mit der Zunge an den Küchentisch
oder sie legen uns nebeneinander
auf die Straße
und fahren mit Panzern über uns rüber
paß bloß auf

Wir standen im Kellergang und hielten die Arme hoch. Du auch! sagte Karl. Höher, verdammt!
Der erste Russe war alt und hatte einen Bart. Er kniete sich hin und gab mir weiße Schokolade, Fliegerschokolade, nach der man nicht einschlafen kann. Sie sah aus wie Palmin. Einer ging in die Keller und kam mit einem Bündel Kleider von Dürings zurück. Einer zog die Hände und Handgelenke der Hausbewohner zu sich herunter und zerrte die Uhren ab. Sie wühlten alles durch, und wir zogen uns in die Waschküche zurück. Ich ging in unseren Keller rüber: da packte einer Kaltesophies Kristall aus, ein anderer stand vor unserem Lagerregal und packte das Eingeweckte in einen Sack, behutsam, Glas für Glas. Gott sei Dank die Kirschen gehen aus dem Haus. Kaltesophie war immer zu faul gewesen, sie zu entkernen. Zucker hatte sie auch nie genug. Karls goldene Taschenuhr lag tief unter den Eierkohlen.

Das hat uns Doktor Kenzig die ganze Zeit verschwiegen, daß er Russisch kann, und jetzt redete er mit denen in ihrer eigenen Sprache. Dabei hat Tante Mieze noch vor kurzem stolz erklärt: Uns Wienern wird der Führer den Zucker für den Morgenkaffee nicht streichen.

Am späten Abend, als das Haus für einen Augenblick leer blieb, rissen die Frauen Decken und Bettzeug an sich und huschten die Treppen hoch auf den Dachboden. Sie zogen die

Leiter ein und stellten Gerümpel auf die Bodenklappe: Frau Düring, Edith, Tante Mieze und Kaltesophie. Betty, Frau Dürings Dienstmädchen, ließen sie bei uns im Keller.

Ende April und zum ersten Mal alles offen.
Pausenlos Hufschläge
auf dem Kopfsteinpflaster und Wagenrollen
die hölzernen mit Eisenreifen beschlagenen
Felgen leiern und sprühen Funken
die Hufe der Pferde
zünden kleine Blitze wie unser Gasanzünder
stehende stechende Säbel.
Ach was alles die Luft zerschneidet
und manches Menschen Herz
aber nicht meins.
Gebrüll Gelächter Gegröle Getanze
ganz vergessen und entrückt
sind die Befehlshaber unserer Kindheit.
Lärm und Gelage und Rauch
und beißende Gerüche eine Art Freiheit
kommt hoch
nicht mehr zu löschen nicht mehr gutzumachen.
April und Mai ein Getümmel
unter den blühenden Kastanien in unserer Straße das kein Ende nehmen soll
weder bei Tag noch bei Nacht
kein Halten mehr
kein Innehalten.
So viel Luft ist in allen Bälgern
daß sie sogar die Ziehharmonika
auf unserem Hof nicht mehr zusammenkriegen.

Überall Einquartierung: und sofort hatten die Russen zur leichteren Ein- und Ausfahrt oder achtlos und nebenbei, aus Versehen aber sicher nicht, die Gartenzäune bei Inderan und Düring niedergelegt. Dasselbe bei den Hanowskis oder bei Kartoffel-Schütze zu tun lohnte nicht, denn deren Häuser standen dicht an der Straße. Ihre Vorgärten hatten nicht Platz genug, um mit Troß und Reiterei sich breitzumachen oder in Gruppen rauchend und Mundharmonika spielend sich auf der Erde auszustrecken.

Das ist er, der Kommunismus: einfach die Grenzen zwischen Straße und Gärten niederzuwalzen, naja. Jetzt nahm ich täglich folgende Abkürzung: aus dem Waschküchenfenster auf unseren Hof und über den Hof an Dürings Kaninchenstall vorbei und längs durch Dürings unteren Garten, und schon stand ich auf dem Marktplatz, der lange nicht mehr als Marktplatz diente. Die Stände wurden seit Jahren zwischen Kirche und Oberschule errichtet; das Grundstück unterhalb Dürings Garten hatte sich in eine wilde Wiese mit Regentümpeln und Schilf verwandelt.
Nun weideten die Russen dort ihre Pferde. Sie hatten einen dreizehnjährigen Jungen aus dem Bahnhofsviertel als Hütejungen angestellt, Siegfried Conradi, dem ich nicht von der Seite wich. Ich hatte mich dermaßen in ihn verknallt, daß ich krank wurde vor Bauchschmerzen, wenn ich bloß an ihn dachte.

Siegfried rannte schneller als die Hanowski-Jungen.
Siegfried fiel vom Pferd und weinte nicht.
Siegfried rauchte mit den Russen Selbstgedrehte.
Siegfried hatte braune Augen und schwarze Haare.
Siegfried trug drei Pullover, auch bei Sonne.
Siegfried schwitzte immer.
Siegfried kraulte die Pferde am Kopf, an den Nüstern.
Siegfried schlug die Pferde umbarmherzig in die Weichen.
Siegfried holte sich Essen aus der russischen Gulaschkanone auf Schützes Hof.
Siegfried sprach wenig, eigentlich gar nicht.

Ich habe mich mit solcher Ausdauer und Zähigkeit und Hingabe an ihn gehängt, bis er mir, wortlos natürlich, ich war einfach nicht abzuwimmeln, erlaubte, mit ihm die Pferde zu hüten, mit ihm zu essen, den Tag in seiner Nähe auf dem Marktplatz zu verbringen.
Als auf dem Marktplatz kein Halm mehr stand, zogen und trieben wir die Pferde in Dürings unteren Garten, direkt zwischen die Johannisbeeren und auf die Beete, direkt ans frische Grün der zerrauften Hecken. Es waren kleine, bockige Pferde, die sich an den Obstbäumen scheuerten und zu träge waren, die Blüten wieder vom Hintern zu schütteln. Ihre Augen sahen aus wie Sand, ihr Fell war versandet, sie rochen

nach Sand. Und ihre Mähnen waren voller Läuse: unterm Pony, in der Mähne drin, alles Läuse. So viel Läuse auf einen Sitz hat noch keiner gesehen. Ein Ameisenhaufen war nichts dagegen.

Pferdeläuse? sagte Mieze, die es nicht lange auf dem Dachboden ausgehalten hatte. Was du auf dem Kopf hast, sind echte Menschenläuse! Mongolische wahrscheinlich, weil sie so gelb sind. Das sind reine, reinrassige asiatische Läuse, die Zöpfe müssen runter.
Die Zöpfe bleiben dran.
Die Zöpfe müssen ab.
Die Zöpfe bleiben dran.
Dann machen wir eben die Essigkur. Die Haare auf, und mit dem Läusekamm gründlich gekämmt und in heißen Essig gewickelt. So heiß, wie dus verträgst. Wir können ein paar Kräuter gebrauchen, obwohl ich bezweifle, daß diese Viecher Vegetarier sind. Erst ein Handtuch fest um den nassen Kopf, dann einen Schal, damit keine Luft an die Haare dringt, und vier Tage nicht aus dem Haus. Du wirst aussehen wie ein Sultan, wie der kleine Muck wirst du rumlaufen.

Der Doktor betätigt sich als Lehrer.
Wenn sie schon mal da sind, wenn schon keine Schule ist, kannst du bei mir jeden Tag ein bißchen Russisch lernen, wirst sehen, es ist ganz einfach. Das A ist dasselbe wie bei uns, das B hat oben einen offenen Bauch, na, mitschreiben mußt du schon, während das B bei denen das W darstellt. Das E ist dasselbe, und ein umgekehrtes N heißt bei den Russen I, unser H ist deren N, das M ist wieder gleich, das O auch, und unser P heißt auf Russisch R, pfui Teufel stinkt dein Kopf, ich schreibe dir jetzt das Wort Berlin auf. Siehst du, das B mußt du schreiben lernen und das L, beim B ziehst du einfach oben die Rundung nicht zu, und das L, warte mal, tu mal so, als ob du ein großes A schreiben wolltest, halt, nein, kein A mit Spitze oben, etwas rund, wie ein geschriebenes großes A, sooo, ja, laß den Querstrich weg, nur den Bogen, jaa, das könnte glatt ein L sein. Nun nochmal das Wort Berlin, langsam, langsam, morgen nehmen wir uns das Wort Frankfurt-Oder vor, jeden Tag üben wir einen anderen Städtenamen, weil sie jetzt an jeder Straßenecke ihre Wegschilder

anhängen, da kannst du dir die Bilder einprägen, wirst sehen, ganz einfach.

Mittlerweile hatten die Russen die Pferde zum Flakensee getrieben; Siegfried Conradi ließ sich nicht mehr sehen. Tagsüber weideten sie im Wald, abends wurden die Tiere ins Wasser gejagt, dort, wo die Liegewiese, unsere Schlittenbahn, zum grauweißen Ufersand abfällt.
Mit Gertraude Esser lief ich hinterher. Sie war in der Schule die Erste und saß in der ersten Reihe, hatte nie Bekanntschaft mit Fräulein Mammerts Lineal gemacht, ein strebsames Mädchen, das leise auftrat und selten sprach. Gertraude war zum Kotzen artig. Ihre langen, dünnen, weißen Zöpfe hatte sie zu einem Kranz aufgesteckt; sie kam pünktlich zur Schule und ging ohne Verzögerung und allein nach Hause.
Geduckt in den Sträuchern oberhalb der Liegewiese sahen wir zu, wie die Russen im See badeten: mindestens zwanzig nackte Männer, kahlgeschoren, weiße Haut, die prusten und panschen und tauchen und holen Modder und Algen vom Grund und bewerfen sich und johlen und springen aufeinander drauf und lassen sich fallen und laufen ans Ufer und holen die Pferde ins Wasser und spritzen um die Pferde rum und versuchen aufzusitzen und jagen sie ans Ufer zurück und kommen selber bibbernd heraus und hüpfen und ziehen ihr Zeug an ohne sich abzutrocknen und japsen und hocken sich hin und entwirren ihre Fußlappen und wickeln ihre Füße ein und treten in den Stiefeln nochmal nach.
Also jeden Tag mit Gertrude Esser zum Flakensee und den nackten Russen beim Baden zuschauen.

Auf Schützes Hof waren alle verfügbaren Männer zusammengetrieben worden, keiner unter fünfundfünfzig. Ich sah Karl gleich aus der Reihe herausragen. Frauen und Kinder liefen aufgeregt um die Männer herum. Die fahren sie weg, die transportieren sie alle nach Sibirien oder in die Taiga, Herrgottimhimmel, die sehen wir nicht wieder, keinen von denen.

Vier Mann Einquartierung, und pausenlos Musik. Tante Mieze hatte ihnen beigebracht, unser Trichtergrammophon zu bedienen. Die Platten rauf, die Platten runter, die Rillen auswischen mit dem Samtbürstchen, neue Nadel rein und

Kurbel andrehen. Wenn das Gedudel anfing, ging ich rauf, die Kurbel bedienen. Am liebsten Filmmusik, Weißer Traum, aber auch Radetzkymarsch und Wiener Walzer. »Ma Mutterl woa ä Wjiäääänerin« ist als erstes in die Brüche gegangen, eins von Kaltesophies Lieblingsliedern. Fürs Kurbeldrehen drehten sie mir Zigaretten, die ich in einer Faber-Bleistiftschachtel aufbewahrte. Hatten sie allerdings Schnaps, habe ich davon getrunken. Mit welcher Selbstverständlichkeit sie den Wodka in Kaltesophies Sammeltassen einschenkten.

Alles halb so schlimm, Kabel ausbuddeln, wir sind schon fast bei Karutzhöhe, einen Meter tief, und die Kabel dann auf den Weg hochziehen, schwer ja, aber ich mache einfach ein bißchen langsamer. Klar hatten wir befürchtet, daß sie uns nach Rußland verfrachten. Als sie uns einen nach dem andern auf die Waage stellten und sahen, ich hab keine sechzig Kilo drauf, stellten sie mich gleich in die Gruppe, die in den Wald mußte. Die stärkeren wurden beim Gleisabbau eingesetzt. Als wir erfuhren, was sie mit uns vorhaben, fingen alle an zu lachen, ich nicht, mir war himmelangst vor jeder körperlichen Arbeit. Also ich lachte nicht, und der hinter mir stand, sagte: Wolltest wohl lieber nach Sibirien, bei Suppe aus grünen Tomaten? Oder warum ziehste so'n mieses Gesicht? Ich hab natürlich nicht gesagt, wie krank ich bin, hab ihn nur darauf hingewiesen, daß ich mit ihm zusammen noch keine Schweine gehütet hätte, seitdem sagt er Sie zu mir. Was mich erstaunt, wie nachlässig sie uns bewachen. Die Kerle lehnen sich an einen Baum und rauchen oder hocken sich hin und singen was oder schießen Kaninchen. Wir sind ihnen wohl zu alt, nichts mehr wert. Wer nicht arbeitet, soll auch nicht essen: ob die nicht bei sich zu Hause die Alten einfach verhungern lassen.

Als Kaltesophie den Dachboden wieder verließ, verlor sie sofort die Nerven.
Sie haben unser Hänschen abgeknallt!
Aber Sophie, er ist einfach verhungert.
Dann haben sie ihn eben verhungern lassen, diese Mörder! Bring ihn weg, Karl, buddel ihn ein. Armer, kleiner, quittegelber Hans.

Unser Vaterland liegt am Boden, und du jammerst um einen Kanarienvogel.
Daß das Vaterland am Boden liegt, haben wir diesem Hitler zu verdanken.
Auf einmal!
Du hast ihn ja von Anfang an nicht gemocht, weil du für den Kaiser warst, du Monarchist! Dagegen war Hitler noch fortschrittlich.
Den Fortschritt sehen wir ja nun.
Er hat uns eben getäuscht.
Mich nicht.
Ich habe gesagt, ihr sollt den Vogel begraben. Den Vogelbauer gleich mit. Weißt du noch, wie sein Herzchen immer gepuckert hat?
Deins puckert auch gleich, wenn du so weitermachst.
Du bist ziemlich streitsüchtig geworden, Karl, während ich weg war.

Ich habe schnell die Handvoll Gelb im Garten beerdigt, ungefähr an der Stelle, wo Karl seine kleine Pistole vergraben hatte.

Warum habt ihr Betty nicht mit raufgenommen?
Die ist doch verrückt.
So verrückt ist sie nicht, daß Dürings sie nicht als Dienstmädchen gebrauchen könnten.
Die Heulsuse. Umsonst hat sie nicht im Heim Gottesschutz gelebt.
Du weißt genau, daß sie keine Eltern hat. Und wenn sie dreimal nicht ganz richtig ist, hättet ihr sie nicht bei uns in der Waschküche lassen dürfen.
Sie hätte uns sofort verraten mit ihrer Heulerei.
Dafür haben die Russen sie jede Nacht in die Wohnungen raufgeholt. Das müßt ihr oben doch gehört haben. Ihr müßt doch gehört haben, wie sie schrie.
Betty schreit immer, egal was ist.
Na, ich wünsche dir, daß du mal so schreist.

Kommandantur inmitten der Ortschaft
eine Villa prächtig nachgedunkelte Gründerzeit
unter mehrhundertjährigen Eichen Kastanien

wen sie da reinführen
der sieht uns selten wieder
inmitten der Ortschaft die Villa
Hilfe schreien die Frauen
ein Dreiertrupp nimmt die Spur
der nächtlichen Schreie auf wen sie fassen
der sieht sein Land nicht wieder.

Es war noch sehr früh, da wurde ich wach. Ich sehe zum Fenster und sah im Fenster einen Kopf mit Pelzmütze: Einer von den Hanowskis, mitten im Sommer mit Pelzmütze. Das Spalier knarrte unter seinen Füßen, und er klammerte sich mit den Händen innen am Fensterrahmen fest. Ich natürlich sofort hoch.

Haste nich jehört? Wach uff! 'n Unjlückk, direkt vor unsre Tüa! Los, zieh dia an. Die Straße is volla Erbsen un Reis un Bohn', allet da. Der letzte Waren is umjekippt, isn Lastwaren ringefahrn, un der Wagonn volla Essen. Tempo, Tempo! Un bring 'ne Tasche mit, 'n Sack, wenn de hast.

Also habe ich mich angezogen, deinen alten Hosenrock.

Ach den, der ist noch von siebenunddreißig, als wir das erste Mal nach Cuxhaven-Duhnen gefahren sind.

Einkaufstasche gepackt und los. Barfuß, damit ihr nichts merkt, und rüber zur Schranke.

Wir hatten den Zusammenstoß gehört, und als ich ans Fenster ging, wen sehe ich da laufen?

Mich natürlich.

Früh um fünf. Mal wieder auf und davon, ohne ein Wort zu sagen. Ich habe Karl hinterher geschickt, er kam aber gleich zurück. Laß sie mal, hat er gesagt, sind eine Menge Leute da, die heben irgendwas auf. Ich hab ihn nicht gesehen. Warum ist er nicht dageblieben?

Das habe ich ihn auch gefragt. Ist nichts für mich, hat er gesagt, ich hab genug gesehen im Leben.

Einer aus meiner Klasse hat gesagt: Sieh gar nicht erst hin, der war gleich tot.

Wer wars denn überhaupt?

Na, der Fahrer vom Lastwagen, ein Russe. Er ist tatsächlich in den Zug reingefahren. Die Straßenbreite war von dem umgekippten Güterwagen versperrt, und dahinter stand der Rest vom eingedrückten Auto. Unter all dem Schrott dann

Ströme von Erbsen, Linsen und Reis. Der Reis ist über die ganze Hübnerstraße gespritzt, bis in die Gärten hinein.
Hatte der Wärter vergessen, die Schranke runterzulassen?
I wo, die Schranke war runter, die lag unter dem Waggon, total verbogen.
Und kein Arzt? Kein Krankenwagen?
Nichts weit und breit, nicht mal eine Patrouille.
Pfui Deiwel, die Alten krauchen da untern Lastwaren rum, wo det Blut von dem Fahrer runterjeloofen ist, sare ick, da schreit 'ne Alte, wo solln wa denn sammeln, wenn ia den Wagonn besetzt hält, kannst ja 'n Handfejer nehm, sare ick, licht jenuch uff'n Bürjersteich, aba nee, mitten innet Blut müssen se, keene Scham im Laibe.
Und wo hast du aufgelesen?
Im Waggon. Wir sind da geschlittert und ausgerutscht auf all den Körnern und haben uns die Taschen vollgestopft. Die Seelenbinders und die Hanowski-Jungen haben eine Kette gebildet und ihre Beutel und Tüten durchgereicht, als wären es Mauersteine.
Die aus dem Armenhaus waren ja immer die ersten. Sie haben ja neben der Schranke gewohnt. Jedenfalls, während wir da herumgewühlt haben, ist Rüdiger die Strecke rauf und runter gelaufen aus Angst, es käme ein anderer Zug. Mal Richtung Berlin, mal Richtung Fürstenwalde, und hat mit roten Tüchern gewedelt.
Vielleicht ist der Fahrer betrunken gewesen.
Wahrscheinlich.
Was die in sich reinschütten.
Der Krieg ist aus.
Für die.
Für mich auch.
Du wirst dich noch wundern.

Langes wehendes farbloses Haar viel zu lang für sein Alter
(der hat den Schlamassel nicht überlebt/und wie der überlebt hat).
Alles an ihm ist lang er schießt in die Höhe und übers Ziel
(taucht auf Arm in Arm mit dem Feind/die haben ihn ja rausgeholt).
Neuerdings streckt er noch den Rücken in seinem zu weiten Anzug

(und spielt den Bürgermeister/es wollte kein anderer das Amt)
den Rücken den er nicht krumm gemacht hat den haben andere gebeugt
(eigentlich gehört er ins Krankenhaus nach vier Jahren Lager).
Seine Hände unterzeichnen täglich Aufrufe und Bestimmungen
(wenn er auf der Kommandantur was zu fressen kriegt hat er ja was)
und er hält Reden vor der Rathausbaracke an ein Dutzend Passanten
(ich hab gehört im Oktober fängt die Schule wieder an).
Lehrer Bonhoff jetzt Bürgermeister macht Hoffnung auf bessere Zeiten
(gottlob kommen die Kinder von der Straße runter die verwildern sonst)
während einer seine tote Frau auf einem Handwagen vorbeifährt
(dann geht Lehrer Bonhoff sicher in den Schuldienst zurück).
Geduldig und unter Gelächter nennt er den Zusammenbruch Aufbruch
(erst gesessen und dann mit den Russen unter einer Decke)
das Wort Befreiung vermeidet er wohlweislich oder ist es Taktik
(anschließend die Hände nach unseren Kindern ausgestreckt der Sozi).
Er bettelt in der Kommandantur um beschlagnahmte Vorräte
(armes Deutschland armes armes Deutschland)
und bettelt um die Männer vom Volkssturm sein Jahrgang nämlich
(wie tief sind wir gesunken armes Deutschland alles im Eimer)
damit sie nur bei der örtlichen Demontage eingesetzt werden
(daran trägt ja nun Lehrer Bonhoff keine Schuld an dem Elend).
Seine Augen tief und schiefergrau überblicken mehr als andere
(solche wie er haben das verhindern wollen was wir jetzt haben)

wo viele sich ducken macht er sich nützlich und zieht
halbfroh
(wir haben ja nichts mehr und also nichts mehr zu verlieren)
die Karre aus dem Dreck und sieht weiter ohne jemanden zu
übersehen
(weil sie den Rest abbauen und die Maschinen nach Rußland
schicken).

meine Geduld ist gleich zu Ende
kannst du nicht ein einziges Wort Hochdeutsch reden
ihr seid dermaßen verwildert
wird Zeit daß irgendwann mal wieder die Schule anfängt
wenn du nicht ab sofort vernünftig sprichst
erhältst du von mir keine Antwort mehr
auf nichts egal was du wissen willst
aber ihr fragt ja schon gar nicht mehr
dieser Hordentrieb neuerdings
mir wird schlecht wenn ich euch schon sehe
nichts ist vor euch sicher
kein Garten kein Keller kein Stall keine Ruine
aber merk dir ein für allemal
innerhalb meiner vier Wände wird eine andere
Sprache gesprochen als draußen

In der Rathausbaracke geben sie Kochtöpfe aus: zwei Stahlhelme – ein Kochtopf.
Und wo sollen wir die Stahlhelme suchen?
Im Wald, wo denn sonst!
Wir sofort in den Wald. Traudchen Esser, die nie am Religionsunterricht teilgenommen hat, regt sich auf, wenn wir die Helme von den Grabkreuzen nehmen. Wir sind kein einziges Mal auf Leichen gestoßen, nur Gräber – in den Kiefern, bei der Schuttablade, in den Schonungen, überall Gräber aus den letzten Kriegstagen. Die Kreuze sind meistens aus Birkenknüppeln zusammengebunden: kein Name, nur ein Stahlhelm drauf, fertig. Manchmal sieht das obere Ende Holz wie ein Gesicht aus. Die Birkenrinde ringelt sich und hängt von den Knüppeln runter.
Die armen Gefallnen!

Wenn Kaltesophie mich wieder nach Holz schickt, zieh ich auch die Kreuze raus.
Komm, wir gehen lieber in die Unterstände, da liegen die Helme auf einem Haufen zusammen.
Die Unterstände sind halb eingefallen, innen wie Blockhäuser, die Decken hängen durch. Wir raffen alles zusammen, Helme, Uniformen, Geschirr. Die Helme geben wir in der Rathausbaracke ab, die Uniformen können wir auftrennen.
In dem Unterstand, der in Richtung Fangschleuse zwischen der Bahnlinie und den Schrebergärten der Eisenbahner liegt, stoßen wir auf eine Schreibmaschine, die wir kaum tragen können. Klaus Seelenbinder kommt uns entgegen und sagt: Die is'n Dreck wert, hat ja kein Schreibband. Also haben wir sie wieder weggeschmissen. Abends sagt Karl: Ihr seid aber dumm, ein Farbband kriegen wir überall. Geht mal morgen und holt die Maschine her.
Am nächsten Tag war die Maschine weg, und bei Seelenbinders drin hats getippt.
Gertraude ist gewachsen. Sie hat mich fast überholt. Sie steckt die Zöpfe nicht mehr hoch und geht jetzt auch barfuß. Sie redet immer noch wenig, aber ihre Schultern sind breiter geworden, und sie hat keine Angst mehr, bei den Russen Essen zu holen.
Kochtöpfe für die Stahlhelme gab es erst zwei Jahre später.

die will mir einreden die Silberstücke hätten sich in Luft aufgelöst so ein Biest so eine Dreckschleuder so eine verlogene hinterlistige Jöre so ein Miststück so ein Satansbraten so eine freche Stirn so eine Diebin wer lügt der stiehlt wer stiehlt der tötet auch wer tötet wird aufgehangen so eine Rumtreiberin will mir tatsächlich weismachen das Zahngold sei von alleine aus der Sammeltasse entsprungen ebenso die silbernen Fünfmarkstücke aus der Sammeltasse herausgeklettert die Karl aus Altheide mitgebracht hat oben links im Buffet stand sie mitsamt ihrem Inhalt und jetzt ist sie weg.

Sogar das Kino hat wieder gespielt. Die Erwachsenen mußten die Vorstellungen besuchen, wir sind freiwillig gegangen.
Heh, warte mal, muß ich dir sagen, ich war grade im Kino im Klosterhof, 'n russischer Film, kein richtiger Film, aber echte Aufnahmen, wie sie in ein KaZet reingekommen sind.

Weißte wahrscheinlich nicht, was das is: Meinliebermann. Müssen alle rein ins Kino, sonst gibts keine Lebensmittelkarte, wennse nich drin warn. Meine Alte hat mich mitgenommen und ist mittendrin rausgelaufen, stand aber einer an der Tür und hatse wieder reingeschupst, weil die sehn solln, was da los war in dem KaZet, wie sie die Leute ham verhungern lassen und umgebracht und Öfen warn da mit eiserne Särge zum Reinschieben, jesses, Kinder warn auch drin. Also meine Mutter hat sich die Augen zugehalten, ich nich. Wollte mal wissen, was da los war. Wirst ja sehen, deine Alten müssen auch rein, sonst kriegen sie keine Marken. Die Bilder warn wirklich echt, mir soll noch einer von denen was erzähln. Nächste Woche isn richtiger Film, Vier Herzen im Schnee, russischer Liebesfilm.
Wir sind ins Kino gegangen. Die Erwachsenen wollten es nicht sehen.

Eines Tages bei Hochsommersonne wusch Kaltesophie mein Kleid, weiße Bluse, geblümter Trägerrock, kobaltblaue Schürze mit Borten, weiße Söckchen dazu passend, und legte ihr Jackenkleid zurecht. »Morgen ziehst du Schuhe und Strümpfe an! Wir nehmen den Weg nach Köpenick, Concordia besuchen.«
Auf der Höhe von Hessenwinkel stießen wir auf die ersten geschorenen Frauen und Jugendlichen, die sie zum Torfstechen in die Taiga verschickt hatten. Seit Wochen kehrten sie auf den von Panzerketten aufgeriebenen Straßen heim. »Neuntausend sind wir im Lager gewesen, und nur zwölfhundert haben die Ruhr und den Hunger überlebt.« Sie hatten nur ein Ziel: nach Westen, nach Westen, und nicht im Kreise drehen, keine Umwege machen. Später überholten wir noch andere Gruppen, die aus russischen Lagern kamen. Unmöglich, die mageren, kahlköpfigen Jugendlichen nach Junge und Mädchen zu unterscheiden.
Mitten auf der Fürstenwalder Chaussee, zwischen Rahnsdorf und Friedrichshagen, hielt scharf und quietschend ein Lastauto, das uns bis Hirschgarten mitnahm. Ein Soldat hob mich auf seinen Schoß; ich versuchte mich einzuschmeicheln, indem ich halb deutsch, halb russisch erzählte, mein Vater arbeite in einer Fabrik. Der Soldat zog an meinen straff geflochtenen Zöpfen.

Concordia mußte uns schon von weitem an den Stimmen erkannt haben. Sie wartete regungslos auf der Schwelle des Hauses. Kein Schritt, kein Wink, die auf Wiedersehensfreude hindeuteten; groß, schmal und derzeit siebenundsechzig Jahre alt, in ihrer eierschalenfarbenen Bluse mit der weichen Schleife unter dem Kinn, in dem dunklen, langen, mit winzigen Blüten übersäten Kleiderrock, aufrecht in ihren schwarzen Schnürschuhen, den schwarzen Strümpfen in Lochstickerei stand sie ruhig da und kniff die Augen zusammen, in denen sich schon der graue Star bemerkbar machte. Ähnlich gekleidet hatte ich sie zuletzt einen Tag, nachdem ihr Haus abgebrannt war, breitbeinig in einem blauen Meer von Scilla sibirica sitzen sehen. Ähnlich oder genauso gekleidet war sie fünfzehn Jahre später, als ich mit ihr in »Mutter Courage« ging.

Sie bat uns an den Tisch in der Veranda; im Fenster spielte die Sonne in Kräuterflaschen, in denen Concordia Likör angesetzt hatte. Ihre sanften, dennoch ein bißchen hölzernen Gesten strömten große Ruhe aus. Ich war nahe daran einzuduseln. Das graue, volle Haar hatte sie nicht wie früher mit der Brennschere in Wellen gelegt, sondern in einem lockeren Dutt hoch oben auf dem Kopf festgesteckt.

Nachlässig brachten Kaltesophie und Concordia ein Gespräch in Gang.

Unsere Umgebung hat sich in einen Steingarten verwandelt, wir haben es mit einem Glasgarten zu tun.

Was ist das für ein Kind?

Das ist Jutta. Wir pflanzen und pflegen nicht nur, wir müssen zuallererst die geplatzten Gewächshäuser aus der Erde sieben.

Reizende Aschenputtelei, aber dafür haben wir zu essen.

Jutta – und weiter?

Goldstücker.

Das sieht man ihr an.

Egon steht früh auf, er hackt Holz, schneidet Gras für die Kaninchen, dann reinigt er die Beete von den Glasscherben.

Gibt es Pilze bei euch draußen?

Da mußt du meine Tochter fragen, ich betrete den Wald nicht. Und wie ist das Mädchen hierhergeraten?

Sie ist seit dreieinhalb Jahren hier in der Gärtnerei.

Schule?

Jutta ist erst sieben und hat noch nicht viel versäumt.
Mutter?
Tot.
Vater?
In Australien.
Donnerwetter, daß du uns das nie erzählt hast.
Wir haben uns ja nur einmal gesehen, seitdem Egon und ich ausgebombt sind. Jutta war nicht mir anvertraut, sondern dem Gärtner, bei dem wir hier wohnen.
Immerhin.
Wie geht es meinem Bruder Karl?
Auf Demontage, sie bauen jetzt die Kugellagerwerke ab.
Fällt es ihm schwer?
Es ist viel zu anstrengend für sein Herz. Er ist nur noch Haut und Knochen. Und dein Sohn Bertholt?
Seit wann interessiert dich mein Bertholt? Er lebt, er ist in Gefangenschaft.
Wo denn?
Die letzte Nachricht kam aus Archangelsk.
Na, Conny, dann kannst du ja noch hoffen.
Sophie, ich bitte dich recht herzlich, mich nicht Conny zu nennen.
Früher hast du gesagt: Ich verbiete dir –
Abgesehen davon, daß es natürlich sinnlos ist, dich um etwas zu bitten: jetzt ist nicht die Zeit, sich zu zanken.
Dieselbe Empfindlichkeit.
Warum nicht? Ich habe mehr Kriege erlebt als du, und bisher hat keine Katastrophe meinen Charakter geändert.
Bist du auch Monarchistin geblieben?
Ich bin keine Parteigängerin von irgend jemandem gewesen. Ich lese manchmal.
Concordia schenkte mir rote Pulswärmer. Sie hatte sie letzten Winter für Jutta gestrickt und wollte sie eben auftrennen. Der Vater wird sie vor Einbruch des nächsten Winters nach Australien holen. Stunden später, die Dämmerung ging in Nacht über, waren wir wieder zu Hause. Zweimal hatte uns ein Pferdewagen mitgenommen, den größten Teil des Weges legten wir zu Fuß zurück. Karl stand am Gartentor und sagte: Wo bleibt ihr denn? Lebt sie? Ich habe mir Sorgen gemacht. Kaltesophie antwortete: Deiner Schwester gehts blendend.

Ob das nicht eine deiner üblichen Übertreibungen ist?
Mehl ist da, wir backen, und Wodka genug, Eberhard wird noch Zwiebeln besorgen, und Lenchen hat Speck an Land gezogen, kannst du nicht euer Grammophon mitbringen?
Ich presse mein Gesicht gegen die Sperrholzplatten, mit denen unsere Verandafenster verschalt sind. Ob bei Wassermanns schon Rauch aufsteigt? Die messerdünnen Holzschichten lösen sich voneinander ab und bilden Spalten und Risse; im Winter lagen mehrmals feine Schneewehen auf dem Fensterbrett. Vom Wohnzimmer aus ist das Gemeindehaus nicht zu sehen. Von der Veranda aus erkenne ich den Bahndamm, die Schranke, das Bahnwärterhaus und dahinter den letzten Schornstein, der zu Wassermanns Zimmer gehört. Im Armenhaus kocht jede Partei in ihren eigenen Zimmern. Es quillt flauschiger Rauch aus dem Schornstein, und mich halten keine zehn Pferde mehr.
Im Armenhaus ist Hochzeit.
Wer mit wem?
Bahnwärter Rüdiger heiratet Frau Wassermann.
Na und?
Ich geh rüber.
Muß das sein?
Die backen Brot, und ich bin eingeladen. Ich geh rüber.
Jaa, jaa. Renn da bloß hin! Krauch bloß bei denen rum! Steck bloß deine Nase in deren Misthaufen!
Sophie, beherrsch dich, laß sie laufen.
Du halt dich lieber raus! Wenn einer die Plackerei hat, bin ich es. Du hast dich früher nicht um ihre Erziehung gekümmert, und jetzt schon gar nicht. Dir gegenüber hat sie immer nur ihr Sonntagsgesicht aufgesetzt.
Halt den Mund und laß mich schlafen!
Jaaa, schlaf du nur! Die anderen haben ihren im Krieg verloren, und mein Mann liegt auf der Couch und schläft. Und die Göre? Die treibt sich in Häusern herum, die aus gottunerfindlichen Gründen keine einzige Bombe abgekriegt haben. Wo alle anderen abgebrannt auf der Straße stehen.
Meinst du uns damit? Wir haben bis heute außer dem Rundfunkempfänger, um den es jammerschade ist, noch kein Stück Mobiliar verloren.
Und die Teppiche? Und die Bettwäsche? Und das Eingeweckte? Und meine seidenen Strümpfe? Alles geklaut und

geplündert, und die rennt zu Wassermanns und Seelenbinders und holt sich die Krätze und die Pocken und die Ruhr? Und die Pest und steckt uns alle an?
Karl antwortet darauf nicht.
Ich habe dich was gefragt.
Da du gerade von Anstecken sprichst, ich hab Tuberkulose.
Kaltesophie schweigt erschrocken.
Tuuberkuloooose! Auf gut Deutsch: die galoppierende Schwindsucht. Und nun laß sie laufen, sie ist draußen besser aufgehoben als in der Wohnung. Wenn sie sich ansteckt, dann hier.
Kaltesophie schreit und weint.
Tuuuuubääääärkuuuloooooosäää!
Beruhige dich. Ich bin schon beim Bürgermeister gewesen, der besorgt mir eine Einweisung.

Auf der zweistufigen Vortreppe zum Armenhaus sitzen meistens Kinder; ich komme nicht ins Haus, ohne daß sie mich kneifen, puffen, stoßen, mir den Rock runterziehen. Dorthin gehe ich nur noch in Hosen und Schuhen, damit ich besser treten kann. Habe ich den Grenzübergang hinter mir, bin ich in Abrahams Schoß. Inge Wassermann hat zur Hochzeit ihrer Mutter ein neues Kleid an aus Gardinen: üppige, braune Blumen auf gelbem Untergrund. Das Haus riecht nach Sauerteig und neuen Zwiebeln.
Rüdija is jlatt zum Bürjameesta jeloofen un hat um Musik jebeten. Na, der hat vleicht jelacht. Denn hat er sich uff de Socken jemacht un hat die zwee Russkis mitjebracht, deswejen ham wa Musike. Außa ihre eijne Lieda un Walza könnse ja nischt, aba der Bürjameesta leecht ma'n Stücke Tango zwischenrein.
Inges Mutter ist unschlagbar. Sie läßt keinen Tanz aus und probiert tatsächlich, in der Hocke herumzuspringen wie die Russen: eine kleine, zerknitterte Frau, die sich dreht und aufstampft und die Arme hochwirft und qualmt und Walzer linksrum. Erst hat sie ihre Dielen mit Sand gescheuert, danach unter einer Schicht Bohnerwachs begraben, schließlich hat sie gebacken.
Ich angle mir noch einen Schusterjungen. Seit Stunden wälze ich eine Speckschwarte im Mund, die wird überhaupt nicht

alle. Mit der könnte ich noch zehn Brötchen tränken, wenns die gäbe.
Inge tanzt mit Eberhard Hanowski. Lenchen hüpft ganz alleine rum. Das würde ich mich nie und nimmer trauen. Dafür stelle ich mir vor, Siegfried wäre eingeladen. Herrschaftsechser, den habe ich seit Mai nicht mehr getroffen. Wie der wohl ohne Pferde aussieht? Höchstwahrscheinlich nach gar nichts, der Idiot. Idiot und Blödian und Lackaffe der. Eingebildet bis dorthinaus, hätte doch kommen können.
Mit Einbruch der Nacht sind es mehr und mehr die Flaschenhälse, die da kippen und sich drehen.

das werde ich dir noch alles austreiben die blöde Kuh und die dämliche Zicke und die alte Zuchtel und die Scharteke und die Spinatwachtel und die Zimtziege und die Schreckschraube das treibe ich dir noch alles aus deine liebevollen Bezeichnungen wenn du denkst ich höre das nicht hast du dich geirrt und deine Arschlöcher und Gullitaucher und Nachttopfindianer und was ihr singt hinter unserm Rücken In der Nacht in der Nacht wenn der Büstenhalter kracht ich krieg dich noch ich krieg dich noch windelweich für dich hänge ich noch einen Fußabtreter auf aber in Kopfhöhe für das alles was aus deinem Mund rauskommt

Eines Morgens im Frühherbst raschelte es wieder in dem Wein, der sich unter meinem Fenster hochrankte. Diesmal war es einer von den Seelenbinders, der mir knapp erzählte, Frau Esser hätte ihre sieben Kinder vergiftet und sich dann in der Linde neben ihrem Behelfsheim erhängt. Ich zog mich an, kletterte aus dem Fenster und lief hinüber. Es standen eine Menge Leute vor dem Feuerwehrhaus und unter der Linde. Sie hatten Frau Esser längst abgenommen, die hatte noch das Mutterkreuz auf dem Kleid, und nach der Kommandantur geschickt. Die GPU hielt das Behelfsheim geschlossen. Die Nachbarn verbreiteten, Frau Esser hätte sich aufgehängt, weil ihr Mann nicht zurückkäme. War er gefallen? Das wußte niemand. Ein Junge neben mir sagte: Acht Esser weniger.
Die Ausflüge mit Gertraude Esser gab es nun nicht mehr.

Mit Stöcken und Steinen werfen wir nach den reifen Kastanien. Die Straße ist unter den dunklen Blätterhänden kaum

noch zu sehen. Immer wieder treten wir uns die Stacheln ein.
Die Schule fängt wieder an, wir haben es ja gewußt. »Daß du mir nicht aus Versehen Heil Hitler sagst zu den Lehrern« – und Angst zum Gotterbarmen.
Kein Antreten, kein Aufstellen im Block, kein Fahnenappell und rechter Arm hoch, bis er abgestorben auf die Schulter des Vordermannes fällt. Wir stehen auf dem Schulhof der Oberschule Hübner- Ecke Friedrichstraße im Kreis, in Gruppen, einzeln, ungeordnet. Vorne am Hofeingang des Schulgebäudes drängeln sich einige Lehrer, unsicher und gespannt wie wir. Lehrer Bonhoff, der Bürgermeister, tritt in unsere Mitte und stellt uns den neuen Schulleiter vor, und das ist er selber. Der große, magere Mann lächelt. Kein Wort mehr von Direktor und kein Diiie Aaaugen rechts! und kein Stääällgestandn! Er fährt sich durch die Haare, zieht den Blick einmal langsam über unsere Gesichter; dann schreit er.
Ab heute wird in der Schule kein Kind mehr geschlagen! Das ist Gesetz!
Stille. Dann Gebrüll, ein solch hemmungsloses Gebrüll, wie ich es später nie wieder gehört habe.
Nach einer Weile stellt er uns die neuen Lehrer vor, von denen einige die alten Lehrer sind. Während er Fräulein Mammert zu uns heranwinkt und ihren Namen aufsagt, antworten wir noch einmal mit Geschrei, mit Toben, Jammern, Tumult, einzeln und im Chor: Nein, nein, nein, nein! Inge Wassermann legt ihren letzten großen Veitstanz hin; einige Kinder heulen laut heraus.
Lehrer Bonhoff hat Fräulein Mammert rasch am Ärmel zurückgezogen, zurück, immer weiter zurück. Neben dem Hofeingang, an die Hauswand gelehnt, blaß, erschrocken, erbost, habe ich die Klassenlehrerin meiner ersten Schuljahre zum letzten Mal gesehen. Sie ist noch vor Weihnachten nach Koblenz in die französische Zone gegangen.
Wir drückten uns noch eine Weile auf dem Schulhof herum, da tritt ein Mädchen auf mich zu, daß ich erstarre und mich fühle, als sei ich mit roter Tinte übergossen.
Sie sagt: Heh, kennst du mich nicht mehr?
Ich zucke die Schultern hoch.
Sie sagt: Ich heiße Sieglinde Conradi, erinnerst du dich nicht, wie wir die Pferde in die Gärten gejagt haben?

Ich drehte mich um und lief weg. Ihre Eltern hatten sie verkleidet wegen der Vergewaltigungen. Ich habe nie mehr mit ihr geredet.

Wasserholen für Frau Nentwich: pro Eimer ein Groschen. Wasserholen für Tante Mieze: pro Eimer ein Sechser. Ich sage: Frau Nentwich gibt mir das Doppelte. Tante Mieze sagt: Die ist ja auch doppelt so alt. Wasserholen für Frau Düring: pro Eimer ein Sechser.
Ich sage: Frau Nentwich zahlt das Doppelte.
Frau Düring sagt: Hopfen, ich werde dir den Mund stopfen.
Wasserholen für Kaltesophie: pro Eimer gar nichts. Ich sage aus ziemlicher Entfernung: Denn eben nich, denn hol dir doch dein Wassa alleeene. Hast ja sowieso nix zu kochen, und wennde Durst hast, ick sare dia jerne, wo bei Hanowskis drüm die Pumpe steht. Immer icke, ick soll immaa loofen, weil ick anjeblich nischt ze tun habe.
Kaltesophie sagt: Was knurrst du da eigentlich dauernd vor dir her?

Die ersten Nachkriegsweihnachten standen vor der Tür, aber an Weihnachtslieder war nicht zu denken. Lehrer Bonhoff übte mit uns für den ersten Mai. Vier Monate nahm er sich Zeit, um aus uns einen Schulchor zu machen.
Draußen vor den Fenstern der Aula stehen die tiefdunkelgrünen Fichten und Eiben. Die Tage sind kurz und selten klar, und immer Stromsperre. Die abgewetzten Dielen knarren; Lehrer Bonhoff dirigiert in der Dämmerung mit schmalen Fingern.
Und nochmal von vorn: Brüder zur Sonne, zur Freiheit.
Und nochmal von vorn: Auf zum letzten Gefecht.
Und nochmal von vorn: Seit an Seit, und die alten Lieder singen.
Und nochmal von vorn: Es steht ein goldnes Garbenfeld.
Und weiter: Es geht der Sturm die Felder rein, es wird kein Mensch mehr Hunger schrein.
Er redet uns zu, sagt vor, läßt uns die Zeilen wiederholen. Auch die sitzengeblieben waren, auch die Stimmbruch haben, dürfen mitsingen.
In meiner Erinnerung verbindet sich jener Winter ohne Licht mit großer Helligkeit.

Du gehst jetzt mit diesen Zigaretten hinüber ins Armenhaus und gibst sie Frau Wassermann.
Die heißt jetzt Rüdiger.
Meinetwegen, gibst du sie eben Frau Rüdiger und läßt dir dafür Brotmarken geben. Ich weiß, daß sie tauscht.
Geh doch selber!
Kaltesophie haut mir eine runter.
Damit du es weißt, das sind meine Zigaretten, die habe ich von der letzten Einquartierung.
Dir gehört erstmal gar nichts, und noch lange keine Zigaretten.
Und deins ist, was ein blindes Huhn bei Nacht sieht.
Kaltesophie haut mir eine runter.
Du Scheusal, du. Bist aber auch zu nichts, zu gar nichts zu gebrauchen.

7

Karl war zwischen Berliner Straße und Gleiskörper zur Demontage der Kugellagerwerke eingesetzt. Er verließ morgens mit leerem Rucksack das Haus und kehrte abends mit einem Packen unbedrucktem Landkartenmaterial heim. In einem der ehemaligen Verwaltungsgebäude waren die Arbeiter auf einen umfangreichen Vorrat dieses Materials gestoßen, eine Art Wachstuch. Das nahmen sie mit und verarbeiteten es zu Hause zu Kleider- und Wäschestoff. Die Wachstuchstücke, groß wie eine Bettdecke und sehr steif, mußten lange geklopft und geschlagen werden. Ließen sich die weißlichgrauen Pappen ein wenig knautschen und drükken, wurden sie mit großer Anstrengung in den Waschkessel gepreßt und gekocht, gekocht, gekocht.
Karl hat uns mit einem halben Hundert solcher Stoffbahnen versorgt. Noch Jahre später trug ich Hemden, Blusen, Unterröcke und Schürzen aus jenem glatten, seidigen Baumwollgemisch.

Der tote Hase in der Veranda zum Beispiel
wie er an den Hinterbeinen hängt
mit weißen Waden und schaut über den Fußboden
und unter der Wohnzimmertür hervor.
Von dort streicht sein grüner Blick über den Teppich
und zu meinem Diwan herüber
daß ich die Vorderfüße neben den hängenden Ohren
nicht vergesse und nicht den Schnurrbart
rechts und links von seiner Hasenscharte
die er gegen mich ausspielt.
Wenn der tot ist fresse ich einen Besen.
Jetzt grinst er und jetzt hat er
tatsächlich gezappelt da am Verandafenster.

Oh, sagte Kaltesophie, ich hatte nie etwas gegen die Juden, ich war sogar als junges Mädchen mit einem verlobt, und gegen die Franzosen habe ich auch nichts, denn ich habe vor dem Ersten Weltkrieg jahrelang in Belgien gelebt.

Puuh bei euch riecht es aber.
Wieso?
Na riech doch mal.
Heh was riecht denn hier so?
Bratkartoffeln.
Und?
Sie macht Bratkartoffeln.
Aus was?
Aus Schalen.
Na und?
Bratkartoffeln aus Schalen.
Und was riecht da so?
Das ist der Lebertran.
Kartoffelschalen in Lebertran?
Pfui Deiwel.

Karl wird von Tag zu Tag verrückter. Er ist zu nichts mehr zu gebrauchen und sagt dauernd: Ich bin zu nichts mehr zu gebrauchen. Neulich ist er nach Berlinmitte gefahren und hat seine Firma gesucht und kommt nach Hause und schmeißt Kaltesophie die große Pfanne ans Schienbein.
Willst du mit sechsundfünfzig noch Diskuswerfer werden? hat sie gefragt, aber er fing an zu weinen und zu schreien: Die Markgrafenstraße ist ein einziger Trümmerhaufen, ich habe sie nicht gefunden, meine alte Firma ist überhaupt nicht mehr aufzufinden und wird auch nie mehr aufzufinden sein. Ich konnte nicht einmal das Haus, das Grundstück ausmachen, wo ich vierzig Jahre lang gearbeitet habe, wo sie mal draufstand, und nie wieder werde ich in meine alte Firma gehen. Jetzt, wo sie alles enteignen, aber da ist ja nichts mehr zu enteignen, Gott sei Dank ist sie futsch, haben sie wenigstens nichts zu enteignen, aber ich werde dort nie wieder Arbeit kriegen.
Zu arbeiten gibts genug, sagt Kaltesophie.
Halt deinen blöden, stupiden Mund, schreit Karl und reißt den Kartoffeltopf an sich, während Kaltesophie ins Wohnzimmer flieht.
Karl wird von Tag zu Tag jähzorniger. Ich bin raus, ich bin

raus, ich bin aus allem raus, brüllt er, ich bin zu nichts mehr zu gebrauchen, die Lunge offen, die Beine offen.
Kaltesophie schaut um den Türpfosten herein und sagt: Und den Mund offen. Paß bloß auf, daß keine Fliegen reinkommen.

Dabei jeden Tag in die Waschküche, Landkarten auskochen. Nachlegen, feuern, kochen, rühren. Der Wrasen tropfte von der Decke, meine Arme überzog eine klebrige Schicht, die ich abends mit Messer und Bimstein abschabte. Ich stand auf einem Hocker neben dem Backsteinherd und drehte mit einem schmalen Brett die Wachstücher im Kessel um. Ich kodderte und stauchte und zerrte an dem pappigen Zeug, das sich langsam auflöste wie Packpapier. Kaltesophie schöpfte die leimige Suppe ab, die sich an der Oberfläche sammelte, legte nach, pulverte das Feuer auf und ersetzte das verkochte Wasser. Laß es nun eine Weile blubbern, und hol mehr Holz rein! Stundenlang fuhrwerkte ich in dem Brei herum, bis die Stoffe wenigstens die Geschmeidigkeit von Scheuerlappen hatten. Dreimal tauschten wir das Wasser aus, um die Brühe zu klären.
Das Gewicht der einzelnen Teile gab mehr und mehr nach, so daß sie sich immer leichter heben und tauchen und umrühren ließen.
Die Produkte, die wir endlich mit gerillten, aufgeweichten und draußen schnell vereisten Fingern auf die Leine hängten, waren seidenweiche, dünne, glatte Stoffbahnen in Lakengröße.

Kaltesophie hat drei Geschwister, die alle in Köpenick wohnen, zwei davon in der Wolfgartensiedlung in unmittelbarer Nähe von Concordia. Kaltesophie ist die Älteste, dann folgt Tante Grete, dann Onkel Max. Katharina ist die Jüngste und vierzehn Jahre jünger als Kaltesophie.
Was, du bist bei meiner Schwester Käthe gewesen? fragt Kaltesophie.
Warum nicht, sagt Karl.
Ich bin sehr überrascht.
Das ist Katharina auch gewesen.
Ach, jetzt heißt sie plötzlich Katharina – wie ehrfürchtig.
Sie war sehr froh, daß wir wieder Kontakt aufnehmen.

Ich bins nicht. Was sagt sie denn, meine Schwester Käthe?
Daß sie bis heute nicht weiß, warum du seit zehn Jahren nicht mehr mit ihr gesprochen hast.
Hat sich wohl wieder Liebkind gemacht, das falsche Luder? So hat sie schon unsern Vater umgarnt, während wir Älteren im Laden stehen und arbeiten mußten.
Das ist über dreißig Jahre her.
Sie hat sich immer Vorteile zu verschaffen gewußt.
Jetzt steht sie allein. Rudolf hat sie verlassen, er ist mit einer Freundin in die englische Zone gegangen.
Ach, und die Kinder?
Sind beide hier und in guter Verfassung, sehr freundliche Kinder.
Wie alt sind sie mittlerweile?
Dolores ist zwölf und Berti neun.
Wollen wir sie nicht alle drei einladen?
Nein, ich fahre hin.

In unserer Küche hielt Kaltesophie die Färberei in Gang. Da drängten sich Eimer, Bottiche, Zuber mit grauen, nassen Tüchern oder ausgewrungenen Stoffen wie Seile. Unten in der Waschküche stand ich neben dem Herd, oben wirtschaftete sie im Einwecktopf herum. Schwarz war die einzige Farbe, die sie hatte besorgen können. Weil sie auch davon nicht genug hatte, schwammen die Stoffstücke in einem grauen Wasser, das sich kaum von der Farbe in meinem Kessel unterschied. Kaltesophie ist bespritzt, ihr Gesicht gesprenkelt wie von tausend Mitessern; sie faucht und prustet und zieht die Nase hoch, denn die aufsteigenden Dämpfe lösen alle Flüssigkeit.
Aus dem Wachstuch, das wir in Tücher zurückverwandelten, wurden Röcke, Blusen, Unterwäsche, Tischdecken und Bezüge genäht. Sie wärmten nicht, bedeckten jedoch den Körper.

Ihre Mutter hat gespaltene Ohrläppchen, weil die Russen ihr die Ohrringe rausgefetzt haben, und Hannchen Seiboldt läßt sich von denen unten anfassen. Jemand hat gesehen, wie sie mit einem Russen rechts auf der Wiese an der Scharnweberstraße unter einem Ahornbaum gesessen hat, und der Russe steckte seine Hände unter ihren Rock.

Und was sagt Hannchen selber dazu? Die sagt: Der wollte bloß mal an den Haaren drehen.
Die Nutte. Die ist in der siebten und hat schon richtige Busen.

Wir sind dann nachmittags in die Scharnweber gegangen, aber sie hatten sich wohl einen anderen Fleck ausgesucht, oder ihre Mutter hat sie vertrimmt.
Wat machn die Russen eijentlich beim Verjewaltjen?
Die stecken ihren Pipel da rein, wo bei der Ollen die Pisse rauskommt, und dann schaukeln sie uff ihr rum, und denn kriegtsen Kind. Gleichsofort? Neee, det isne Weile im Bauch, da wäxtet ne Weile, denn kommtet rausjeflutscht. Iiii. Wieson iiii, denen machtet Spaß. Jlooobick nich. Frare ma, die reden ja von nischt anderm. Ich werdse frarn. Die ham det jern, wetten. Du lüchst.

Auf Packpapier haben wir eine Losung ausgemalt:
»Vorwärts in eine helle Zukunft«,
und Lehrer Bonhoff sagt: Der erste Mai ist der Tag, an dem alle Arbeiter Geburtstag haben.
Glauben wir nicht.
Naja, Namenstag.
Unterrichtsfrei, und früh sammeln wir uns vor der Volksschule. Die achte Klasse hat zwei rote Fahnen. Kaltesophie hat für mich eine ihrer Blusen gekürzt und meinen Dirndlrock angestückelt; Karl hat vorsichtig mit seinem Rasiermesser die Spitzen aus meinen alten Turnschuhen herausgeschnitten.
Er sagt: Den ersten Mai haben wir vorher auch gefeiert.
Ich: Aber ich nicht.
Lehrer Bonhoff ließ uns in lockeren Dreierreihen antreten, und los gings: zaghaft singend die Schützenstraße entlang, Brüder zur Sonne, zur Freiheit, dann das Kriegerdenkmal, vor dem wir früher gesungen haben, rechts liegenlassen und in die Friedrichstraße mündend und über die Kreuzung Hübnerstraße. Vor uns liegt die neue Zeit, an der Oberschule vorbei und haltgemacht. Hier wurden wir schon mehr, von dort marschierten wir den Hügel hinauf und stellten uns direkt vor der Genezarethkirche zum Chor auf. Von der Kommandantur kommen ein paar Russen, sonst hört uns

kaum jemand zu. Lehrer Bonhoff hat gute Laune, er dirigiert, Auf zum lääätzten Gefächt, und wir kommen langsam in Fahrt. Wir singen lauter, bis ein Mann vor uns hintritt und seine Faust schüttelt.
Da isser, der Sozi un Kommunisst, un läßt die Jörn mitten vorde Kirche singn. Det is der, der unse Weihnachten abschaffen will un machtn soßjalistischet Wintafest draus.
Bonhoff lacht, zerschneidet die Luft, und jetzt: Mahle, Mühle mahle. »Es geht der Sturm die Felder rein, es wird kein Mensch mehr Hunger schrein.«
Anschließend gehen wir die Friedrichstraße ganz hinunter, rein in die Bahnhofstraße, die siebente und die achte Klasse wedelt mit roten Fahnen herum. Am Bahnhof holen wir die Arbeiter ab. Viele sind es nicht, aber nun kann uns keiner mehr. Vor dem Rathaus hält jemand eine Rede, die Arbeiter halten ebenfalls ein Transparent:

»Wir bauen das neue Deutschland auf«,

dann singen wir wieder, dann spazieren wir in kleinen Gruppen und untergehakt noch ein paarmal die Friedrichstraße auf und ab und wollen gesehen werden.

Dürings hatten Kartoffeln gesteckt, nachts kletterte ich am Spalier hinunter und grub ihre Saatkartoffeln wieder aus. Bei Schützes drüben versuchte ich dasselbe, aber die hatten nur Schalen mit Keimen eingebuddelt.

Nachdem unsere Einquartierung sich verzogen hatte, die Russen in geräumte Mietshäuser gesteckt, somit wieder kaserniert wurden, besuchten uns zwei Männer vom Wohnungsamt. Sie packten Zollstöcke und Schreibzeug aus und schritten durch unsere Wohnung, um sie eilig urbar zu machen. Sie maßen ab, trugen ein, multiplizierten und stellten fest: Fünfundneunzig Quadratmeter für zweieinhalb Personen, das ist haarsträubende Wohnraumverschwendung. Die halbe Person war ich. Sie hatten die vernagelte, düstere Veranda mitgerechnet und beschlagnahmten das Schlafzimmer, möbliert. Kaltesophie erhielt die Auflage, eine weitere Schlafgelegenheit in das Zimmer zu stellen. Deshalb wurde zu Füßen der Ehebetten noch das Bankbett ausgezogen.
Dann zog die Familie Simonow ein: Eltern und drei erwach-

sene Kinder, Olga, Lydia und Jakob. Sie stammten aus dem Osten und sprachen Russisch so gut wie Deutsch. Karl und Kaltesophie schlugen ihr Lager in meinem Zimmer auf, ich zog ins Wohnzimmer und wechselte von dort in die Veranda, wo ich nicht immerzu mit jemandem zusammenprallte. Simonows fuhren jede Woche aufs Land und kamen mit Kartoffeln, Gemüse, Brot, sogar mit Speck nach Hause. Kaltesophie fragte und fragte und erfuhr einfach nicht, wo und zu welchem Preis sie diese Waren eintauschten. Rätselhaft, sie besitzen nichts und machen doch Geschäfte.
Wenn Olga oder Lydia in unserer Küche kochten, ging ich an die Töpfe und fischte mir halbrohe Zutaten heraus. Dafür bediente Olga sich, wie Kaltesophie behauptete, mehrmals bei unserer Wäsche.

Die Frauen, denen wir zuhörten, waren alle schon mal vergewaltigt worden. Schließlich wollten wir selber wissen, wie das ist. Gisela Inderan und ich sind in den Kurpark gegangen und haben uns mitten auf einen Weg gelegt. Wir haben unsere Röcke hochgeschoben und, die Beine weit auseinander, gewartet und gewartet. Es ist kein Russe vorbeigekommen und auch sonst niemand. Dann haben wir es ein paarmal auf dem Friedhof probiert, aber auch dort ohne Erfolg.

Unsere Lebensmittelkarten sind verschieden. Es gibt Schwerstarbeiter-, Schwerarbeiter-, Arbeiter-, Angestellten-, Kinder-unter-fünfzehn- und Sonstigekarten. Kaltesophie und Karl, wenn er nicht arbeiten kann, sind Sonstige, ich bin Kinder-unter-fünfzehn.

Und Karl: Warum färbst du die schönen Stoffe alle grau?
Und Kaltesophie: Eigentlich sollten sie schwarz werden, aber die Farbe.
Und Karl: Ist schwarz nicht genauso deprimierend?
Und Concordia: Schwarz ist überhaupt keine Farbe.
Und Kaltesophie: Woher dann richtige Farben nehmen?
Und Karl: Also wenn schon, dann lieber schwarz als grau.
Und Kaltesophie: Nichtmal schwarz kriege ich, so viel ich brauche.
Und Concordia: Wenn dein schwarz nicht reicht, tu Eichenblätter rein und Borke.

Und Karl: Ich meinte hellere Farben, rot und blau oder so.
Und Concordia: Blaubeeren gibt es ja jetzt nicht, aber versuche es mal mit Löwenzahnwurzeln, die machen rot.
Und Kaltesophie: Die armlangen Dinger ausbuddeln?
Und Concordia: Laß deine Tochter die Pflanzen herbeischaffen.
Und Kaltesophie: Die hat zu Hause genug zu tun.
Und Concordia: Wenigstens ein helles Braun wirst du wohl zustande bringen, mit Hilfe von Holunderblättern, die wachsen einem ja ins Fenster.
Und Karl: Du mit deinen Weisheiten.
Und Concordia: Essig, schütte ein bißchen Essig hinzu.
Und Kaltesophie: Wo soll ich denn schon wieder Essig herkriegen?
Und Karl: Ideen.
Und Concordia: Ich habe Essig für dich, Egon hat letzten Winter reichlich Essig gemacht beim Weinansetzen.
Und Kaltesophie: Hör auf, Menschenskind, noch mehr Arbeit.
Und Concordia: Salz brauchst du zum Färben, Salz ins Wasser geben.
Und Kaltesophie: Ich koche seit einer Woche ohne Salz, Karl hat schon Wasser in den Beinen.
Und Concordia: Das liegt nicht am Salz, Salz bindet das Wasser ja erst.
Und Karl: Natürlich liegt es am Salz, mein Wasserhaushalt ist eben total gestört.
Und Concordia: Bald wird er offene Beine haben, dann läuft es von ganz alleine ab.
Und Kaltesophie: Jetzt reicht es mir aber. Du erzählst mir, im Himmel ist Jahrmarkt, und ich soll noch fragen, wo die Buden stehen.

ich drehe durch ich kann das nicht mehr aushalten ich werde
verrückt wenn du dir nicht abends die Füße wäschst
drehe ich durch und es setzt was was du dir merken wirst
den ganzen Tag barfuß gehen und mit denselben Füßen ins Bett
wo immer ein Knopf hingehört fehlt er
und der Ärmel von deinem Kleid ist auch halb rausgerissen
du setzt dich jetzt hin und reparierst deine Sachen

dann kämmst du dir mal deine Haare die Zöpfe sind ja schon verfilzt
auch kann ich das nicht mehr hören wie du die Nase hochziehst
hast du dich jemals im Spiegel betrachtet
sieh dich mal im Spiegel an und sage mir ob du sowas Häßliches schon gesehen hast sag mir das
neulich habe ich beobachtet wie du auf der Straße gespuckt hast
und zwar dir über die Schulter hinter dich gespuckt wo hast du das her wer macht dir das vor wem willst du damit imponieren
ich gehe keinen Schritt mehr mit dir über die Straße
ich schäme mich so verloddert bist du

War ich ganz alleine in der Wohnung, was selten vorkam, öffnete ich das Schlafzimmer mit einem der Schlüssel, die ich gesammelt hatte, kramte Simonows Essensvorräte heraus und schnitt mir vom Brot, von der Wurst, vom Speck hauchdünne Scheiben ab. Kartoffeln nahm ich mir nie mehr als vier Stück auf einmal.

Lehrer Bonhoff hat Zettel verteilt zum Mitnehmen. »Die neue demokratische Schule soll die Jugend zu selbständig denkenden und verantwortungsbewußt handelnden Menschen erziehen, die fähig und bereit sind, sich voll in den Dienst der Gemeinschaft des Volkes zu stellen. Die Schule gibt jedem, ohne Unterschied des Besitzes, des Glaubens oder seiner Abstammung, die seinen Neigungen und Fähigkeiten entsprechende vollwertige Ausbildung und erzieht die Jugend im Geiste echter Demokratie zu wahrer Humanität.«
Kaltesophie sagt: Alles Schlagwörter, da werden wir auch nicht satt von.
Karl sagt: Demokratie in der Schule, ab jetzt bestimmen wohl die Kinder, was gelernt wird?
Der Zettel fliegt zerknüllt in den Kohlenkasten. Am nächsten Tag hole ich mir einen neuen.

Tante Käthe hat früh geheiratet. Ihr Mann, von Beruf Bauzeichner, widmete seine Freizeit der Malerei und war auf Indianerporträts spezialisiert. Er soll ein stiller, empfindlicher

Mensch gewesen sein, kriegsuntauglich und, wie sie erzählte, ohne eigenen Antrieb. Trotzdem war er nicht so träge, daß er sie nicht nach Kriegsende verlassen hätte. Er soll unter dem Einfluß seiner Mutter gestanden haben, einer Frau, die aber ständig auf Reisen war, also kaum in das Familienleben eingegriffen haben konnte.
Tante Käthes Mann war in Petersburg geboren. Der Vater fiel im russisch-japanischen Krieg, und die Erziehung des Sohnes bestand vornehmlich aus Klavierspiel und Museumsbesuch. Eines Tages verliebte sich die Witwe in einen Violinspieler, dem sie fortan von Konzert zu Konzert, von Land zu Land folgte. Sie deckte ihn mit Rosensträußen ein, vertrieb sich die Zeit mit Handarbeiten und hinterließ ihrem versponnenen Sohn nichts als einen Haufen umhäkelter Taschentücher, Kragenecken, Deckchen und Umschlagtücher.

Kaltesophie: Es ist nicht zu fassen, Doktor Kenzig hat unserer Tochter ein kommunistisches Buch geschenkt.
Karl: Verstehe ich nicht, wo doch Tante Mieze dauernd nach ihrem Führer gerufen hat, und er dürfe den Österreichern nicht den Zucker zum Kaffee wegnehmen.
Kaltesophie: Hat er vielleicht auch nicht getan, wir waren ja nie in Österreich.
Karl: Die sind genau wie die Italiener. Kein Verlaß auf sie und vollkommen verweichlicht. Andererseits ist der Doktor ja gar kein Österreicher.
Kaltesophie: Dafür kann er Russisch.
Karl: Und das Buch?
Kaltesophie: Sage ich doch, es ist zwar auf deutsch, aber von einer gewissen Helene Bobbinska.
Karl: Will der uns das Kind verderben?

Karl sagt: Was sind das für Zeiten, da man an nichts anderes denkt als an Essen, von nichts anderem redet als vom Essen.

Warum wurden die Rütgerswerke nicht bombardiert?

Als ich Katharina kennenlernte, war sie 37 Jahre alt. Sie saß in einem getäfelten Wohnzimmer, zwei Wände mit Büchern bedeckt, an der dritten farbige Indianerköpfe in allen Größen. Auf dem Schreibtisch bauschte sich, was ihre Schwiegermut-

ter ihr hinterlassen hatte: weiße, gehäkelte Spitzendecken, meterweise Frivolitäten, Wolken aus Sternen, Rosetten, Ringen, Spinnen, Bordüren.
Auch bei Tante Käthe wurde aufgetrennt. Sagmal, fragte Kaltesophie, was sind das für Schüsseln, die du da häkelst. Das werden Büstenhalter, sagte Katharina, ich kann doch nicht ohne Büstenhalter herumlaufen, bloß, weil wir den Krieg verloren haben. Später gingen die Schwestern nach Mahlsdorf, wo Tante Käthe als Heimarbeiterin angestellt war, und wir verkrochen uns im Gartenhaus und erzählten Bücher. Dolores berichtete von der Schatzinsel, ich von Niko Kabunauri, Berti hörte zu. Meine Cousine, die kurze, schwarze Haare hatte und Hunderte von Sommersprossen, schnitt für jeden von uns ein Stück Holz aus dem Wilden Wein, und wir rauchten zusammen.

Ich hole Karl aus der Berliner Straße von der Arbeit ab und gehe vorher immer in die Baracke, wo sich die Russen aufhalten, die das Demontieren der Maschinen beaufsichtigen. Sie geben mir Zwiebeln und Wodka in Tassen. Ich bringe meine Schürze voll Bratkartoffeln nach Hause, die schwimmen in Speck und sind weich. Kaltesophie schüttet sie in unsere Pfanne und brät sie knusprig.

Wollten wir allein sein, verkrochen wir uns in die Senke zwischen Inderans Garten und Bahndamm. Gisela hatte einen dicken schwarzen Fingerling besorgt, der war bestimmt für einen Männerdaumen gedacht, so groß und so weit wie er war. Es befanden sich auch zwei schwarze Bänder daran, um ihn am Handgelenk festzubinden. Eine von uns lehnte sich schräg an den Bahndamm, die andere zog den Fingerling über ihren rechten Zeige- und Mittelfinger und bohrte unten herum und schaute nach, ob ein Baby drin war. Sowie es weh tat, schrie ich mit Puppenstimme: Mamamama, und Gisela sagte: Ganz klar, Sie kriegen ein Kind, es ist bald soweit. Dann bat ich sie höflich nachzuforschen, obs ein Junge oder ein Mädchen wird. Ein Mädchen, iiiiii, neinnein, Zwillinge. Wenn ich noch nicht genug hatte, fragte ich: Ist es ein Russe oder deutsch? Das wußte sie nicht.
Ich wußte bei ihr immer gleich Bescheid. Eins hat Schlitzaugen, habe ich gesagt, das andere heißt Erwin Meißner, weil

sie mit dem vom Schlittschuhlaufen weg manchmal in den Hühnerstall ging.

Feuer legen und wegrennen, heh bleibt doch hier, trampeln, trampeln, jetzt brennt schon das Schilf, puuh, Wasser, wie sollen wir denn Wasser holen, nimm deine Jacke oder die Schuhe, da kommen welche, wer kommt, bloß weg, quer über den Marktplatz in die Bismarckstraße rein, die Friedrichstraße runter, gleich hinter der Brücke links runter an den Dämeritzsee, die Uferpromenade entlang, den Sportplatz rechts liegenlassen, weiter neben dem Dämeritzsee her, kurz vor der Badeanstalt links, genau hier, Feuer legen und wegrennen, das Gras, die Sträucher brennen.
Speeta weaick Natuafoscha, du mit deine Neeja bisja plemplem, nee, die ficken ausde Entfäärnung, weeßte det nich, wieson dette, wail se Papiatüten uffn Piepel ham, jloick nich, det stimmt, häähäähäää.
Wie das knistert, zurück zurück, wie heiß es wird, da da ein Frosch, gib mal her, aufblasen, einen hohlen Stengel in sein Maul und pusten, pusten, weiter, wenn das keine Ratte ist, flutsch ins Wasser, Blindschleichen sind gar keine Schlangen, die sehen nur so aus, und giftig sind sie auch nicht, eine Blindschleiche tothauen, mal sehen, wie sie sich dreht und windet.

Mich piekt es und juckt im Hintern.
Würmer natürlich.
Und soll ich sie jucken lassen?
Ich gehe nachher zur Apotheke.
Die haben nichtmal Hustensaft.
Sauberkeit, das einzige Mittel, was hilft, ist Sauberkeit. Ich wundere mich gar nicht, daß du Würmer hast, so, wie du dich rumtreibst und überall deine Nase reinsteckst.
Ich habe sie ja nicht in der Nase.
Die können sich dermaßen vermehren, daß sie dir zu allen Löchern wieder rauskommen.
Prima.
Erstens, die Finger nicht in den Hintern stecken! Zweitens, die Hände waschen, vor und nach dem Klo! Drittens, jeden Tag eine saubere Unterhose! Hast du überhaupt eine an?
Nein.
Ich gebs auf.

Concordia sagt: Würmer? Damit werden wir noch lange fertig.
Sie setzt Zwiebelwasser an, schickt mich nach Brunnenwasser, weil Leitungswasser nicht gut dafür ist. Sie läßt das Zwiebelwasser zwei Tage ziehen, dann soll ich es abholen und trinken, aber in kleinen Schlucken. Vorerst macht sie mir einen Tee aus Baldrianwurzel und Nußblättern, damit ich gleich etwas einnehme. Sie sagt: In kleinen Schlucken trinken, nicht die ganze Tasse voll auf einmal runterstürzen!

Kaltesophie ist in die Kurze Straße gegangen und hat zwei Bücher gekauft. Das eine sind Erzählungen, die lese ich. Das andere ist mal wieder ein Buch über eine Mutter. Verzichte. Ein paar Tage später schleudert sie es auf den Fußboden und tobt.
»So ein Mist, das soll eine Mutter sein.« Außerdem bedankt sie sich für den Sohn. Ein Säufer, nein danke.
Wenn Kaltesophie es nicht will, werde ich es lesen. Ich hebe das Buch auf und lege es in mein Vertiko unter die Bettwäsche.

Tut mir leid, ich geh nicht, sagte Kaltesophie, hängte ihren Mantel an die Flurgarderobe und setzte sich in der Küche auf einen Stuhl. Karl ging hinter ihr her, blickte auf sie hinunter und sagte: Was ist denn nun wieder? Natürlich gehen wir. Geh alleine, sagte sie, ich halte das für sinnlos, wo sowieso die Russen alles bestimmen, ich wähle nicht. Und wie du wählst, sagte Karl, los, zieh dich an. Glaubst du denn plötzlich an Demokratie, fragte sie, und er sagte: Ich glaube gar nichts, aber wählen ist eine Pflicht, und Pflicht geht vor Glauben. Und sie: Was soll ich denn wählen, ich wähle doch keine Kommunisten, und Karl sagte: Sollst du auch nicht, unterstehe dich, und Kaltesophie, indem sie wieder aufsteht und den Mantel vom Haken nimmt: Was wird denn eigentlich gewählt, eine neue Regierung? Und Karl: Beeile dich und frag nicht lange, wir wählen nichts anderes als unsere Gemeindevertretung, und wir wählen christlich, wie sich das gehört. Und Kaltesophie schon im Weggehen: Richtige Parteien? Kann ich mir nicht vorstellen, warum haben wir dann die Kommandantur? Und Karl laut vom Gartentor zur Haustür zurück: Weil wir den Krieg verloren haben. Und damit wir die nicht ewig hierhaben, deswegen gehen wir beide jetzt wählen, verstehst du?

Worauf ich mich lange freute, aber erst dazu kam, wenn ich mit Sicherheit ein paar Stunden allein blieb, war die Durchsuchung unseres Buffets. Es war ein gewaltiges Möbelstück, vollkommen schwarz, sah aus wie drei Leiber und drei Gesichter aus Glas, wie drei dicke Schwestern in Trauer und war so tief, daß ich die Rückwand nicht erreichen konnte, ohne hinein zu krauchen.
Ich kniete mich vor den Mittelteil und hob einige Stapel Teller heraus, danach die Platten, Schüsseln, Terrinen und fand nichts Interessantes. Auch hinter den geringelten Tischvasen, Kompottschüsseln und Bowlegläsern verbarg sich nichts. Wenn ich die Teller wieder hineinstellte, klangen sie leise beim Anstoßen.
Rechts war abgeschlossen, und obwohl ich einen Schlüssel hatte, öffnete ich nicht. Der rechte Teil beherbergte unten nur Tischtücher und Servietten, im oberen Fach lag, wenn wir welches hatten, das Brot. Und an das Brot ging ich nur heran, wenn es schon angeschnitten war.
Im linken Teil stieß ich wieder auf den Schnellhefter, den ich schon früher gesehen, aber beiseite geschoben hatte. In dem Schnellhefter befanden sich Urkunden und Dokumente; auf dem Deckel stand einmal mein Name und zum anderen das Wort Ahnenpaß. Ich vertiefte mich in die Papiere und wurde überflutet von nie gelesenen und unverständlichen Wörtern. Ich begriff nur, daß ich adoptiert worden bin, daß meine richtige Mutter auf alle Rechte verzichtet hatte, daß sie nicht verheiratet gewesen ist und mein richtiger Vater seit neun Jahren tot war, Freitod.
Ich klappte den Deckel zu und ordnete das Fach, ohne Spuren zu hinterlassen.

Drei Tote hatte Simonows Hase gekostet, und drei Tage lang erschütterte die Totenklage unser Haus, bevor er gegessen wurde.

Es war schon Herbst, da kam Jakob Simonow allein nach Hause zurück.
Wieso allein? Wieso kommst du allein nach Hause?

Alle drei erschossen, alle drei tot, schrie er, Vater und die Mädchen gibts nicht mehr.
Nein!
Die Russen haben sie abgeknallt.
Neinneinneinnein!
Doch, Mutter, so wahr ich dein Sohn Jakob bin. Ich habe sie auf dem Bahnhof gelassen, im Wagen, wo es passiert ist.
Heillose Verwirrung, das Haus lief zusammen. Frau Simonow stampfte mit den Füßen auf, daß ich dachte, sie würde zu tanzen beginnen. Sie drückte ihre Brüste zusammen, sah durch uns durch, hob dann die Hände zur Decke und fiel. Jakob fing sie auf, legte sie aufs Bett und klopfte ihr das Gesicht. Die Ohnmacht dauerte nicht lange, und das große Weinen fing an, obwohl sie zwischendurch klare Augenblicke hatte und Direktiven erteilte.
Wir hatten sogar einen frischen Hasen ergattert.
Und wo ist der Hase?
Alles am Bahnhof.
Dann geh los, einen Wagen borgen, einen großen Handwagen. Alles am Bahnhof gelassen, sagst du? Den Vater, die Schwestern, den Hasen?
Unser Schlafzimmer platzte aus den Nähten. Die ganze Straße kam kondolieren, sogar Bahnwärter Rüdiger schaute herein.
Wir sind spätnachts in einen Güterzug geklettert, der anderntags über Fürstenwalde bis Berlin rein fahren sollte, und freuten uns, nicht umsteigen zu müssen.
Wo ist es denn passiert, wo? fragte Kaltesophie.
In Dolgelin, sagte Jakob, auf dem Bahnhof. Wir hatten es uns gerade bequem gemacht zwischen unseren Säcken und Paketen. Erst haben sie uns mit Taschenlampen geblendet, meine Schwestern gleich hoch und sich an die Rückwand gepreßt; ich blieb ganz still in meinem Winkel liegen. Da schrien sie schon: Raus mit euch beiden, und zeigten auf Olga und Lydia. Vater sofort dazwischen und den Mädchen über die Schulter befohlen: Ihr bleibt drinnen, rührt euch kein Stück! Dann auf die Russen eingeredet, aber die ließen nicht mit sich spaßen. Sie schoben Vater beiseite und mähten mit zwei Maschinenpistolen quer durch den Waggon. Rein ins Dunkle, und in Brusthöhe. Kein Schrei, nichts, die Mädchen fielen tot um. Vater warf sich den Soldaten entgegen, dafür kriegte

er einen Feuerstoß direkt ins Ohr. Daraufhin rannten sie weg, und ich kroch zitternd zum Stationsvorsteher. Der rief die Kommandantur an.

Drei Tage lang barst unsere Wohnung von Leuten, von Schreien, Weinen, Beten. Noch als die Kisten schon abgeholt und im Friedhof versenkt waren, versperrte mir der Hase, der an einem Fensterkreuz hing, die Rückkehr in die Veranda.

Besitzen Sie eine Spicknadel?

Selbstverständlich besitze ich eine Spicknadel.

Dann bereiten Sie den Hasen zu und schieben ihn in den Ofen.

Wieso ich?

Er wird unser Totenmahl sein. Für fünf sollte er reichen, also reicht er auch für fünf.

Wir sitzen um den Eßtisch und werden ausnahmsweise alle satt. Frau Simonow, das gequollene Gesicht über den Teller gesenkt, brachte nicht viel herunter. Kaltesophie bereitete am nächsten Tag aus den abgenagten Knochen noch eine sehr ergiebige Suppe zu.

Jakob und seine Mutter zogen bald darauf weg, ohne sich beim Wohnungsamt abzumelden. Und Kaltesophie rollte das Wörtchen Dolgelin im Mund, als würde sie noch immer an dem gespickten Hasen herumkauen.

Tagsüber kriechen die Heimkehrer bei uns vorbei an Krükken Stöcken auf Holzbeinen und kommen alle vom Ural oder von der Wolga oder geradenwegs aus Sibirien und kommen das alles zu Fuß und wenns gegen die Russen nochmal wieder losgehen sollte sind sie fast alle wieder dabei nein das lassen sie sich nicht nehmen und haben schon keine Beine mehr nachts mache ich mich selber auf den Weg schlage genau die entgegengesetzte Richtung ein was die können schaffe ich noch lange durchs Fenster übers Spalier den oberen Garten entlang immer neben der Bahnlinie her bis Kunersdorf Warschau von dort aus ohne mich aufzuhalten nach Süden in den Kaukasus bis ich in einen Aul komme wo Beleidigungen bitteschön und Kränkungen bitteschön noch mit Messer und Gewehr vergolten werden und komme außerdem noch groß heraus sollte ich Gnade vor Recht ergehen lassen zum Sterben bereit rette ich das Leben meiner

Nachbarn die es wirklich nicht verdient haben schwerverwundet robbe ich ins Dorf rufe ihnen zu daß eine Steinlawine heranrollt.

Den Anfang des Buches fand ich langweilig. Ich verstand ihn auch nicht; bald darauf schenkte mir Frau Wagner aus ihrem Care-Paket ein paar Mokassins, und ich verriet Niko Kabunauri ziemlich leichten Herzens an Sitting Bull, der meinen steten Rachedurst besser löschte und entschieden mehr fertigbrachte, als eine werdende Mutter zu retten. Außerdem hatten die Indianer weit mehr Adoptivkinder als der Stamm der Chewsuren.

Katharina läßt uns Hagebutten sammeln und kocht Hiffemark.
Katharina näht Dolores einen Mantel aus alten Wolldecken.
Katharina häkelt sich Büstenhalter aus Elsässer Garn.
Katharina hat eine Vorliebe für die Blume Kosmea.
Katharina strickt Handschuhe aus ehemaligen Sockenbündchen.
Katharina knüpft uns eine riesige Hängematte fürs Gartenhaus.
Katharina hat für Kaltesophie bei Eitners in Mahlsdorf Heimarbeit besorgt.
Katharina singt uns Schlager aus Friedenszeiten vor.
Katharina macht uns vor, wie sie vor dem Krieg getanzt haben.
Katharina hat schwarze Haare, schwarze Augen und ist sehr schön.
Katharina ist viel jünger und größer als Kaltesophie.
Katharina macht Sülze und gibt Concordia davon ab.
Katharina hat Bücher, sechzig Bände Karl May.
Katharina hat einen Freund, der ist Heimkehrer und jünger als sie.

Erika Brose ist heute das letzte Mal in der Schule. Ihr Vater ist Ingenieur und muß nach Rußland, er soll dort in einer Fabrik arbeiten. Erika geht dann in Rußland zur Schule. Ich beneide sie um ihren Umzug, sie hat da sicher genug zu essen.

streck mal die linke Hand vor
den Faden zwischen vierten und fünften Finger
dann unter dem vierten und dritten durch
so den Faden jetzt nach außen
dem Daumen zukehren
nun von rechts nach links über den Daumen legen
das Ende mit dem dritten und vierten Finger festhalten
halte den Häkelhaken in der rechten Hand
halte ihn so wie deinen Bleistift
zwischen Daumen und Zeigefinger
stütze ihn auf den Mittelfinger auf
jetzt den Haken links bei dem Loch
ja über deinem linken Daumen den Haken reinstechen
den Faden aufholen der zu deinem Zeigefinger geht
durchziehen durch das Loch zu dir hin ziehen
die Masche auf der Nadel festhalten
nicht zu groß nicht zu weit rausziehen
jetzt wieder vom Faden eine Masche holen
den Faden einmal um den Haken schlingen
und nochmal den Faden um den Haken schlingen
dann die letzte Schlinge durch die beiden
Fäden auf dem Haken durchziehen
so das wäre eine feste Masche locker halten den Haken
die Schlaufen gleichmäßig weit
über das jetzt ein bißchen immer rundherum
zwischen die festen Maschen machen wir eine Luftmasche
damit es sich nicht so zusammenzieht eben Luft kriegt

Seit vier Uhr ist es schon dunkel, der Wind wird stärker, und die Schneewehen wandern schräg über die Chaussee. Körniges, stechendes Schneetreiben. Vor zwei Stunden sind wir in Belzig aus dem Zug gestiegen, seitdem gehen wir in westlicher Richtung und sind jedesmal ratlos, wenn eine andere Chaussee unseren Weg kreuzt. Kaltesophie geht schneller; ich bleibe von Zeit zu Zeit stehen und presse die Hände zwischen meine Schenkel. Es kommt niemand, den wir nach der Försterei fragen können. Kaltesophie tobt: Keiner, der für uns sorgt, der Mann im Krankenhaus, und wir drücken uns in der nächtlichen Kälte herum und haben uns verlaufen, wenn wir nirgends unterkommen, werden wir elend erfrieren. Sie mault vor sich hin, die Kälte treibt mir die Tränen ins

Gesicht, meine Lippen sind geplatzt, ich kriege den Mund nicht mehr auf.

Wieder eine Kreuzung, sie bleibt stehen und wartet auf mich.

Also nochmal von vorn: Von Belzig sind wir doch richtig gegangen, Wiesenburg stand dran, die paar Häuser, wo wir durchgekommen sind, war Hagelberg, dann ging eine Straße rechts ab – ja, wo führte die hin? Daß aber auch keine Schilder aufgestellt sind. Weiter. Wiesenburg war noch nicht, muß also vor uns liegen. Wenn der Wind wenigstens von hinten käme, aber so, sehen kann man nichts mehr, rein gar nichts. Uns kann passieren, daß wir an einem Dorf vorbeigehen. Hilft alles nichts, wir müssen weiter, wir biegen nicht ab, sondern gehen geradeaus. Komm!

Wiesenburg liegt in vollkommener Finsternis, und Kaltesophie geht an ein Fenster klopfen.

Grundgütiger, nach Arensnest wollen Sie? Da haben Sie aber einen gewaltigen Umweg gemacht. Nach Norden müssen Sie, und fünf Kilometer sind es bestimmt noch. Wo wollen Sie denn da hin?

Wir suchen die Försterei.

Arensnest hat keine Försterei.

Das kann nicht stimmen. Wir haben Bekannte dort, die erwarten uns.

Die Försterei, die Sie suchen, liegt bei Hagelberg. Sie müßten den halben Weg zurück.

Unmöglich. Arensnest ist das Dorf, das wir suchen.

Wie heißen denn die Leute, zu denen Sie wollen?

Rusch heißen die.

Aaaach, Sie wollen zur Alten Hölle. Försterei Alte Hölle, die ist tatsächlich in Richtung Arensnest, aber lange nicht so weit. Gehen Sie dort aus Wiesenburg hinaus und bis Neuehütten, da fragen Sie besser nochmal.

Wieder auf der Landstraße, durch Wald, und von Neuehütten nochmal durch Wald. Hunde kläffen, eine warme Küche, der Herd bullert, auf dem Schrank stehen Gläser, in denen Käsebällchen schwimmen. Die Hausfrau stellt gekochte Kartoffeln vor uns hin, dazu eine Schüssel Buttermilch und Brot. Mit einem Stück Brot in der Hand schlafe ich am Tisch ein.

Mit sechzig Pfund Kartoffeln und einem Dreipfundbrot bepackt bringt uns die Familie am übernächsten Tag zur Bahn.

Sitzen, sitzen, sitzen und häkeln. Ooh, irgendwann rächt es sich aber, ein Blitz wird heruntersausen und direkt zum Fenster hereinfahren und Kaltesophie mitten entzwei sägen und zur anderen Seite wieder rausfahren. Die Hauswand wird er aufreißen und sagen, bitteschön, laß die Häkelei liegen und geh los, schmeiß die Papprollen weg, übergib die Berge von Gummilitze den Fliegen, Spinnen, Mäusen und Ochsenfröschen, pfeife auf die rote, grüne, schwarze, hellblaue Litze und auf die Gürtel und Handtaschen, das wird der Blitz sagen, und nichts und niemand wird überleben, außer mir. So satt wie ich die Heimarbeitscheiße habe, habe ich noch nie eine Scheiße satt gehabt, und wenn das nicht aufhört, werde ich mir den Häkelhaken direkt zur Nase hereinjagen und rauf in die Stirn und werde mir den Brägen aus dem Kopf ziehen und werde wissen, ob ich schon verrückt geworden bin oder ich werde überhaupt nichts mehr wissen. Ich will nämlich gar nichts mehr wissen und merken und denken und fühlen, vor allen Dingen nicht mehr häkeln.

Fräulein Semmler, fünfzig, hat einen verrückten Sohn von zwanzig, der immer einen Schritt hinter ihr geht.
Sie sagt: Wenn mir jeder von euch täglich eine kleine Kartoffel mitbringt, brauche ich nicht zu verhungern. Es ist mir nämlich in meinem Alter nicht gegeben, aufs Land rauszufahren.
Wia fahrn ooch!
Un meine Mutta is schon üba fuffßich.
Na, dann lassen wir es.
Fräulein Semmler ist unsere Handarbeitslehrerin.
Sie sagt: Wir lernen heute häkeln.
Nee, nich icke. Ick hekle 'n janßen Tach, von mittags an. Wenn hia ooch noch jehekelt werd, les ick.
Fräulein Semmler sieht mich groß an und sagt: Kannst du mir das Ganze einmal auf Hochdeutsch erzählen?
Heimarbeit! Ich mache Heimarbeit!
Aha, dann mache ich dir einen Vorschlag. Du darfst lesen,

aber bitte laut. Während die anderen häkeln, liest du uns was vor.
Kaick nich. Ick stoße an.
Mit anderen Worten, du lispelst?
So doll ooch widda nich.
Wir versuchen es trotzdem. Hättest du denn etwas, was du vorlesen könntest?
Die Silberspangen.
Hm. Und von wem ist das Buch, wer hat es geschrieben?
Weeßicknich. 'n Russe.
Wo hast du es denn her?
Hat meine Mutta jekooft, jefällt ia aba nich, findse nich juut.
Nächstes Mal bringst du es mit, dann liest du uns deine Silberspangen vor. Heute hilfst du mir einfach zu erklären, wie gehäkelt wird. Zeigst es denen, die es noch nicht verstanden haben.

Eine Saukälte draußen und drinnen, klarer Himmel, klare Luft. Die Schneedecke ist verharscht. Ich kann fast nicht mehr gehen; Kaltesophie hat die Spitzen aus meinen alten Schistiefeln herausgesägt mit einem Fuchsschwanz, trotzdem sind mir nicht die Zehen erfroren, sondern die Hacken. Bevor wir Holz holen gehen, spreize ich die Zähne unserer Schrotsäge. Ich lege das Sägeblatt auf den Küchentisch, stütze mich mit der linken Hand, dem linken Unterarm auf das singende Blatt und biege die Zähne auseinander. Zuerst versuche ich es mit der Beißzange, aber die rutscht weg, springt ab, die Zähne vibrieren und schwingen nach. Dann eben die Flachzange: die Zähne greifen, fest zusammenpressen und mit dem ganzen Körpergewicht auf jeden zweiten Zahn drücken, nachher die Säge umdrehen und wieder jeden zweiten Zahn runterdrücken: Millimeterarbeit, aber nun müßte sie fassen. Das Holz ist noch frisch und sägt sich schwer – und was für Holz: dicke Kiefern, die Stubben nämlich, die die Russen stehenließen, als sie links vor der Autobahn einen Jagen kahl geschlagen haben und zu faul waren, sich zu bücken. Also die Stämme in Hüfthöhe abgesägt, den Rest holen wir uns jetzt, und nicht nur wir.
Wenn ich hochziehe, ist das Innere meiner Nase einen Moment lang eiskalt, tot und taub. Ziehe ich nicht hoch, läuft

mir die Nase, und ich wische sie am Ärmel ab: da gefriert das Zeug. Lieber ziehe ich hoch. Sie kann das nicht ausstehen, und plötzlich kriege ich einen Knuff in den Rücken. Ich halte den leeren Schlitten an, der haut ihr an die Schienbeine, sie stolpert und fällt lang hin auf den Schlitten. Duuu, das hast du mit Absicht getan. Ich habe es nicht mit Absicht gemacht. Ich ziehe weiter den Schlitten hinter mir her, auf der Sandstraße, die nun ein Schneefeld ist, entlang der Bahnlinie. Da hören wir sie auch schon, die Bäumefäller im Nachbarjagen. Weit klingt das Einschlagen der Beile, die Sägen machen Musik; bei solchem Wetter trägt der Wind sogar das Knistern ihrer Holzfeuer meilenweit. Wir wärmen uns auf, ehe wir beginnen; es kommt auch immermal einer der Männer und hilft uns beim Einhauen der Kerben. Während die Holzarbeiter flache, waagerechte Kerben in die Stämme schlagen, bringen wir nur die spitzen Kerben fertig, die wie ein V aussehen. Im Wald herrscht eine lebhafte, fast wilde Ruhe. Alle Geräusche sind klar unterscheidbar. Sie machen gute Laune und versetzen uns in einen gleichmäßigen Takt, bis wir ins Schwitzen geraten. Schon morgens gießt uns Kaltesophie je einen doppelten Deputatschnaps ein, und die Holzarbeiter lassen ebenfalls eine Flasche von Mund zu Mund gehen, aus der wir nur einen winzigen Schluck nehmen, während wir am Feuer sitzen. Einer stellt seine Milchkanne zwischen die prasselnden Äste, voller Gerstenkaffee, der riecht frisch gebrannt, weiter. Kaltesophie und ich hauen wieder Kerben ein, dann sägen wir mit der Schrotsäge die beinahe einen Meter hohen Stubben durch, dann drücken wir mit Hauruck und Gebrüll gegen den fast durchgesägten Stamm in Richtung der Kerbe: aha, er will noch nicht. Die Männer leihen uns Eisenkeile, wir schlagen sie in die gesägte Öffnung und stoßen mit den Füßen, den Schultern an den Stamm, bis er splitternd nachgibt. Wer hat behauptet, wir hätten erst dann gute Arbeit geleistet, wenn die Splitter auf dem Stubben stehenbleiben und nicht an unserm Holzstück? Ist das nun nicht egal, wo wir sowieso nicht mehr als drei Stubben am Tag schaffen? Wir packen sie auf den Schlitten und obendrauf noch Äste, Knüppelholz: so bringen wir die Tage hin, während die Holzfäller gleich neben uns richtige Bäume in den verschneiten Wald heruntersausen lassen. Das Rauschen der niedersinkenden Kronen, das lange Knacken der brechenden Äste,

Vorsicht und weg da, und das immer schnellere Niederbrechen, dann der dumpfe Aufschlag und ran an die Äste mit dem Rücken zur Krone abhauen. Ganz nackend liegt der Baum im Schnee: wie seine Borke nach oben hin dünner wird, hellbraun, Pergamentfetzen ähnlich.

An Winterabenden um sechs wachen die Brotfliegen auf und ertränken sich in den flüssigen Tranlichtern.

Concordias Ratschläge gegen Frostbeulen:
Zitronenscheibe
ham wa nich
zerstoßene Zwiebeln
ham wa nich
Alaunwasser
ham wa nich
Weißkäse
ham wa nich
Hasenschmalz
ham wa nich
angewärmte Wollsocken
ham wa nich
gebratene Rüben
wat for Rübm

Wie still es ist: sehr kalt, sehr dunkel und still. Früh fünf Uhr, und der erste Weihnachtstag hat begonnen. Ich habe die Talglichter angezündet und sitze in der Küche auf dem noch warmen Herd. Meine Füße habe ich auf die offene Klappe der Bratröhre gestellt. Ich lese Tschelkasch und ziehe von Zeit zu Zeit die Ringe weg und puste mir Asche ins Gesicht. Ich lese: »Die Nacht war finster, am Himmel schwebten schwere Schichten zottiger Wolken, und das Meer war ruhig, schwarz und dick wie Öl.« In solchen Sätzen könnte ich drin liegenbleiben. Und weiter: »Und das Meer, das endlose, gewaltige, glänzende Meer breitete sich vor ihnen aus, wo aus seinen Wassern ganze Wolkengebirge in den Himmel türmten, bläulich, lila, von gelbflaumigen Rändern umzeichnet.«
Nun haben die Kienäpfel doch noch Feuer gefangen.

8

Januar, Februar, März, drei Monate im Bett, und der Winter nimmt kein Ende. Nichts mehr mit Wasserholen von Hanowskis Pumpe, kein Holzholen, kein Sägen mehr, kein Hacken und Mieten bauen. Froh bin ich, daß ich nicht mit aufs Land muß, Brot und Kartoffeln betteln und an der Haustüre abgewiesen werden, schon den Geruch von Pellkartoffeln und Speckstippe in der Nase.
Meine Füße, besonders die Hacken, sind blau bis schwarz und angeschwollen. Sie jucken, beißen, fressen und werden immer dicker. Concordia bringt Kamille mit und füllt einen Kopfkissenbezug mit heißem Kamillenstampf. Dahinein steckt sie meine Füße und wechselt alle zehn Minuten. Tante Mieze dagegen empfiehlt nasse Erde, auf jeden Fall ungedüngte, also nicht aus dem Garten. Na, wo in diesem Winter Erde herholen. Es ist alles gefroren, sogar die Toten können nicht versenkt werden.
Kaltesophie findet in Karls Nachttisch noch einen Rest Arnikatinktur, doch es ist alles umsonst. Unter der Haut sind Höhlungen entstanden, Hohlräume, in denen sich Eiter sammelt.
Aufschneiden? Nein, nein, nein. Auch nicht reinstechen? Bloß nicht. Eines Tages platzen sie von selber, und sie platzen wirklich. Eiter rausdrücken, säubern, wieder Kamillenbrei drauf. Und täglich untersucht Kaltesophie meine Beine, ob sich rote Striche zeigen, und sagt: Blutvergiftung wäre das Ende. So wie meine Füße aussehen, stelle ich mir die Lepra vor, von der Concordia erzählt.
Dolores hat mir von Sonnleitner Die Höhlenkinder gebracht: im heimlichen Grund, im Pfahlbau, im Steinhaus. Concordia hat mir »Ausgewählte Balladen Goethes und Schillers für den Schulgebrauch und das Privatstudium« gebracht. Thule soll sich demnach nicht auf Island befinden, sondern auf den Shetlandinseln, wegen der sechs Tagesfahrten von Britannien aus. Und der Taucher soll in Sizilien gelebt haben, wo der

König, als er nach Messina kam, eine goldene Schale in die Charybdis warf, um den berühmten Taucher Nikolaus überhaupt zu Gesicht zu kriegen.
Nachdem Concordia mir von der Bluthochzeit erzählt hat, schreibe ich selber Balladen. Wenn die Zeilen sich hinten reimen, schreibt es sich manchmal von ganz alleine.

Der Doktor sagt: Die Sozies gibt es nun nicht mehr.
Karl sagt: Darüber freuen Sie sich wohl?
Der Doktor sagt: Mir egal, ich bin Chemiker.
Karl sagt: Ich hatte Sie für einen Kommunisten gehalten.
Der Doktor sagt: Das ist lange her.
Karl sagt: Aber Sie können doch Russisch.
Der Doktor sagt: Deswegen ja.

Wenn ich bloß daran denke, wie das Schicksal mit mir Fangeball gespielt hat, immer gestaucht und gestoßen, immer runter mit der Nase auf den Boden ganz tief runter, Zeiten sind das, die es mir beschert hat, und keiner da, der mir beisteht, keiner, der mir hilft, keiner, der für mich sorgt. Das hätte ich mir auch nicht träumen lassen, als ich vorm Standesbeamten Ja gesagt habe, Ja für immer und ewig, und jetzt liegt er zum wievielten Mal auf Leben und Tod, und ich soll hier alles alleine durchziehen. Wozu geheiratet, wofür bestraft, die ganze Ehe, für was, die Göre hätte ich mir auch sparen können, besteht nur aus Frechheiten, will aber trotzdem essen. Andersrum wäre ich weiter als Verkäuferin gegangen und hätte für mich selber gesorgt, wär ich besser mit gefahren, aber so, mit dem Mann habe ich mir was aufgehalst und mit dem Kind erst recht. Aber er wollte ja unbedingt, es mußte ja unbedingt ein Kind ins Haus, er hat ja unbedingt junges Blut um sich haben wollen, was Hübsches, Lustiges, was zum Lachen, was zur Freude seines Herzens, herzkrank ist er, und das Kind ist auch mißraten, von Freude keine Spur. Ich darf gar nicht daran denken, was ich alles falsch gemacht habe, habe mich rumkriegen lassen, das heulende Elend könnte ich kriegen. Dabei hätte ich schon einen Jungen haben können, glatt dreißig Jahre alt. Ich hätte jemand haben können, der für mich sorgt, aber das Schicksal ist dazwischengefahren, hat es mir nicht gegönnt.

Fräulein Semmler nahm mit uns Die Kartoffel durch und schickte uns anschließend auf die nahe gelegenen Felder, wo wir Kartoffelkäfer sammeln sollten. Wir gingen vorschriftsmäßig durch die Reihen, fanden aber keinen der kleinen gelbgestreiften Käfer, die von den Amerikanern über der Zone abgeworfen sein sollten, um unsere Ernährung zu untergraben. Dafür wühlten wir selber nach den winzigen, noch unreifen Knollen und steckten sie in unsere Schultaschen. Immer wieder faßte ich dabei in eine der alten, faulen Mutterkartoffeln und zog die Hand vor Ekel blitzschnell zurück: ausgesogen wie eine Frau nach ihrem achten Kind, hohl, naß und stinkend, jedenfalls stellte ich mir eine kinderreiche Frau so vor wie die Mutterkartoffeln. Ich wischte mir die Hände an den Stauden ab und schwor mir, niemals Kinder zu gebären, um nicht am Ende so dazuliegen, so ausgelaugt und suppig.

Die klauen Hühner und alle Gänse weg. Wo denn? Wer hat denn noch Gänse?
Die Zigeuner sind da. Zerlumpt wie wir, hungrig wie wir saßen die Kinder oben auf dem Wagen und ließen die Beine in die Sonne hängen. Sie lagerten an der Neuzittauer Chaussee, gleich neben dem Schützenhaus und keine vierhundert Meter von unserer Schule entfernt. Den Pferden, die sie am Rand des Kartoffelackers weiden ließen, hatten sie die Vorderfüße zusammengebunden. Sie waren noch kleiner als die Russenpferde.
Inge Wassermann tauschte für ein Tischtuch Ohrringe ein. Ich hatte ja Ohrlöcher und durfte sie probieren, sie waren fast so lang wie meine Zöpfe. Ein paar Tage später nahm ich meine Schlittschuhe mit. Ich redete mir den Mund fusselig, aber sie hatten scheinbar keine Ohrringe mehr übrig. Dafür boten sie mir einen Köter an. Na denn. Der heißt Schauschau und is echt, der kann n Wagen ziehn und n Schlitten. Na denn. Das Vieh war tiefschwarz, hatte eine dunkelblaue Zunge und ganz dickes Fell. Der is wirklich echt. Mir doch egal, ob er echt is, wenn er vier Beine hat und kann bellen, nehm ich n eben.
Ich habe ihn Uz getauft, zur Erinnerung an den Schäferhund in Güstrow, den ich vergiftet hatte.
Ich verfolgte die Zigeunerkinder sogar, wenn sie in die Geschäfte einkaufen gingen.

Paß auf die Marken auf, die klauen, während man hinsieht! Mit ganz verkrampften Fingern stand ich in Lemkes Bäckerei und öffnete immer wieder den Mittelfinger und starrte auf meine Brotmarken.

Übrigens hatten die Zigeuner selber Marken. Bloß wo sie die Drops herkriegten, mit denen sie sich die Lippen rotmalten, wußten wir nicht. Und dann ihre Sachen: die Jungen, die erst sechs oder sieben waren, hatten schon richtige Männerjacketts an, wie von Anzügen, die Frauen ebenso. Sie trugen zerfetzte Röcke, lang, bunt und oben Jacketts. Ich stand ewig dabei und glotzte, wenn Inge mit ihnen quatschte. Ob die mich wohl adoptieren würden? Wir nehm keinen mit. Denn ebend nich. Ein Zigeunermädchen war strohblond, geklaut natürlich. Mensch, hätten die mich doch geklaut. Warum? Weil ich zuhause Dresche kriege. Wat glaubste, wat die kriegen, die kriegen mehr Dresche als wir.

Wie sie in der angeknacksten Eiche saßen und die Beine schaukeln ließen, machten sie mich mürrisch, einsilbig, neidisch.

Eines Morgens waren dann alle weg. Ich bin noch eine Woche lang meilenweit durch den Wald gelaufen, habe sie aber nicht gefunden.

Zu erwarten habe ich nichts mehr, mein Arbeitsleben ist zu Ende, und der Tod kommt, bevor noch mein Rentnerdasein angefangen hat. Dafür habe ich nun vierzig Jahre lang gezahlt, soundsoviel Prozente für meine Pension. Für dich und Soffie ist da ebenfalls was dabei, eine Pension für uns drei, dafür bin ich in die Firma gerannt vierzig Jahre lang. Daß sie jetzt die Firma enteignen und die Pensionen enteignen, ich frage dich, aber das kannst du mir natürlich nicht beantworten, warum streichen sie solchen wie mir die Pension, warum nehmen sie uns alten Leuten das Ersparte weg, was wir selber eingezahlt haben und von unserem kläglichen Gehalt, na mach schon, iß schon, Mund auf und iß, laß es dir schmecken. Hab ich aufgehoben von meinen Portionen, in der Heilstätte wird uns ja eher was zugesteckt, klar schmeckt das Brot wie Sand, aber zu Hause habt ihr auch nichts anderes als Sand zu fressen. Ich kann dir nichts anderes geben, tut mir leid. Und sagen frech zu mir, wo sie doch sehen auf dem Amt, ich kann nicht mehr arbeiten, bin am Ende, sagen frech, an Pension ist nicht mehr zu denken, die schlagen Sie sich man aus dem Kopf, denn die Firma, von der Sie reden, wissen Sie, die existiert gar nicht mehr. Na und, wovon soll ich leben, Sie kriegen, sagt er, Rente wie alle anderen auch, dieselbe Rente, bei uns verhungert keiner mehr, ob er alt ist oder jung, keine Sorge, es wird für alle gesorgt. Hier, das Stück Kuchen kannst du Soffie mitnehmen, wenn du es aber nicht aushältst von Zepernick bis raus zu uns, dann iß es selber, sind ja immerhin zwei Stunden. Ach, iß es gleich selber, ich kriege ja am Abend wieder was.

Diese ewige Flennerei, eine richtige Heulsuse bist du.
Maxim Gorki war fast zwei Meter groß und hat auch bei jeder Gelegenheit geweint.
Kenne ich nicht.

Ein Mädchen steht vor Concordias Haus. Das Haus sieht noch neu aus, und das Mädchen, blond, eine Propellerschleife im Haar, drei Jahre alt, nein vier, gar fünf, starrt abwesend in die Linse. Es schaut nicht interessiert, es schaut nicht den an, der es aufnimmt, es starrt durch ihn hindurch.
Ein Stapel Fotografien liegt in der Kredenz in einem schmalen Schuhkarton. Ich habe sie gefunden und auf dem Teppich vor mir ausgebreitet. Auf jedem Foto dasselbe Mädchen: es ist doch schon fünf Jahre alt, dem Gesichtsausdruck nach zu urteilen. Gut, die hellen Haare, die Propellerschleife mitten auf dem Kopf, das könnte ich sein, bin es aber nicht. Ohrringe hat sie auch. Auf den Rückseiten der Bilder steht Christa, aber wer ist Christa?
Da steht sie mit offenem Mund, das muß das Nordufer von Flakensee sein, ja, die Sonne schwimmt im Wasser, und da drüben sind die Kranichberge. Christa schaut mit offenem Mund über den Fotografen hinweg, übers Wasser, auf die gegenüberliegenden Hügel. Wer ist das, und so teilnahmslos?
Ich werde Concordia fragen. Vielleicht habe ich eine Schwester, obwohl ich daran selber nicht glaube. Meine Schwester. Ein Gedanke, der mir richtig gut tut. Ich werde sie suchen und aufmuntern und in meine Pläne einweihen, sie wird schon anfangen, mal, einen Augenblick lang mal das Gesicht zu verziehen.
Hier steht sie zwischen Karl und Kaltesophie, beide noch viel

jünger, frischer, glatter. Christa muß also etwas älter sein als ich. Ob sie krank ist? Sie wird ja hoffentlich nicht zurückgeblieben sein, doof oder so.
Und da steht sie wieder in Concordias Garten, sie hat sowas Sandiges, Verweintes, Verschleiertes an sich. Ach, sind die Pfirsichbäume noch winzig, als hätte Concordia Weidenruten in die Erde gestekt.

Mir nur recht, wenn sie mich einkaufen schickte. Früh, noch vor fünf, tigerte ich los und stellte mich an. Ich rannte nach Marmelade, nach Rindertalg, nach Heißgetränk, nach Schlagcreme, nach einem halben Pfund Schweinefleisch, nach Knochen, nach Brühe, nach einem Viertel Kuhkopf, nach Molke. Am längsten mußte ich beim Metzger warten. Das Brot, das ich heimbrachte, war der reinste Klietsch und dunkelgrau.
Anfangs stand ich immer ziemlich weit vorne, dann drängten mich die Frauen beiseite. Du bist noch jung, du kannst warten. Stimmte ja, bis ich dahinter kam, daß Fleisch oder Brot oft nicht für alle reichte, die anstanden. Auf einmal hieß es: Schluß, aus, fertig, nichts mehr da. Seitdem stand ich, wo ich stand. Ich wich keinen Fingerbreit zurück und verpaßte denen, die sich vor mich schieben wollten, Stöße an die Schienbeine und die Waden. Dabei kriegte ich selber Jähzornanfälle, wenn mir einer auf die Zehen trat. Meine verkrüppelten Zehennägel bohrten sich so schmerzhaft ins Nagelbett, daß mir die Tränen aus den Augen schossen und ich blind um mich schlug. Ich stand eisern Stunde um Stunde, bis ich dran war. Ich hatte genauso für eine Familie einzukaufen wie die, und das sagte ich auch. So ein freches Maulwerk, in dem Alter schon dermaßen ausgebufft. Paaah, bloß kein Neid.

Wir sitzen auf der Wiese und überlegen, wie wir Beszehans die silbernen Fünfmarkstücke und das alte Zahngold von Kaltesophie verkaufen können.
Also, was brauchen wir?
Genau hundertdreißig Mark. Wenn kein Brot bei rausspringt, fangen wir gar nicht erst an.
Ein Dreipfundbrot, sage ich, nicht irgendein Brot.
Na denn. Gehen wir hin, knallen ihm das Zeug auf den Ladentisch und verlangen runde hundertdreißig Mark.

Ihr seid ja bekloppt. Vielleicht ist das Gold vielmehr wert, das Doppelte und Dreifache würd ich verlangen.
Denn geh selber.
Du meinst also, die Klunkern sind mehr als zweihundert wert?
Seid froh, wenn ihr hundertdreißig kriegt. Verlangt das und geht keine Mark runter, aber nehmt dann auch.
Ihr verfügt über die Sachen, als seien es eure.
Du hast doch gesagt, wir machen gemeinsam, gehst ja mit beim Verscherbeln.
Ich geh mit, aber ich will nicht selber anbieten.
Hansi sagt: Herr Beszehan, hier haben wir ein paar alte Fünfmarkstücke, unser Erspartes, echt Silber.
Und das Zahngold, haste das auch erspart?
Nee. Warte mal. Das hab ich geerbt.
Quatsch, wenn der lange fragt, kriegt er gar nichts.
Der fragt nicht. Wir fragen ja auch nicht, wo er die ganzen Uhren her hat.
Er ist schließlich Uhrmacher.
Da müßten ja die Fleischer auch genug Fleisch haben, die Trottel.
Heh, zuerst wollen wir mal schwören, daß es keiner meiner Alten sagt, daß überhaupt keiner zu Hause was sagt.
Keine Zeit für solchen Blödsinn. Ich denke, wir wollen heute noch das Brot an Land ziehen.
Wißt ihr denn wo?
Klar, es wird schon gebacken.
Inge weiß wo.

Während ich das Gewebe glatt auseinanderzog, vergaß ich, es festzuhalten und zerrte mit solcher Ungeduld an dem weißen Garn, daß die Kette aus Papierstrippe sich strikt zusammenzog. Das Bündel ähnelte einem zersplissenen Drahtseil, ich gebs auf, du meine Güte, wie wegkommen, wie abhauen, wie ausrücken, wie durchbrennen, wie davongehen mit der Sicherheit im Kopf, nie mehr kehrtmachen zu müssen, ich griff wieder zu dem Knäuel aus Wolle, die keine Wolle war, Kunstwolle mit Papierstrippe verwoben, nicht Wolle, nicht zerreißbar, nicht Baumwolle, obwohl sie beim Waschen weißer wird, aber nicht weicher, vergeblich, ich komme hier nie weg, dafür rauh und splissig wie Glaswolle etwa, aber

Glaswolle ist es auch nicht, kann es nicht sein, ich sitze gefangen in der Küche und werde für alle Zeiten, für immer und ewig Zuckersäcke auftrennen, Glaswolle ist ja das reinste Gift, wie man weiß, daraus darf man keine Socken stricken, geht auch gar nicht, aber aus diesem rohen Zeug, danke, das kommt aufs selbe raus, Leinen ist es nicht, denn es läßt sich nicht färben. Bevor ich die verfilzte Kante auf dem Küchentisch breitziehe, glätte, glattstreiche, nehme ich mir einen anderen Sack vor und trenne die Seitennähte auf, ich drehe ihn um und lecke die Kanten aus, von Zucker keine Spur, und die hauchdünnen Fasern, die ich ausspucke, erinnern an Katzenhaare, aber ich komme weg, ich mache mich auf den Weg, auf meinen eigenen Weg, darauf kann sie Gift nehmen, und sie wird Gift nehmen, und wenn ich nachhelfe, ich verschwinde, und wenn ich mich selber umbringe, dann nutzt ihr kein Heulen und Zähneklappern. Ich räufle wieder die aufgetrennte Wolle auf, ist es lebensmittelfreundlich, so ist es auch hautfreundlich, der Zucker hat nicht gemerkt, wie es kratzt, wir haben Gift im Hause, und ich weiß auch wo, lösen sich die Gifttabletten, in denen beide dauernd ihre offenen Beine waschen, in klarem Wasser auf, dann lösen sie sich auch im Kamillentee, schön bitter, schmeckt man nicht gleich raus. Zuerst hat sie mich das Garn in Form von Haspeln über den Arm aufwickeln lassen, wollte es färben, wieder ihre Zuber und Bottiche aufstellen und in der Plürre herumrühren, es kann gar nicht schiefgehen, die kleinen Dinger, die aussehen wie winzige, dunkelrote Stabbrandbomben, erstmal Stück für Stück aus ihrem Nachttisch nehmen, nicht alle auf einmal, und wenn ich genug beisammen habe, sie zerreiben und auflösen in ganz wenig Wasser. Ist das Garn verstrickt, dehnt es sich nicht, unmöglich, den Strumpf über den Hacken zu ziehen, wenn das Gestrick sich nicht ausweitet, also hat Concordia versucht, so locker wie möglich zu stricken, wärmen tun die Strümpfe sowieso nicht, zum Schluß, wenn der Tisch gedeckt ist, die Lösung in den dampfenden Tee und nicht selber davon trinken, auch nicht zum Schein, was ich unbedingt brauche, ist ein wenig Zucker, sonst schmeckt das Gift vor. Zu Anfang sind in manchen Säcken noch ein paar Gramm Zucker zu finden gewesen, sollte ich nochmal auf Zucker stoßen, werde ich ihn sammeln, und während ich die Trennerei beiseite lege und mich an den Stapel heranmache und die Ecken umstülpe und Zucker suche, sehe ich sie plötzlich unter den Tisch rutschen, sie schneidet Grimassen, sinkt vom Stuhl, zieht die Decke mit runter und verschüttet den Tee, das kommt mir gelegen, tiefer, ein fürchterliches Stöhnen dringt unter dem Tisch hervor, ich biete mich an, zu Tante Mieze hinaufzurennen, dabei stürze ich in den Keller, greife nach meinem Gepäck, es ist noch Winter, dunkel draußen, und durch den oberen Garten, nicht erst auf die Straße, durch den Garten und vorne über den Zaun, die Sachen aus Zuckerwolle legen eine Haut aus Eis um die Füße, das Garn ist gekräuselt wie Elfenhaar, in Wellen gelegt mit einer Brennschere, so zierlich wie aus zwei Nähnadeln, und Karl, ich muß einen Abend aussuchen, an dem er etwas vor hat, doch Karl hat nie etwas vor, er geht zu niemandem auf Besuch, er ist immer zu Hause, schon gar zum Abendbrot, Pullover hat sie sogar aus der Zuckerwolle gestrickt mit Blumen drauf, da ziehe ich zwei Hemden drunter, und trotzdem kratzt es und scheuert wie verrückt.

Nessel – schmerzhaft drückt mich deine Fessel.

Entweder ich reiß mich in Stücke
oder ergreife eine andere einschneidende Maßnahme
wie diese: den ganzen Juni Juli über
Kirschkerne enthülsen das Innere der Kirschkerne
aufhäufeln und verstecken in Marmeladegläsern.
Sechzig Milligramm Blausäure, wie wiegt man das ab
und bittere Mandeln sind natürlich nicht aufzutreiben
oder warten auf die Pfirsiche so rentabel
oder auf die Herbstzeitlosen, ich weiß wo sie stehn.
Eine Frage: Sind es die Blüten,
sind es die Zwiebeln mit dem Gift.
Ich nehme, was ich habe.
Also Kirschkerne sammeln knacken trocknen mahlen,
bitteres Mehl für dich oder mich.
Einen von beiden höre ich keuchen,
und Lähmung im Hals und der Kopf zerspringt,
die Krämpfe leiten über in Bewußtlosigkeit
mit Todesfolge, aber was heißt Todesfolge
ich meine, wann und wie lange.

Lehrer Bonhoff gibt Erdkunde und erklärt uns die Bodenreform. Er zeichnet ein breites Band an die Tafel, das von rechts nach links über der unteren Kante verläuft. Ich mache euch jetzt mit einem typischen Dorf in Mecklenburg bekannt, sagt er, und nennt das breite Band Die Dorfstraße und malt der Dorfstraße zu beiden Seiten eine Reihe kleiner flacher Häuser, die er als Katen bezeichnet, Bauernkaten. Von dieser Dorfstraße läßt er einen breiten Weg abzweigen, der sich aufwärts über die Tafel zieht, bis fast an die obere Kante. Diese Straße ist eine Allee. Bonhoff beschattet sie zu beiden Seiten mit Bäumen, deren runde, üppige Kronen einander überwachsen. Die Allee krönt er, und nun ist er am oberen Rand der Tafel angelangt, mit einem großen Haus, das er als Schloß bezeichnet. Aber damit kommt er bei uns nicht durch. Zwar hat das Haus viele Fenster, einen Balkon und eine Freitreppe, aber das ist kein Schloß in unseren Augen, und wir lachen ihn aus. Meinetwegen, sagt er, dann ist es eben ein Gutshof und kein Schloß. Dabei bleiben wir auch. Und der Mann, der es bewohnt heißt Gutsbesitzer. Könnt ihr mir folgen? Wissen wir ja noch nicht.
Die Bauern, die in diesen Katen wohnen, sagt Bonhoff, besitzen einen kleinen Garten, ein paar Hühner, vielleicht ein Schwein, aber: sie haben kein Land. Sie sind eigentlich gar keine Bauern. Der Gutsherr dagegen besitzt die umliegenden Ländereien. Wer bestellt sie? Dumme Frage.
Die Bauern, die keine Bauern sind, sondern Landarbeiter, mit einem anderen Wort Tagelöhner, kriegen ihre Arbeit nicht mit Geld bezahlt, sondern werden mit Korn, Kartoffeln, Feuerholz, also mit Naturalien entlohnt. Es wird ihnen gerade so viel zugeteilt, daß sie halbsatt am nächsten Tag weiterarbeiten können. Der Gutsbesitzer wird immer reicher und kauft sich noch Land dazu.
Was ist nun das Neue an unserer Zeit? Die Bodenreform. Jetzt wird das ganze Land neu ausgemessen und dem Gutsbesitzer weggenommen und in gleich große Felder eingeteilt, und nun erhalten die Landarbeiter ihr eigenes Land, das sie nicht mehr für einen fremden Herrn, sondern für sich und die eigene Familie bearbeiten.
Lehrer Bonhoff geht durchs Klassenzimmer und erklärt und schwärmt und macht große Schritte und schaut sich über die

Schulter und macht uns mit dem zukünftigen, freien und selbstbewußten deutschen Bauern bekannt. Wir sehen richtig, wie der den Rücken strafft. Der frühere Gutsbesitzer, wenn er nicht überhaupt in die Westzonen flieht, darf nicht mehr Land behalten, als er selber pflügen und eggen kann. Kurz und gut, alle, die mehr haben als hundert Hektar, keine Ahnung, wieviel das genau ist, werden enteignet. Und Bonhoff blickt wieder rückwärts, als würde er ein endloses Zentimetermaß hinter sich herziehen und damit Ackerflächen abmessen, nicht größer als fünf bis zehn Hektar.
Wie finden wir das? Gut und gerecht finden wir das. Halt, jetzt haben wir vergessen zu fragen, wieso es dazu kam, daß der Gutsbesitzer alles besaß und die Bauern nichts. Nein, das ist nicht immer so gewesen, deswegen mußte es auch nicht so bleiben. Nächstes Mal.

Die sowjetische Besatzungszone besteht aus fünf Ländern: Mecklenburg, Brandenburg, Sachsen, Sachsen-Anhalt und Thüringen. Wir gehören zum Land Brandenburg.

Karl sagte: Das ist gelogen. Die Bauern wollen gar nicht das Land, von dem sie wissen, daß es ihnen nicht gehört. Sie sind es gewöhnt, beim Gutsherrn zu arbeiten, weil der ihnen genau sagt, was sie machen sollen, und ihnen das Essen zuteilt. Der Gutsherr übernimmt die ganze Verantwortung für die Bauern, und das ist ihnen so in Fleisch und Blut übergegangen, daß sie sich nun auf die faule Haut legen werden und gar nichts mehr bestellen. Die werden es nie lernen, als selbständige Bauern in eigener Regie eine vernünftige Ernte beizubringen, nicht in Mecklenburg. Die haben höchstens zwei Jahre Schule besucht, nein, die lernen es nie.
Ich sagte: Dann werden wir es ihnen beibringen.
Karl sagte: Ihr? Soso. Dann hätten sie auch ihren Gutsbesitzer behalten können.
Und dann will ich dir noch was sagen, sagte Karl. So wie sie den Bauern jetzt das Land aufhalsen, was diese gar nicht haben wollen, so werden sie es den Bauern über kurz oder lang wieder wegnehmen und werden alles zusammenschmeißen und Kolchosen daraus machen wie in Rußland

Der Bauer wird so arm und so abhängig werden wie nie zuvor und der Gelackmeierte außerdem.
Glaube ich nicht, sagte ich. Die Bauern kriegen ja das Land nicht von den Russen, sie nehmen es sich selber, und dann geben sie es auch nicht wieder her.
So ein Stuß, sagte Karl, wer erzählt euch denn so was?
Tatsache ist, sagte ich, daß Kaltesophie drei Paar Schuhe hat und ich gar keine.
Weil du aus allem rauswächst, sagte Karl.
Inzwischen, sagte ich, bin ich ja in ihre Schuhgröße reingewachsen.
Wenn es das ist, sagte Karl, was ihr in der Schule lernt, den eigenen Eltern wegnehmen zu wollen, was sie haben, na armes Deutschland.

Sie wirbelt den Kopf herum, schmeißt ihn nach hinten und steht da, bebend, rote Flecken im Gesicht. Ein langgezogenes Weinen, Klagen, Jaulen kommt aus ihrem Mund, wobei sie mit den Händen leicht über die Hüften fährt, hinunter bis auf die Schenkel. So verzweifelt wie ich, so unselig, so aufgeschmissen ist kein Mensch wie ich, so bestraft mit einem Wechselbalg, das aus nichts als Gemeinheit besteht. Die allerreinste Verkörperung von Hinterlist, eine Natter, ein Hurenbaby habe ich großgezogen.

Ich stehe in der Tür, wortlos, und versteife mich. Obgleich sie meinen Fall behandelt, gibt es keinen Blick, keine Brücke zwischen uns. Sie ist vollkommen einsam und nur mit der Darstellung ihres Unglücks beschäftigt.
Nein, schreit sie, nie und nimmermehr. Ich bin nicht genötigt, das Biest einen Tag länger unter meinem Dach zu behalten. Damit du es weißt, du bist nicht mein Kind, und bist es in den ganzen zwölf Jahren auch nicht geworden, die Möglichkeiten dazu hattest du. Wer hat dich denn aus dem Heim geholt? Ich, ich, ich und nochmal ich. Und nichts warst du, und nichts hast du gehabt, nicht mal eine Mutter. Kein Elternhaus, keinen Menschen, der sich nach dir umgedreht hätte. Auf dein Lächeln bin ich reingefallen, ich Idiotin. Ich sitze da zwischen dreißig Kindern, zum Aussuchen, und du hast gelächelt. Dabei krank, und der Rücken krumm, und die Beine wie Flitzbogen. Die englische Krankheit hast du

gehabt, untererernährt bis dorthinaus, aber gelächelt. Ich verfluche dich, ich verfluche den Tag, an dem ich dich das erste Mal auf meinen mütterlichen Schoß gesetzt habe. Jaaa, es hat sich ausgelächelt, und du gehst verdammtnochmal genau dahin zurück, wo du hergekommen bist, verstanden?
Ich sage: Das weiß ich längst, daß ich nicht dein Kind bin, und wenn ich gehe, gehe ich gerne.

Es gab keinen Sommer wie diesen Sommer 1947 und keine solche Dürre mehr. Die Kapuzinerkresse rankte sich den Zaun entlang und schoß ins Kraut, dafür hörten die Kartoffeln und die Rüben auf zu wachsen. Concordia in ihrem langen Kleid und der langen Schürze darüber, beides blauweiß und zart gemustert, verfolgte auf steifen Beinen weiße Schmetterlinge. Mal klatschte sie in die Hände und zerdrückte sie mit einem hellen Jauchzer, mal schlug sie die Falter mit der Fliegenklappe nieder. Das? Das sind doch keine Schmetterlinge. Die heißen Kohlweißling und sind als Seuche zu betrachten. Patsch, und wieder zertrat sie ein Paar blasse, durchsichtige, ohnmächtige Flügel. Onkel Egon kratzte Ruß aus dem stehengebliebenen Schornstein seines Hauses und bekämpfte damit den Strom der Erdflöhe. Ich hockte in den Weißkohlreihen und zerdrückte die gelben Eigelege, die der Kohlweißling an die Unterseite der Blätter klebt. Viel ergiebiger und weniger eklig war Tiger sammeln. Tiger nannte ich die schwarzgrün gefleckten Raupen, die gelbe Streifen auf dem Rücken hatten und vom Kohlkopf nur noch das Skelett übrigließen, einen kleinen wüsten Strauch.
Concordia blieb neben mir stehen und sah auf mich herunter. Ich erschrak ein bißchen, denn sie schien durch mich hindurchzuschauen.
Als erstes, sagte sie, legst du zu Haus die Fotos dorthin zurück, wo du sie gefunden hast. Sie gehören dir nicht.
Das hatte ich sowieso vor. Ich wollte sie dir bloß zeigen und fragen, wer das ist.

Sie hatten vor dir schon mal ein Kind angenommen, und das war die Christa, die du auf den Fotos siehst.
Und wo ist sie jetzt?
Sie war schwer krank und ist gestorben.

Wann war das, als sie die Christa hatten?
Das ist fast zwanzig Jahre her. Mein Bruder wollte gern ein Kind im Hause haben, und als sich herausstellte, daß Sophia keine Kinder kriegen kann, bestand er darauf, eins zu adoptieren.
War Christa auch adoptiert?
Nein, sie war ein Pflegekind. Deine Eltern hatten noch nicht das gesetzlich vorgeschriebene Alter, um ein Kind adoptieren zu dürfen.
Warum kriegt Kaltesophie keine Kinder?
Das erzähle ich dir später.
Und ist Christa bei uns zu Hause gestorben?
Nein, in einem Heim. Sie war drei Jahre bei Karl und Sophia und ist dann wieder ins Heim gekommen. Dort ist sie gestorben.
Wie alt war sie da?
Sechs Jahre. Sie sollte gerade in die Schule kommen.
Aber wieso war sie wieder im Heim?
Das erzähle ich dir auch später.
Ich finde das beschissen und gemein von dir, mir nicht richtig zu antworten. Als ob ich jetzt nicht genauso viel verstehe wie im nächsten Jahr.
Das ist das erste Mal, daß du so mit mir sprichst. Und ich bin sicher, daß du diesen Ton nie wieder anschlägst. Statt dessen wirst du Geduld lernen, auch mit mir, so wie ich Geduld habe mit dir. Wer nicht warten kann, kann auch nicht nachdenken.
Der Kohlweißling ging auch an die Kapuzinerkresse, von der ich die kleinsten Blätter abpflückte und kaute. In der Dämmerung wurden rote Blumen schwarz, und weiße sahen hellblau aus. Onkel Egon hatte schon zwei Wespennester ausgeräuchert. Die Wespen fraßen den Wein, bevor er süß wurde.

Wo warst du so lange?
Uffn Wiesen.
Hast du Gras mitgebracht?
Nee, hatte kein Sack mit.
Und ich sitze hier mit der Arbeit und warte, daß du kommst.
Bin ja nu da.

Wenn die Rumtreiberei nicht aufhört, zerreiß ich dich in der Luft.
Mach ma.
Halt den Mund, halt den Mund, sag ich dir, sonst stopfe ich dir die Frechheiten genau da wieder rein, wo sie rauskommen. Geh an die Arbeit!
Ich geh ja schon.
Du hast zu Mittag nach Hause zu kommen wie andere auch.
Kochst ja sowieso nüscht.
Weil ich nichts habe, du Satansbraten, du, und wenn du nicht arbeitest, kriegst du überhaupt nichts mehr, nicht einen Krümel Brot, gar nichts.
Besorg ich mir schon.
Schweig endlich, wenn dir dein Leben lieb ist. Was hast du auf den Wiesen gemacht, sag mir das mal.
Bin eingeschlafen.
Wer das glaubt: eingeschlafen.
Det stimmt.
Am hellen Tag, du und schlafen. Na, nun komm und häkle die Teile zusammen.

Ferien sind kaum Ferien; nach der Schule, wenn ich mal pünktlich nach Hause komme, erwartet mich täglich das selbe: Kordeln drehen, Häkeln, Taschen weben, vor allen Dingen Kordeln drehen. An manchen Tagen schaffe ich hundert Stück. Von mittags an sitze ich in der Küche, die Sonne flutet herein, spielt verrückt auf dem gekachelten Feuerherd, tanzt in den Scheiben des Küchenschrankes, wirft Strahlenbündel auf den Tisch und haut wieder ab, so langweilig ist es ihr bei uns. Zuerst schneide ich Litze aus Igelit, ein Millimeter Durchmesser, in drei Meter lange Stücke. Die sind so glatt, daß sie sich nicht verheddern. Dann schlinge ich einen Faden um die Klinke der offenen Tür, verknote die beiden Enden und drehe vor mich hin. Nach einer Weile strafft sich das Zeug zwischen mir und der Klinke, also stehe ich auf, halte den Knoten mit der linken Hand fest, nehme mit dem rechten Daumen und Zeigefinger das Gedrehte fest in die Mitte, schlage die beiden Teile zusammen, ziehe die Schlaufe von der Türklinke und halte sie an den Endknoten fest. Nach einem kurzen, langziehenden Ruck lasse ich die

Mitte des Fadens los und schaue zu, wie sich das Ganze verdoppelt und dreht. So entstehen die Kordeln, mit denen die mit Schlaufen behäkelten Gürtel zugeschnürt werden wie die Leibchen von Dirndlkleidern.
Mittlerweile kann ich es im Schlaf. Ich habe ein Buch auf dem Tisch vor mir liegen, darin lese ich während des Drehens. Dolores hatte mir Die Höhlenkinder dagelassen, Karl hatte, als er die Schule verließ, einen sechsbändigen Schiller bekommen, Concordia versorgte mich mit Balladen, Tante Mieze mit Liebesromanheften, Dürings besaßen den Gesammelten Storm, und Kaltesophie hatte Gorkis Erzählungen gekauft und sie empört in die Kredenz geworfen. Außerdem besuchte ich die Leihbibliothek und ließ im Papierwarenladen in der Kurzen Straße Bücher über Bäume und Heimische Vögel mitgehen.

Ich schneide die Litze in kleine Stücke und stelle Kaffeeuntersetzer her. Ich ziehe die Gummiperlen zu achteckigen Tellern auf, die sind im Durchschnitt eine Handspanne groß. Diese Kaffeeuntersetzer trage ich im Dutzend zu dem Broderieladen neben Kuhnkes Kolonialwaren, wo die Inhaberin sie in Kommission nimmt und zu zwei Mark fünfzig das Stück verkauft. Das ist mein Taschengeld.

Mit den von Kaltesophie entworfenen Taschen und Gürteln aus Resten fuhren wir aufs Land, vornehmlich ins Oderbruch. Dort hatten die Bauern selber nichts. Sechsundvierzig die Deiche gebrochen, alles überschwemmt, das Vieh hatten ja schon die Russen weggetrieben, gleich fünfundvierzig nach der Schlacht bei den Seelower Höhen; der ersten Überschwemmung folgte die Überschwemmung mit Flüchtlingen, die Polen verlassen mußten. Viele Höfe waren ganz zerschossen, wer konnte uns da schon was abgeben. Trotzdem haben sie uns hier ein paar Kartoffeln, dort Rüben, an anderer Stelle einen Kohlkopf eingetauscht. An Brot oder gar Fett war nicht heranzukommen, und Wertgegenstände hatten wir nicht zu bieten. Fürstenwalde, Hasenfelde, Seelow, Dolgelin, dann runter über Komturei Lietzen nach Falkenhagen – kein Weiler, den wir nicht zu Fuß durchwandert haben. Es tauchte sogar ein Ort auf, der hieß Jammertal. Hatten wir unsere Rucksäcke glücklich voll, erwartete uns

am Bahnhof nicht selten eine Razzia. Besonders gern überfielen sie uns auf dem Kleinbahnhof Hasenfelde, und die Frauen tobten. Ach, die ausgebufften, hinterfotzigen, säuischen Stiefelknechte.
Jeweils drei Deutsche in der Uniform der Volkspolizei und drei Russen umrundeten uns auf dem Bahnsteig, wo wir auf unseren Rucksäcken darauf warteten, daß irgendein Zug kam. Mit einem Mal und ganz ohne Ankündigung trampelten sie zwischen unsere Säcke und schrien: Auskippen, auskippen! Wir schütteten alles auf den Perron, und sie brüllten wieder: Einpacken, einpacken, mitkommen!
Wir trugen unsere Rucksäcke ins Bahnhofsgebäude, wo wir sie noch einmal auskippen mußten. Unsere paar Kartoffeln, auf die wir uns so gefreut hatten, Frühkartoffeln, nicht ein bißchen erdig, richtig schön gelb und noch keine Schale dran, daß man sie reinweg roh essen möchte: die kommen in eine Ecke, auf einen großen Haufen. Gemüse schleppen wir zu einem anderen Berg.
Das haben sie sauber eingefädelt, haben uns traben lassen und betteln und tauschen und ranholen und was dafür opfern und jammern und feilschen. Und von zig Hunden gebissen haben wir das Zeug an uns gerafft und auf unseren Rücken und barfuß zum nächsten Bahnhof getragen, fünfzehn, zwanzig Kilometer und mehr, und all die Zeit nichts, keine Spur von Essen im Magen. Am Ende dann kommen die mit ihren kurzen Maschinenpistolen, lassen uns einfach alles ausschütten, diese Mischpoke, diese nach Pestilenz riechenden Arschlöcher.
Diese Wörter habe ich von den anderen Frauen aufgeschnappt.

Im Frühherbst verbreitete sich die Nachricht, in den Wäldern Richtung Fangschleuse–Fürstenwalde verbergen sich flüchtige Polen, die über die Oder gekommen, nach Westen unterwegs seien. Deserteure, Verbrecher, sagten die Leute und hatten es von der Kommandantur, Kriminelle, denen zu begegnen äußerst gefährlich und deswegen sofort zu melden sei. Wir stellten uns wildentschlossene Helden vor, ein Mittelding aus Trapper und Indianer, von Kopf bis Fuß in Felle gekleidet, die hungrigen Augen tiefumschattet, das Haupt- und Barthaar bis zum Gürtel gewachsen und bewaffnet mit Messern, Beilen, Drahtschlingen und Tellereisen. In dieser Zeit kam Dolores jeden Nachmittag extra aus Köpenick. Voll von neuen Gerüchten zogen wir, meinen Hund an der Klokette, in die Wälder auf Polensuche. Im Laufschritt bis zur Autobahn, dann langsam weiter nach Osten; dauernd stellten wir uns vor, wie wir sie finden und verstecken und weiterleiten würden. Wir hatten dazu zwei ziemlich verfallene Bunker ausersehen, die unterhalb der Müllablade standen. Von dort wollten wir sie ungesehen nach Berlin bringen, aber es wurde nichts daraus. Nie ist uns ein Flüchtling auch nur von weitem zu Gesicht gekommen.

Wir rupfen die Fransen aus, die oben aus den Maiskolben wachsen und braun werden bei der Reife, knüllen sie zusammen und stecken sie in unsere selbst geschnitzten Pfeifenköpfe. Wir rauchen auch zerriebene Eichenblätter. Haben wir keine Pfeifen dabei, schneiden wir fingerlange Stücke aus dem alten Holz von wildem Wein und stecken sie an. Sie glimmen ziemlich lange.

Wie sahen die Wolken aus? Wie eine Kuh, wie ein Apfelbaum, wie Spanien. Und jetzt? Rot umhäkelt wie ein Feld, so stellten wir uns Baumwolle vor. Blödsinn, eine Herde Schafe, nach der Schur wohlgemerkt.
An anderen Abenden blieben wir mitten auf Waldwegen stehen, suchten uns Stöcke und dichteten Verse. Wir schrieben sie in den Sand und lasen sie uns einander vor und dichteten weiter, ein Reim zog den anderen nach sich. Käfer, die herausgerissenen Schienen, die rotumrandeten Abendwolken, die Birkenallee inmitten der Kiefern: für alles fanden wir einen Reim.
Kannst du deins schon auswendig? fragten wir und sagten uns stockend, mit zugedrückten Augen, den Kopf hoch erhoben unsere Gedichte auf. Unsere Andacht vor der eigenen Poesie war überhaupt nicht mehr einzuholen. Zum Schluß tilgten wir die Schriftzeichen im Sand mit Reisig und streuten Kiefernnadeln auf den Platz. Auf dem Heimweg flüsterten wir Strophen, die jeder, wenn er nach Hause kam, in ein Schreibheft eintrug.

Eines Tages kam Karl vom Demontageeinsatz mit einem halben Zentner Stearin nach Hause.
Kaltesophie saß, die Füße zwischen Sofakissen, am Küchentisch und häkelte. Ich hatte den Webrahmen auf dem Schoß.
Kaltesophie: Rohre!
Ich: Rohre gibt es genug.
Kaltesophie: Bleirohre!
Ich: Die kaputten Wasserleitungen in den Ruinen.
Kaltesophie: Ihr sollt nicht in die Ruinen gehen.
Ich: Bleirohre lassen sich am besten zerschneiden, ich besorge sie.
Kaltesophie: Zerschneiden lassen wir sie in Ziebigs Werkstatt.
Ich: Die Höhlenkinder haben ihre Kerzen nicht gegossen, sondern gezogen.
Kaltesophie: So viel Zeit haben wir nicht. Achte darauf, daß die Rohre nicht zu dick sind, höchstens drei Zentimeter Durchmesser.

Kaltesophie macht dicke Knoten in die zurechtgeschnittenen Garnfäden und zieht sie mit einer starken Nadel zuerst durch einen Korken. Dann steckt sie den Korken in ein Rohrende und leitet den Faden durch das Rohr. Am anderen Ende bindet sie das Garn an ein querliegendes Hölzchen und achtet darauf, daß der Faden genau durch die Mitte des Rohres verläuft.
Ich: Die Höhlenkinder haben als Docht zuerst Schilf, dann Nesselschnüre verwendet.
Ich rühre das flüssige Stearin und spucke in den rötlichen Brei. Der blubbert und schäumt. Kaltesophie schöpft das Stearin mit einem Milchtopf heraus und gießt es vorsichtig in die aufgestellten Bleirohre. Sind die Füllungen ganz erkaltet, schneiden wir die Knoten ab und ziehen die Korken heraus. Die Garnenden, die wir oben von den Hölzchen abwickeln, ergeben einen Docht von zwei Zentimeter Länge.
Kaltesophie: Leg diese ersten zwei Dutzend oben ins Wäschefach, die heben wir auf für Weihnachten.
Abends durfte ich eine Kerze mit ans Bett nehmen. Ich las zu der Zeit nur in den Höhlenkindern.

Ich gehe langsam auf die Silbertanne zu und stelle mich dicht vor sie hin. Ich greife unter einen Zweig und stecke das Gesicht hinein. Die Triebe sind feucht und riechen gut. Ich fahre mit der anderen Hand über die Nadeln und streiche sie in Wuchsrichtung. Dann trete ich ein paar Schritte zurück, kneife die Augen zu und mache Scheuklappen aus meinen Händen. Die Äste der Tanne spreizen sich regelmäßig gewachsen vom Stamm weg, ohne an den Spitzen herunterzuhängen. Dennoch werden wir die Kerzen halbieren müssen. Sie kippen bestimmt um oder biegen die Zweige herunter.
Ich reiße einige zartgrüne Nadeln aus, knicke das Büschel, rühre und wische damit in meiner linken Handfläche herum, reibe die Nadeln, bis sie weich sind. Ich drücke meine Nase in die Handfläche und ziehe den Geruch ein. Dann zerrolle ich eine Menge Nadeln zwischen beiden Händen und wische mir die Feuchtigkeit auf die Handrücken und ins Gesicht.
Der eng beschriftete Grabstein, von Schröder Jakob und Elisabeth bis runter zu Hans-Joachim Schröder und Martina, hält sich breit und gerade wie ein Bahnhofsvorsteher, der gleichmütig die Abfahrt der Reisenden beobachtet. Ich lege den Bindfaden, den ich aus den Kettfäden der aufgetrennten Zuckersäcke gedreht habe, kurz auf die Erde und umrunde den Baum. Dann binde ich das eine Ende des Bindfadens unterhalb der niedrigsten Äste fest um den Stamm. Während ich die Äste und Zweige mit der linken Hand hoch an den Baum presse, lasse ich den Bindfaden durch die Rechte gleiten, immer rund um den Baum, und ziehe kräftig an. Ich verschnüre den Baum, ich umkreise ihn erst gebückt, dann aufrecht, dann auf Zehenspitzen, schließlich führe ich den Bindfaden wieder nach unten, wo ich ihn mit dem Anfangsende verknote. Der Baum steht nun in einem Korsett, ganz eingepreßt, stachelig ja, aber die untere silberne Seite der Nadeln ist nach außen gerichtet und leuchtet und glitzert.
Nach einer kurzen Atempause krame ich aus der Buchsbaumhecke rechts vom Grabstein mein Handbeil hervor. Ich hocke mich breitbeinig hin, schätze die Schnittstelle ab, die ich leicht in die Erde verlege, um den Boden als Lärmschlukker zu benutzen, und halte die Luft an beim ersten Schlag. Mit Unterbrechungen und angestrengt lauschend vollführe ich die ersten zehn, fünfzehn Schläge und atme lautlos ein und aus. Endlich schlage ich drauflos, schwitze, tappe tief gebückt

um den Fuß des Baumes herum. Es splittert, knackt dumpf, ich knie, ich schüttle den Baum, er bewegt sich schon. Solche Stille, und die Kirchturmuhr schlägt sechsmal in die Dunkelheit hinein. Ich breche den zusammengebundenen Baum ganz zur Erde runter und hacke im rechten Winkel die Splitter im Inneren des Stammes durch. Dann liegt er vor dem Grabstein, ich recke mich, mir tun die Knie und der Rücken weh.
Jetzt entrolle ich meinen Zuckersack, der aus zwei Säcken zusammengenäht ist. Nein, erst noch Erde auf den flachen, zerhackten Stubben werfen. Sorgsam stülpe ich dann den langen, weißglänzenden Sack über den Baum, das Fußende natürlich zuerst. Ich drücke nochmal den dickeren Mittelteil zusammen, ziehe, schiebe, hebe die Baumspitze vorsichtig an, zerre die Sacköffnung zu mir her, wickle den Sack über die Äste ab und streiche mit der Rechten die aufgezäumten Zweige entlang. Die Spitze biege ich ein Stück beiseite, klemme sie mir unter den Arm, hüte sie vor jeglicher Belastung. Der Baum paßt genau, bis zur letzten aufstrebenden Nadel in den Sack, und das ist kein Zufall. Ich binde oben zu, verschnüre, bandagiere die Spitze für den schleifenden Heimweg. Am Fuß des Baumes flattert noch eine Sackecke frei herum, in die wickle ich das Beil. Nachdem ich gehorcht und tief geatmet habe, schleife ich den Sack zum Friedhofszaun, werfe ihn hinüber in den Graben und klettere hinterher. Ich ziehe den Sack unterhalb des Bahndamms fast bis zur Hübnerstraße, biege kurz vorher ab und überquere ein Ruinengrundstück; ich überwinde die Kreuzung Wilhelm-Hübnerstraße, bin schon vor Dürings oberem Garten und hebe und stemme und wälze den Sack über den Zaun. Erschöpft, mit butterweichen Knien betrete ich unser Grundstück. Ich schleppe den Baum zum Haus, wo ich ihn aufrichte und gerade unter unserem Verandafenster abstelle. Ich werde behaupten, ich hätte ihn von einem verwilderten Ruinengrundstück geholt. Von hier aus kann ich ihn gut durchs Fenster hereinziehen.

Immerzu fragten uns die Leute: Wo gehts denn hier zum Bahnhof. Ende des Jahres ließ die Gemeinde vor Schützes Haus, Ecke Wilhelm-/Hübnerstraße, ein Holzschild anbringen. Das Schild war eine Art Menschenarm und sah vorne aus wie eine Hand mit Zeigefinger. Auf dem Brett stand: Zum Bahnhof. Seitdem gaben wir keine Antwort mehr. Fragte uns jemand: Wo gehts denn hier zum Bahnhof, deuteten wir schweigend und mit ausgestrecktem Arm, den Zeigefinger vorneweg, auf das Schild.

Ich komme aus der Schule, und Kaltesophie winkt mich sofort in die Veranda. Da stehe ich auch schon Frau Schröder aus der Bismarckstraße gegenüber, der Nachfahrin von Jakob Elisabeth Hans-Joachim Martina. Sie reißt die Augen auf und hält meine Silbertanne in der Hand. Aufgeschnürt, entfaltet sie die strahlenden Äste. Sie hat den Baum um die Mitte gefaßt und stampft ihn auf den Fußboden. Die Zweige wippen und duften, die Nadeln leuchten hellauf.
Mit einemmal hagelt es auf mich nieder. Kaltesophie schwingt einen Knüppel, ich flüchte in die Verandaecke, während Frau Schröder weiter den Baum tanzen läßt. Bloß nicht den Kopf hochrecken. Ich greife blindlings nach dem Stock, Kaltesophie zieht ihn mir blitzschnell durch die Hand, die Handfläche brennt, wie lange will sie eigentlich noch auf mich eindreschen, wie komme ich nur davon.
Ich schmeiße mich bäuchlings auf die Erde und brülle, bis Tante Mieze runterkommt. Da fängt die Schröder an, sich zu langweilen. Sie sagt: Lassen Sies gut sein, genug, das wird sie sich merken. Kaltesophie hört stöhnend auf. Frau Schröder sagt: Den Baum nehme ich natürlich mit. Ich freue mich schon, sagt sie, den stellen wir zu Weihnachten in die Stube. Und lachend: Wer kann sich schon eine Silbertanne leisten für die paar Feiertage, nun fehlen mir nur noch die Kerzen.
Ich schleppe mich ins Bett. Kaltesophie erzählt ganz gemächlich, wie sie Frau Schröder auf der Straße getroffen und sich die ellenlange Klage über einen verschwundenen Kirchhofbaum, eine Silbertanne, angehört hat und, als es ihr wie Schuppen von den Augen fiel, einfach gesagt hat: Kommen Sie mal mit, vielleicht ist es die.
Arsch offen. Nie hätte jemand in unsere Veranda geschaut. Ach, wie sie sich brüstet mit ihrer Ehrlichkeit.

Die alte Frau Düring sagt: Nachtkerzen – gar leicht verstehen sich verwandte Herzen.

Ich sehe zu, wie sie den Brief schreibt und an das Heim adressiert. Ich sage: Bitte, neinnein, nicht schon wieder, nicht in das Heim, wo wir ausgestellt werden und auf neue Eltern warten.
Idiotin freu dich doch du wolltest es ja nicht anders haben.
Lieber gehe ich selber, ganz alleine, irgendwohin.
Wo willst du denn schon hin wirst sehen wie gut es dir dort gefällt wird dir bekommen der Wechsel die Tanten und immer satt zu essen mindestens regelmäßig.
Bitte bitte, ich werde nie wieder was stehlen.
Das hast du mir zu oft versprochen und ich sage dir wer einmal lügt und wie stehe ich vor den Leuten da mit so einem Kind mit so einer Diebin mit so einer gotteslästerlichen Teufelsbrut die Gräber ja ganze Kirchhöfe unsicher macht heilige Orte bestiehlt die letzte Ruhe nicht einmal die respektiert wie stehe ich da habe gefragt.
Ich heule laut heraus und zerre an ihrer Strickjacke: Nach Weihnachten, warte bis nach Weihnachten, dann gehe ich, aber doch nicht gerade jetzt.
Aber gerade jetzt und keinen Augenblick später so voll ist mein Maß übervoll laß meine Jacke los.
Sie beleckt das Kuvert, schließt es und reibt mit der Faust die Rückseite.
Das hätten wir wer stiehlt der tötet auch du bist auf dem besten Wege doch bin ich nicht gewillt zu warten bis es soweit ist ich mach das nicht länger mit ich nicht.
Warte wenigstens bis nach Weihnachten, ich werde auch immer gehorchen, immer, das verspreche ich dir, ich schwöre.
Du gerade du Mistvieh du zieh dich jetzt an diesmal werde ich meinen Entschluß nicht rückgängig machen wenn du darauf hoffst und nicht bereuen das Einzige was ich bereue ist jemals auf dich reingefallen zu sein.
Aber ich bereue, ich bereue alles, was ich getan habe, ich will nie mehr lügen oder stehlen.
Ruhe endlich schrei nicht wieder das Haus zusammen gehen wirst du auf jeden Fall zu spät kommt deine Reue hättest du dir früher überlegen sollen da hilft alles nicht mehr steh auf mach kein Theater zieh dich an sonst mach ich dir Beine still jetzt du Hurenbalg reiß dich zusammen löffel die Suppe aus die du dir eingebrockt hast wer dir nochwas glaubt bißchen

dalli jetzt wer tötet wird aufgehangen und das will ich nicht erleben ich nicht nicht mit mir.
Ich reiße ihr meinen Mantel weg und raus und die Treppe runter und hinten ums Haus über den Hof und verstecke mich bei den Lebensbäumen im Düringschen Garten und halte die Luft an und bleibe, bis Karl kommt. Nach einer Weile höre ich sie die Wilhelmstraße erst runter, dann rauflaufen. Sie ruft, und ich antworte nicht. Ich bleibe einfach in der Nässe zwischen Kompost und Lebensbäumen hocken, höre sie erst leise, dann laut meinen Namen rufen und weggehen und wiederkommen. Ich höre Karl und Kaltesophie in der Küche streiten, dann weint sie. Meine Beine sind eingeschlafen, die Füße knicken um.

Kurz vor Weihnachten tauchte eine Diakonissin bei uns auf. Sie stiefelte durch den Korridor und betrat mit festen Schritten die Küche, als sei sie hier zu Hause oder hätte uns schon hundertmal besucht. Lächelnd, mit lauter Fältchen im Gesicht, die nichts als Güte ausdrückten, obwohl ihr Blick ein bißchen an unseren Augen vorbeiging, bückte sie sich und ließ stöhnend Netze und Beutel auf den Fußboden sinken. Sie trug ein gefaltetes Häubchen auf dem Kopf mit einer Schleife unterm Kinn; ihre Kleidung war lang und tiefdunkelblau, unten schauten ein Paar funkelnagelneue schwarze Lederschuhe hervor. Sie blickte sich in der Küche um, schob die Haufen von Igelitlitze und Igelitperlen und Igelitbändern auf dem Tisch beiseite und setzte sich. Dann zog sie aus einer ihrer sackartigen Taschen ein Zweipfundbrot heraus, ein Kastenbrot, und packte es energisch auf den Tisch. Es hörte sich an, als sei es hohl, und oben hatte es ein Kreuz in der Rinde. Anschließend wühlte sie in ihrem Netz zwischen Unmengen Zeitungspapier herum, holte einen feuchten Ballen heraus und haute auch den auf unsere Gürtel und Kordeln. Kaltesophie seufzte tief, ich rollte mit den Augen. Die Diakonissin hörte nicht auf zu lächeln, als sie ein halbes Dutzend frische Plötzen auswickelte.
Du meine Güte, sagte Kaltesophie und hatte Tränen in den Augen, der Herrgott hat uns nicht vergessen.
Er vergißt niemanden, sagte die Diakonissin, ohne eins ihrer vielen gekreuzten Fältchen zu verziehen, er wacht über uns allen und übersieht keinen.

Kaltesophie schüttelte überwältigt den Kopf und sagte: So wird der liebe Gott ja auch wissen, daß wir das nicht verdient haben. So wird er ja auch wissen, daß meine Tochter nicht einmal davor zurückschreckt, auf den Friedhof zu gehen, um die seligen Toten zu bestehlen.

Auf das Sammeln von Obstkernen wollte ich mich nicht mehr verlassen. Die Blausäure darin war bestimmt zu wenig, ich wußte nicht, wie ich ihr das Gift einflößen könnte. Deshalb besann ich mich auf die Gifttabletten, die Karl und Kaltesophie für ihre Fußbäder benutzt hatten. Längst verfügte ich über vier der kleinen vieleckigen Stabbrandbomben. Einer von uns beiden mußte gehen. Wenn nicht sie, dann ich. Sie würde schon bereuen, es würde die Schuld schon auf sie kommen, wenn sie sich tränenüberströmt über meinen Sarg beugte und mich um Verzeihung bat für jedes böse Wort und für jeden Schlag und überhaupt.

Am zweiten Weihnachtsfeiertag ging ich mit meinem Frühstücksbrot und dem Kännchen voll Pfefferminztee ins kalte Wohnzimmer und deckte meinen Platz. Ich holte das in Zeitungspapier eingewickelte Pulver aus meinem Versteck in der Kommode und schüttete das ziegelrote Gift in meine Tasse. Ich goß Tee ein und tat genau fünf Saccharintabletten dazu. Ich starrte in die Tasse, während der Saccharin vom Grund aufstieg und zischte und schäumte. Dann stürzte ich den Inhalt mit drei Schlucken runter und stöhnte vor Ekel. Ich sprang auf und schrie. Kaltesophie war in der Küche, Karl rief aus dem Schlafzimmer: Was ist denn jetzt wieder los? Würgend und keuchend raste ich in die Küche und schrie: Ich sterbe, ich sterbe. Kaltesophie erschrak, dann faßte sie sich an den Kopf und lachte mich aus. Ich hielt mir den Bauch, stopfte vier Finger in den Mund, um zu kotzen, und fiel ihr vor die Füße.

Schöne Bescherung, sagte sie, als ich wieder zu mir kam. Dir sollte man mal den Kopf aufmeißeln.

Was du dir dabei gedacht hast, sagte Karl, würde ich auch gern wissen, aber lassen wir das jetzt.

Und während ich dahindämmerte und wieder wach wurde, saß oft auch Tante Mieze an meinem Bett und sagte: Wenn ich dir nicht lauwarmes Salzwasser eingeflößt hätte. Mach

das nie wieder, es ist ebenso eine Sünde, sich selber umzubringen, wie es Sünde ist, einen anderen Menschen zu töten.
Und Dürings Tochter brachte mir Heine-Bücher herunter, weil ich verrückt nach Balladen war, und sagte: Na, du hast mehr Glück als Verstand gehabt. Und Tante Mieze sagte: Hör bloß auf mit diesen blutigen Geschichten, und las mir Heiligenlegenden vor, die Eisheiligen schienen mir besonders vertraut. Concordia kam und versuchte nochmal, den Traum von Afrika aufzurollen, aber mich zog es zu dieser Zeit längst ans Schwarze Meer und in den Kaukasus. Also besorgte sie mir Bücher von Sven Hedin. Der hatte doch wenigstens die Richtung Osten eingeschlagen, und das bis zum bitteren Ende. So weit wollte ich nämlich nicht gehen, daß ich Kamelpisse trinken müßte und weit und breit kein Mensch und bloß Wüste.
Ich lebte noch, und nichts hatte sich geändert.
Geduld, sagte Concordia, du hast Zeit, lerne warten. Nichts über den Zaun brechen, Geduld.
Und Kaltesophie sagte: Die hat mal wieder der Teufel geritten.

Die alte Frau Düring sagt statt Guten Tag: Myrrhenheide, tu mir nichts zuleide.

Keine Dummheiten mehr. Du bist nun mal auf der Welt, sitzt in diesem Augenblick bei mir am Tisch.
Gefällt es dir nicht?
Doch.
Dann beklag dich nicht dauernd.
Ich habe niemand, der mich leiden kann.
Bin ich niemand?
Naja, wie lange noch.
Ich bin immer für dich da.
Wenn du mal stirbst, werde ich nicht zu dir auf den Friedhof kommen.
Das hat noch Zeit.
Du bist doch gleich siebzig.
Das sagt gar nichts.

9

Die Winterfliege, die sich zwischen Fenster und Gardine verheddert und mit nachweihnachtlicher Trägheit an die Scheibe klopft, raus oder rein, ist schon so alt, daß sie nicht mehr weiß, was sie will.

Langweiliger kann es nirgends sein als hier, nirgends öder, stupider, trauriger als hier, und niemand häßlicher als ich, krumm und schief. Auf meinen Rippen kann man Klavier spielen, man kann mir durch die Backen pusten, und Kaltesophie sagt: Sag mal, hast du je in den Spiegel gesehen, weißt du eigentlich wie du aussiehst. Seitdem habe ich in den Spiegel gesehen und weiß, wie ich aussehe. Ich sehe aus wie das Nest, in dem ich die Zeit und mein Leben totschlage, sandig und kahl und langweilig. Ich sehe aus wie die Kaffeeuntersetzer, die ich mache und in der Friedrichstraße im Broderieladen verkaufe, das Stück zu zweifünfzig, genau wie zweifünfzig sehe ich aus, wie die ekelhaft langen Igelitschläuche, die ich in gleichmäßig lange Perlen schneide, so sehe ich aus, und wie die Litze sehe ich aus, mit der ich die Igelitperlen auffädle zu achteckigen Kaffeeuntersetzern, und wie die Alte im Broderiewarenladen sehe ich aus, mager und verbissen. Meine Haare sind wie Stroh, sagt Kaltesophie, und da hat sie auch recht. Ich gehe schon so krumm, daß ich mit der Nase bald auf der Erde schleife.

Langsam werden die Straßen umbenannt. Aus der Hübnerstraße, die unsere Adresse ist, obwohl das Haus in der Wilhelmstraße steht, wird die Gerhart-Hauptmann-Straße. Rüdigers besitzen drei Grundstücke: der obere Garten grenzt an die Hübnerstraße, auf dem mittleren Grundstück steht unser gelbes dreistöckiges Haus, das an die Wilhelmstraße grenzt und auch durch die Wilhelmstraße betreten wird. Der untere Garten, der bis zum alten Marktplatz reicht, grenzt ebenfalls an die Wilhelmstraße. Nun wird die Wilhelmstraße

in Thälmannstraße umbenannt. Die Königstraße zwischen Bahndamm und Löcknitzwiesen heißt ab jetzt Breitscheidstraße, die Friedrichstraße, unsere Hauptstraße, heißt erst Hauptstraße und bald darauf Karl-Marx-Straße. Die Fürstenwalder bleibt die Fürstenwalder, die Bahnhofstraße bleibt die Bahnhofstraße. Dafür heißt die Bismarckstraße neuerdings Karl-Tietz-Straße, nach einem Mann, von dem überhaupt keiner mehr weiß, wer das war. Die Löcknitzstraße ist so kurz, daß es sich nicht lohnt, sie umzubenennen. Und von der jetzigen Beuststraße weiß ich nicht mehr, wie sie früher hieß, obgleich ich mich an die Beuststraße besonders gut erinnere, weil es mir dort zum ersten Mal im Leben Spaß gemacht hat zu arbeiten.
Im Frühsommer erhielt jeder Einwohner den Auftrag, zweihundert Steine zu klopfen, und Kaltesophie und ich wurden in die Beuststraße geschickt. Mit Eisenkeilen und Hammer, mit Handfäusteln und Zahneisen krabbelten wir in den Trümmern herum. Manche hatten sich nur mit Feuerhaken und Kohlenschaufel bewaffnet. Wir zerrten die heilen Ziegel aus den Haufen hervor, schlugen den alten und vielfach verrußten Mörtel ab und kratzten und schabten und stapelten. Als Kaltesophie sah, wie gerne ich das machte, ließ sie mich ihre zweihundert Steine mitklopfen. Die Frauen um mich herum redeten und sangen sogar. Und ich weiß auch, wovon die Hanowskijungen ihr Vaterhaus wieder aufgebaut haben. Sie holten sich nachts die sauber gestapelten Steine und versteckten sie in ihren Schuppen, Kaninchen- und Hühnerställen.

Morgens treffen wir uns eine Stunde vor Schulbeginn und spielen auf dem alten Friedhof, dessen Gräber längst eingeebnet sind, Völkerball. Als Ball dient eine mit Heu ausgestopfte Lederhülle. Nach einer halben Stunde dringt schwarzer Saft aus den Nähten, so zerschlagen ist das Heu, daß es seine letzten Tropfen Feuchtigkeit herauspreßt. Wir schnüren die Hülle auf und stopfen frisches Gras hinein. Jetzt fliegt uns erst recht grünes Wasser ins Haar, jetzt spritzt der Ball bei jedem Flug und wird glitschig und naß und noch vor dem Klingeln in eine Regentonne getaucht, damit er sich erholen kann. Er heißt auch nicht Ball, wir nennen ihn Mauke: in Wirklichkeit ein lederner und ekelerregender Putzlumpen.

Bis jetzt habe ich ihn nur von weitem bewundert, aber nun hat sich Kaltesophie mit seiner Mutter befreundet, da sehe ich ihn jeden zweiten Tag. Reinhold Wagner ist zwei Klassen höher als ich und gut in Mathematik und Physik und Chemie. Krimis liest er auch, aber keine Dramen. Seine Mutter ist Verkäuferin in einer Bäckerei. Wir helfen ihr abends, die Brotmarken auf halbe Zeitungsseiten zu kleben. Ich stehle beim Kleben keine Brotmarken, nichtmal für ein Brötchen. Reinholds Mutter muß die Marken abrechnen.
Reinhold ist eingebildet. Wenn seine Freunde dabei sind, redet er kaum mit mir. Wir spielen Karten wie verrückt oder gehen an die Löcknitz, um die Mauke mit altem Gras zu füllen. Er behandelt mich, als sei ich dümmer. Dabei kennt er keine Blumennamen und Kräuter, und für Tschelkasch interessiert er sich auch nicht.

Ich komme aus der Schule, und sie hat mein Vertiko ausgeräumt, eine Razzia veranstaltet. Überall liegt dreckige Wäsche verstreut, sie läßt mich seit einem halben Jahr die Wäsche selber waschen, unter der Wäsche hat sie drei Hefte voller Gedichte gefunden.
Nun stehe ich vor ihr in der Küche, und sie liest mir meine Reime vor. Ich habe nicht nur die roten Ränder der Abendwolken, den Kiefernwald, meine Lieblingsplätze und die Stellen mit unbekannten Pflanzen beschrieben. Die meisten Verse sind über Kaltesophie. Ich stehe vor ihr, rot vor Scham und Wut. Sie zieht die Herdringe vom mittleren Feuerloch und stopft die Hefte ins Feuer, schiebt und drückt mit dem Feuerhaken nach, weil die Hefte sich nicht so einfach zusammenknüllen lassen.
Ich gehe in mein Zimmer und schlage den Atlas auf. Ich sehe nochmal nach, wo Afrika liegt, wo der Kaukasus langgeht und wie weit die Wüste Gobi ist.

Gerade hatten die frühsommerlichen Wolkenbrüche unsere Straßen in Flußarme verwandelt, die Ruinen eingeweicht bis auf den Grund, und es roch nach Ruß und Asche, da ging das Gerücht los, Lehrer Bonhoff sei die längste Zeit Schulleiter gewesen.
Gerade hatten die Juniregen das morsche Holz in den Ruinen unter Wasser gesetzt und Mörtel aufgeblättert und die Birken

begossen, die aus den hängengebliebenen Dachrinnen wuchsen, weiß und aufrecht und einsam in ihren dritten und vierten Stockwerken, und es roch immer noch nach Krieg, da hieß es, Lehrer Bonhoff fliegt raus.
Gerade hatte der Regen aufgehört, und der Wind fuhr in die Ruinen, bildete Strudel in den Mauerresten und legte uns einen fetten, kalkigen, rußigen Geschmack auf die Zunge, da wurde darüber geredet, Lehrer Bonhoff muß seine Sachen packen.
Gerade hatten sie die erste Stufe der Währungsreform durchgeführt und jedem auf siebzig alte Reichsmark eine Art Coupon geklebt, und auf der Straße flog das Geld herum, das keinen Coupon wert gewesen war, und wir Kinder sammelten es auf, da wurde gemunkelt, Lehrer Bonhoff nimmt seinen Hut.
Gerade waren die großen Ferien in Sicht, und noch zwei Tage Schule und keine Möglichkeit, lange zu diskutieren, da hieß es, Lehrer Bonhoff ist alt und ist krank und geht in Pension.
Dann hatte er sich das lange weiße Haar schneiden lassen, stand vor uns in der Aula und verabschiedete sich. Er sagte: Ich bin alt und krank, und obwohl es stimmte, hat er uns belogen.
Seit Kriegsende hatten unsere Eltern behauptet, Lehrer Bonhoff würde uns verderben. Jetzt beklagten sie seinen Abgang. Die einen sagten: Er ist wirklich sehr krank, die Zeit im Lager hat ihn kaputtgemacht, andere: Er ist eben Sozialdemokrat geblieben, er hat sich dagegen gewehrt, mit den Kommunisten in derselben Partei zu arbeiten.
Lehrer Bonhoff war in der Einheitspartei, so viel stand fest. Dieselben Leute aber, die sich den Mund zerrissen hatten darüber, wie kommunistisch er sei, sagten jetzt: Er ist kein Kommunist gewesen, nur deshalb wird er rausgeworfen. Erst trugen sie ihm nach, daß er im Lager war, jetzt hielten sie es ihm zugute.
Lehrer Bonhoff hatte in meinen Augen die Prügel abgeschafft und eine neue Form der Schule eingeführt. Er hatte uns beigebracht, Schüler- und Klassensprecher zu wählen; wir konnten ins Lehrerzimmer marschieren und Beschwerden vorbringen und wurden weder abgewiesen noch bevormundet.
Nun stand er vor uns in seinem immer noch zu weiten hellen

Anzug, fuhr sich durch die gestutzten Haare, stellte höflich den neuen Schulleiter vor und wischte sich nichtmal die Tränen aus dem Gesicht. Irgendwer hatte uns betrogen, aber wer? Mir kam wieder die alte Wut gegen die Erwachsenen hoch, eine Wut gegen Unbekannte, von denen ich nur wußte, daß sie das Heft in der Hand halten. Auch Lehrer Bonhoff war ohnmächtig wie wir.

nein so gehe ich nicht mit dir raus
bitte geh und sieh dich mal im Spiegel an
merkst du nichts
du siehst wieder mal verboten aus verboten
nicht mal in der Lage sich zwei Zöpfe zu flechten
der eine hängt hinten in der Mitte
der andere irgendwo vorne links
kannst du nicht oder willst du nicht
man muß sich ja schämen so wie du aussiehst
und Füße waschen
nie gehört nie was von gehört
und dann mit den dreckigen Quanten ins Bett
nein
mit dir gehe ich nicht mehr unter Leute

Nachmittags gingen wir zu Hermann Jahnke, einem Schüler aus den höheren Klassen. Wir brachten Buntstifte, Bleistifte und Tuschfarben mit und hatten als Papier nur die Tägliche Rundschau. Quer über die Zeitung malten wir dick Sätze wie: Gebt uns Lehrer Bonhoff zurück! Lehrer Bonhoff soll bleiben! Wir wollen Lehrer Bonhoff behalten! Keine Schule ohne Lehrer Bonhoff!

Unsere Plakate klebten wir mit Mehlbrei an Hauswände, Zäune, Straßenbäume, an Briefkästen und Gartentore. Niemand schritt ein oder behinderte uns. Wir hatten auch keine Angst, denn wir wußten nicht, wie streng es verboten war. Wir liefen noch die Straßen rauf und runter, als wir längst fertig waren, und überprüften, ob der Leim auch hielt und der Wind nicht eine Ecke unserer Plakate abgelöst hatte.

Und welche Enttäuschung uns in der Schule erwartete, wo wir gespannt von einem Bein aufs andere trampelnd den Unterrichtsbeginn erwarteten. Die Lehrer schwiegen und führten ihre geplanten Stunden durch, von Lehrer Bonhoff keine Spur. Er hat das Schulgelände nie wieder betreten. Aber jedes Jahr im Mai gingen welche von uns zum Geburtstag zu ihm über die Straße und brachten ihm Blumen und schenkten ihm ein Buch, für das wir gesammelt hatten. Er stand oft am Gartenzaun und winkte uns, wenn wir mittags nach Hause gingen und erst als ich in die Smolkastraße zur Oberschule überwechselte, vergaß ich ihn langsam.

Concordia hat Dolores einen Berg alte Arena-Hefte mitgegeben. Darin lesen wir über andere Länder. Die Fotos zeigen uns, wie es vor dem Ersten Weltkrieg aussah. Wir wissen selten, was sich inzwischen geändert hat. Dolores behauptet, der Kaukasus sei zu hoch und die Wüste Gobi zu weit. Sie ändert jede Woche ihre Pläne, und ich befürchte, sie will nicht wirklich weg.
Und nach Polen?
»Ein Leben aus Tat, Traum und Trank, das seinen Dreiklang an den Wölbungen dunkler Stollen, leuchtender Kathedralen und rauchgeschwärzter Gaststuben brechen läßt. Das letzte Echo Asiens vertönt in diesem Lande, in diesem Grenznachbarn Rußlands. Wer je die fächerhafte Ausbreitung eines polnischen Jahrmarktes sah, wird sich weit eher im Reiche des Zaren wähnen, als in einem Winkel, in dem deutsches Industrierittertum gewaltige Triumphe feiert, indes der Landmann still und bescheiden hinter seinem Pfluge einhertrottet. Und wuchtig dreht sich hier das Lebensrad.«
Nee danke.
Wieso nich?
Lieber nach Spanien.
Der Zar is doch längst tot.
Weils wärmer is, deswegen.
Also nach Spanien!
»Die spanische Verfassung, die so viel Schutz und Freiheit gewährt, wie man sie kaum in einem anderen Staat von 1911 finden wird. Einige besonders charakteristische Paragraphen derselben mögen als Beleg dafür folgen: jeder Verhaftete muß innerhalb vierundzwanzig Stunden in Freiheit gesetzt oder dem Gericht überwiesen werden, niemand darf in die Wohnung eines Spaniers oder eines in Spanien wohnenden Ausländers (Wir schlafen sowieso draußen), die der Post anvertrauten Briefe dürfen von der Regierungsbehörde we-

der angehalten noch geöffnet werden (Ich schreib keinem, wo ich bin), jeder hat das Recht, in Wort und Schrift frei seine Gedanken und Meinungen zu äußern (Da gehen wir hin). Recht charakteristisch für den jugendlichen König Alfons XIII. ist der Ausspruch, den er einst getan hat. ›Von der Vorsehung bin ich an die Spitze des Landes gestellt. Mein Stolz geht aber auch dahin, der erste Ackerbauer Spaniens zu sein‹ (Glaub ich nich). Auch als wagemutiger Seemann hat er sich bewährt.«
Und was machen wir?
Wir arbeiten beim Bauern.
Als was denn?
Bananen pflücken und Apfelsinen.

Die zweite Währungsreform war schon besser. Im Sommer gab es wieder neues Geld, Deutsche Mark der Deutschen Notenbank. Wir tauschten die alten mit Coupons beklebten Scheine ein, dreimal siebzig Mark. Außerdem hatte Kaltesophie achthundert Mark auf ihrem Sparbuch, dafür kriegte sie achtzig neue Mark; ich hatte fünfhundert Mark, das waren nochmal fünfzig Mark. Der Rest, den Karl gespart hatte, wurde nicht eingetauscht. Er hatte sich während des Krieges aufs Eiserne Sparen verlegt; seine Einlagen waren samt und sonders der Rüstung zugeflossen. Ende Juli besaßen wir also dreihundertundvierzig Mark.

Wenn Concordia es mir nicht erklärt, gehe ich zu Katharina. Sie sagt mir bestimmt, was diese Christa hatte und warum sie gestorben ist.

Kaltesophie sagte: Noch keine dreizehn, und schon die ganze Nacht unterwegs. Wo bist du gewesen? Es gibt nichts zu leugnen, Frau Hanowski hat dich gestern nacht aus dem Fenster steigen sehen, und sie hat auch beobachtet, wie du heute früh um fünf wieder reingeklettert bist. Also wo warst du?
Ich war in Köpenick bei Tante Käthe, bei Dolores war ich, sagte ich.
Aha, schrie sie, bei Nacht und Nebel zu meiner Schwester Katharina. Da krauchst du hin und beklagst dich und ziehst über mich her. Mit Katharina schmeißt du dich zusammen,

ja, da bist du richtig, die hat sich ja schon immer den Mund zerrissen über mich. Das kann ich dir versprechen, deine Freundschaft mit Dolores wirst du in Zukunft abschreiben, den Umgang werde ich dir versalzen. Aus der Familie tritt mir keiner mehr über meine Schwelle, kommt nicht in Frage. Kaum, daß man sich schlafen legt, machst du dich auf und davon. Das ist er, der Einfluß meiner Schwester Katharina und ihrer Ausgeburt von Tochter. Früher hat sie Vater und Mutter aufgehetzt, und nun mein eigenes Kind.

Christa war drei Jahre alt, als sie zu Karl und Kaltesophie kam.
Christa kam als Pflegekind, denn sie war nicht zur Adoption freigegeben.
Christa hatte eine Halskrankheit und konnte nicht schlucken.
Christa war seelisch gestört, sagt Katharina.
Christa hat Schläge gekriegt, wenn sie nicht gegessen hat.
Christa ist ins Heim zurückgekommen, weil eine Nachbarin Kaltesophie verklagt hat.
Christa ist gestorben, nachdem sie wieder ein Jahr im Heim gewesen war.
Christa hat überhaupt nichts mehr gegessen am Ende.
Christa wollte einfach nicht essen, sagt Kaltesophie, die war bockig bis dorthinaus.

Da ist wieder das Gefühl, daß es mich gar nicht gibt. Ich existiere nicht, bin überhaupt nicht da, bin nicht wirklich am Leben, nicht jetzt. Ich bin meine eigene Erfindung, eine, die herumläuft, eine, die sich verkriecht, ich bin vollkommen außer mir, außerhalb meines Körpers, meines Kopfes. Ich bin eine, von der ich mir vorstelle, wie sie herumläuft, wie sie sich verkriecht, ich denke, was denkt sie sich dabei, ich beobachte, wie sie etwas beobachtet, ich beobachte mich, wie ich etwas beobachte, wobei ich mich selber beobachte. Nein, das bin ich nicht, ich bin aber auch niemand anderer.

Der Bahndamm ist bis zu den Gleisen hinauf mit wilden Fliedersträuchern bewachsen. Die hellblauen Dolden werden von Jahr zu Jahr kleiner, die Büsche verwuchern. In diesem Gesträuch haben wir uns eine Höhle ausgeschlagen, die von

keiner Seite her einsehbar ist. In dieser Höhle versteckt wartet Dolores, bis ich nachmittags freikomme und rausdarf. Manchmal wird es drei Uhr, aber sie hockt in der Höhle und wartet.
Wir trafen uns jeden Tag, legten uns im Krönichen auf die Wiese und haben uns tränenüberströmt Ditte Menschenkind vorgelesen.

Und ich: Verdammt, ich will keinen Busen.
Dolores: Was soll ich denn sagen, ich hab schon viel mehr.
Wenn ich da weiter Fett ansetze, laß ich mich operieren.
Im Westen gibt es ne Creme, die schmiert man sich auf die Rippen, dann kriegt man keinen Busen.
Und die kostet?
Keine Ahnung, aber ich erkundige mich.
Wer hat dir das erzählt?
Eine aus meiner Klasse.
Frag sie, was das Zeug kostet, dann sparen wir darauf.
Und wenn sie gesponnen hat, und wenns gar nicht stimmt?
Es muß stimmen, leg schon mal Geld beiseite.

Westgeld haben ist verboten. Westzeitungen lesen ist verboten. In die Westzonen fahren ist verboten. Jetzt sitzen die Westberliner bei Stromsperre genauso im Dunkeln wie wir. Es gibt keine Kerzen und nicht genug zu essen, weil die Russen nichts rein und nichts durchlassen. Keine Eisenbahn, keine Lastwagen, keine Schiffe dürfen durch die Zone nach West-Berlin fahren. Im Oderbruch treffen wir manchmal Westberliner, die bei den Bauern um Essen betteln wie wir. Aber Karl sagt: Die Amerikaner haben genug Flugzeuge, um Kleider und Essen nach West-Berlin zu bringen. Sie haben gerade die ersten Maschinen eingesetzt. Karl fährt über Gesundbrunnen zu Tante Herta. Sie wohnt im Westen am Vinetaplatz und gibt Karl alte Westzeitungen mit. Karl steckt sich die Zeitungen unters Hemd und zieht den Gürtel fest an. Zu Hause liest er zuerst leise, dann liest er Kaltesophie vor, dann erklärt er ihr, was er eben vorgelesen hat, dann verbrennt er die Blätter in der Küche im Herd.

Am Gartentor läuft uns der alte Düring, unser Hausbesitzer, über den Weg. Er ist aufgeregt, seine Oberlippe zittert.
Wenn es so weitergeht, sagt er, haben wir im Handumdrehen den nächsten Krieg am Halse. Ich bin am Morgen in die Innenstadt gefahren, zwei Körbe Augustäpfel verkaufen, dort bin ich in einen Umzug geraten, lauter Partei mit roten Fahnen. Aus Neugierde bin ich mitgegangen. Die Demonstranten haben das Stadthaus umstellt und die Westberliner Stadtverordneten festgehalten, dann ist Westberliner Polizei gekommen, dann sind die Russen gekommen, dann haben die Russen die Westberliner Polizisten verhaftet. Verstehen Sie das?
Die überrollen West-Berlin, sagt Karl, und zwar bald.

Ein paar Tage später sind fast hunderttausend Westberliner in den Ostsektor gezogen und haben die russische Fahne vom Brandenburger Tor heruntergeholt. Die Ostberliner Polizei hat geschossen. Katharina sagte: Einer tot, und vier Jugendliche nach Sibirien geschickt, fünfundzwanzig Jahre Zwangsarbeit.

Meine richtige Mutter lebt im Buffet, hinten links unten.
Meine richtige Mutter ist 1904 geboren.
Meine richtige Mutter war dreißig, als ich zur Welt kam.
Meine richtige Mutter wohnte 1935 in Stettin.
Meine richtige Mutter hat mich in Berlin entbunden.
Meine richtige Mutter ist Innenarchitektin.
Meine richtige Mutter ist ausführlich im Ahnenpaß enthalten.

Nachdem ich Gutenacht gerufen hatte, legte ich mich hin und wartete darauf, daß auch im Schlafzimmer das Licht ausging. Dann entfernte ich den Schirm von meiner Nachttischlampe und kroch mit der nackten Birne unter die Steppdecke. Ich zog einen der Schiller-Bände unter der Matratze hervor und knipste das Licht wieder an.
Ich las und paßte auf, daß die heiße Birne mir nicht die Schulter oder den Arm berührte. Der Schweiß lief mir übers Gesicht, sammelte sich zwischen Hals und Schlüsselbein und in den Achselhöhlen. Die rote, mit goldenem Muster durchwirkte Farbe auf dem Buchdeckel schmolz und hinterließ

Schlieren auf Laken und Überschlaglaken. Eines Nachts beim Abfall der Niederlande schlief ich ein.
Kaltesophie weckt mich schreiend. Ich bin klatschnaß und friere. Das Fenster steht weit offen, trotzdem riecht mein Zimmer nach verbrannter Watte. Das Buch ist zu Brei, die Steppdecke raucht, Franz und Iphigenie haben dunkle Spuren hinterlassen.
Kaltesophie hatte die brennende Baumwolle meiner Decke gerochen und sich auf die Rauchsäule gestürzt. Karl steht wortlos ans Vertiko gelehnt. Zum Fenster fährt ein kalter Wind herein.

Da sie in Belgien aufgewachsen ist, überlege ich, ob ich sie nicht statt Kaltesophie einfach Herzog Alba nenne.
Nein, ich bleibe lieber bei den Eisheiligen, den Gestrengen Herren, den schrecklichen Frösten im Mai, weil ich mich selber dazurechne.

Kaum dämmerte es, warf ich den Rucksack über. Ich sollte zwei Taschen und einige Gürtel gegen Zuckerrüben eintauschen. Draußen war tiefe Stille, der Nebel hüllte mich in ein Netz aus Wassertropfen. Ich hatte Holzpantinen an und klapperte zum Bahnhof.
Gegenüber der S-Bahn stand der Dampfzug nach Fürstenwalde und stieß Rauch und Funken aus. Ich suchte mir ein leeres Abteil, streckte mich trotz der Kälte auf die hölzerne Bank und schlief.
Als ich die Augen wieder aufschlug, war das Abteil überfüllt. Trotzdem hatten mich die Reisenden schlafen lassen.
Neben mir saß eine Dame, die fast neue Lederschuhe an den Füßen hatte. Sie trug einen wollenen Mantel und einen Hut mit Krempe und glänzendem Band. Nachdem sie meine schmutzigen Pantinen gemustert hatte, sagte sie: Ich besuche Verwandte, und du?
Die Dame gefiel mir, und ich erzählte ihr von uns zu Hause. Als ich bei unserem schwarzen Eichenbuffet angelangt war und den Aktendeckel über meine Vorfahren durch nicht existierende Fotoalben, Tagebücher, ja Zeitungsausschnitte erweiterte, stellte ich fest, daß auch andere Fahrgäste mir zuhörten. Ich blickte den Leuten offen ins Gesicht und behauptete, nicht etwa in einem normalen Bett geboren

worden zu sein. Man hatte mich fast erfroren auf einer pommerschen Landstraße gefunden, um mich bei jenen Zieheltern unterzubringen, unter denen ich noch immer litt.
In meine Erzählungen spielte Afrika mit herein und mein Vater, dem es als Baumeister oblag, einen Gutshof nach dem anderen zu erstellen, keiner ohne Freitreppe. Roter Sandstein natürlich, und stets roch es nach Meerwasser, die Ostsee.
Auf einmal ergoß sich eine weiche, milchige Helligkeit über das flache, brandenburgische Land, durch das wir fuhren. Die leeren Weiden schimmerten gelb und hellgrün. Es war kein Horizont zu erkennen, nur daß die Farben weiter oben in mattes Hellblau übergingen.
Eine andere Frau, die einen schweren Rosenkranz gebetet hatte, holte ein zusammengeklapptes, mit Fett bestrichenes Brot hervor und teilte es mit mir.
Und mit vollem Mund sprach ich weiter und stellte ihnen jetzt den Großvater meines Vaters vor. Der hatte, aus Frankreich stammend, an der Küste gesiedelt und sich auf die Zucht von Kavalleriepferden verlegt. Sein Sohn wiederum, also der Vater meines Vaters, diente zuerst bei den Roten Husaren, stahl dann bei Nacht ein Pferd von der väterlichen Koppel und ritt in einem Zug bis nach Frankreich hinein. Dort führte Deutschland gerade einen Krieg, und er überlegte noch, auf welche Seite er sich schlagen sollte. Aus Versehen kämpfte er bei den Franzosen mit.
Jahre später kehrte er reuevoll nach Hause zurück, wo er den Landsitz seines Vaters übernahm.
Die Dame neben mir fragte: Stimmt denn das alles?
Ich sagte: Selbstverständlich. Nein, warten Sie, der rote Husar war mütterlicherseits.
Sie beugte sich über ihre Tasche, kramte in einer Geldbörse und steckte mir einen gefalteten Geldschein in die Hand.
Sie sagte: Nimm es dafür, daß du mir die Zeit vertrieben hast.
Sie riß ein Blatt aus ihrem Notizbuch und schrieb mir ihre Adresse auf. Ich habe sie nie besucht. Die fünf Westmark übergab ich Dolores als Grundstock für unsere Anti-Brustcreme.

Volkspolizei sind Polizisten, die Kasernierte Volkspolizei sind Soldaten, genannt Vopos. Auf unserem Bahnhof, der letzten S-Bahn-Station im Osten von Großberlin und gleichzeitig der erste Bahnhof, der schon zur Zone gehört, patrouillieren Tag und Nacht russische Soldaten und neuerdings Volkspolizisten. Manche Unternehmer und Handwerker fahren ihren ganzen Besitz mit der S-Bahn nach West-Berlin. Sie nehmen ihre Maschinen auseinander, packen die Einzelteile ein und tragen sie Koffer für Koffer nach West-Berlin. Kontrolliert wird auch, wer aus Großberlin in die Zone fährt. Deshalb versteckt Karl alle Westzeitungen sorgfältig in seiner Kleidung und steckt sich die Briefe seiner alten Firma, die in Troisdorf im Rheinland weiterexistiert und ihm nach West-Berlin schreibt, in die Schuhe zwischen Brand- und Einlegesohle.

halt den Mund sage ich dir.
sprich zu niemandem darüber daß wir Westzeitungen lesen
es geht keinen was an wie wir zu Hause reden und denken
kein Wort darüber sage ich dir daß wir uns Westzeitungen holen
es ist strengstens verboten
und wenn das jemand erfährt kommen wir in Teufels Küche
also halt den Mund sage ich

So viele sind unterwegs. Und ich, warum zögere ich noch? Jedes Jahr, sagt Karl, gehen hundertfünfzigtausend Leute hier weg und rüber. Unmöglich, sage ich, daß es hundertfünfzigtausend Gründe gibt, aber ich habe einen. Ich habe mehr als einen Grund abzuhauen. Warum die anderen unterwegs sind, weiß ich nicht. Ich weiß nur, daß ich es nicht mehr lange aushalte. Außerdem will ich nicht nach Westen, sondern nach Süden. Nach Osten oder Norden wäre mir ebenso recht.
Concordia sagt, ich soll Ruhe bewahren und Geduld üben und bleiben, wo ich bin. Und da, wo ich bin, soll ich zeigen, was in mir drinsteckt. Ich sage: Und warum bist du nach Afrika gegangen? Das ist eine lange Geschichte, sagt sie. Und ich sage: Meine Geschichte langt mir auch.

In der Oberschule gibt es in jeder Klasse schon zwei oder drei FDJler. Aus den Fenstern hängt eine Losung:

»Erstürmt die Festung
der fortgeschrittensten Kultur
und Wissenschaft.«

Bei uns an der Schule ist die Kinderlandbewegung durch die Jungen Pioniere ersetzt worden. Nur wenige machen mit; ich habe sowieso keine Zeit, nachmittags nochmal in die Schule zu rennen. Außerdem haben sie die Schülerräte abgeschafft. Wir wählen keine Klassensprecher mehr. Unsere Interessen werden von den Jugendorganisationen vertreten.

Im vierten Winter nach dem Krieg gingen Dolores und ich in den ersten HO-Laden, der gerade in Ost-Berlin eröffnet worden war. Ich hatte für über zwanzig Mark Kaffeeuntersetzer verkauft und kriegte dafür eine flache runde Dose Bonbons zu acht Mark und zwei Stück Torte zu je fünf Mark.

Wenn ich mich einsegnen lasse, bekomme ich von Concordia eine goldene Uhr.
Wenn ich mich einsegnen lasse, bekomme ich vielleicht einen Fußball.
Wenn ich mich einsegnen lasse, bekomme ich ein neues Kleid.
Wenn ich mich einsegnen lasse, bekomme ich auf jeden Fall ein Paar Schuhe.
Wenn ich mich einsegnen lasse, muß ich am Religionsunterricht teilnehmen.

Karl und Kaltesophie bemühten sich um meinen Taufschein, können ihn aber nirgends auftreiben. Keiner da. Vielleicht ist versäumt worden, das Kind taufen zu lassen, als es noch im Heim war. Karl und Kaltesophie gehen zu einem Rechtsanwalt und geben eine eidesstattliche Erklärung ab, daß es früher meinen Taufschein gab. Leider ist er in den Kriegswirren verlorengegangen. Der Anwalt behauptet, jede Taufe sei in ein Register eingetragen. Die Kirchenbücher sind allerdings verbrannt. Karl und Kaltesophie lassen ihre Aussage notariell beglaubigen. Seitdem bin ich evangelisch.

Kaltesophie: Ich habe Tintenflecke auf dem Sofatisch gefunden, unter der Decke.
Reinhold hat einen Schreibtisch geschenkt gekriegt.
Kaltesophie: Du und ein Schreibtisch.
Mit Glasplatte.
Kaltesophie: Du und eine Glasplatte.
Die Glasplatte würde ich schon mal wegmachen.
Kaltesophie: Kommt überhaupt nicht in Frage. Du hast die Veranda belegt, der Eßzimmertisch ist voll Zeug, und auf dem Küchentisch liegen auch noch Hefte herum.
Reinholds Schreibtisch hat Fächer.
Kaltesophie: Dann sieh dir mal dein Vertiko an und die Kommode.

10

Oft überfällt mich eine solche Niedergeschlagenheit, daß ich kaum aufstehen kann und das Haus nicht verlasse. Ich fühle mich verletzt, durchlöchert, zerschlagen und denke immerfort im Kreis herum. Vielleicht wird alles so bleiben, wie es gerade ist, und nie werde ich etwas an meinem Zustand ändern, nie mich in andere Verhältnisse begeben können. Ich haue mir den Kopf ein an etwas, das ich nicht erkenne. Trotzdem ist es härter, kantiger, stabiler als unsere Kirchhofmauer. Nur wenn ich schlafe, hört der Schmerz auf, versiegen die Kränkungen, vergesse ich die Unzufriedenheit, aus lauter Ohmacht reißen die brennenden Bilder ab.
Concordia sagt: Gegen Melancholie ist kein Kraut gewachsen.

Katharina geht im Wohnzimmer auf und ab und liest Gedichte von Mirza Schaffy vor. Einige seiner Weisheiten finde ich lächerlich, zum Beispiel:

Des Auges Bläue verspricht mir Treue
Auf schelmische Launen deuten die Braunen
Ein graues Auge ist ein schlaues Auge.

Begeistert dagegen bin ich von dem Prolog, den der Übersetzer, Friedrich Bodenstedt, geschrieben hat.

Wo nie der Schlachtendonner schweigt,
wo Völker in Verzweiflung ringen
und eines nicht dem andern weicht,
wo alles klirrt in blanker Rüstung,
wo jede Wohnung eine Feste,
wo jeder Steinblock eine Brüstung,
wo sichs in jedem Felsenneste
von Waffen und von Kämpfern regt,
wo selbst das Weib die Waffen trägt,
wo jeder Knabe schon ein Krieger
und wo in der Verzweiflung Muth
die Mutter mit der eigenen Brut

vom Felshang springt ins Todesbette,
daß vor der Knechtschaft sie sich rette,
da ist die Heimat dieser Lieder,
da hab ich ihren Klang erlauscht.

Das Buch, aus dem Katharina vorliest, ist rot eingebunden mit goldenen Blumen darauf und sechzig Jahre alt, die hundertvierzigste Auflage.

Katharinas Nachbar besitzt eine Schäferhündin, die gleich nach Weihnachten Junge geworfen hat. Er wollte sie ertränken, aber Dolores hat ihm die Hunde abgebettelt. Wir fahren mit ihnen zum Bahnhof Zoo, zum Kudamm. Jede von uns hat einen Hund unter die Jacke gesteckt; einen Knopf lassen wir auf, damit der Kopf des Hundes zu sehen ist. Die anderen Hunde sitzen in einem Deckelkorb, den Lore am Arm trägt. Wir laufen den Kudamm auf und ab und schreien so laut wir können: Echte, reinrassige Schäferhunde, das Stück zu fünf Mark! Nach vier Stunden in der Kälte und Betteln und Brüllen haben wir fünfzehn Mark eingenommen und verschenken die letzten beiden Tiere. In einem Schaufenster hängt ein rotes Taftkleid mit Ausschnitt und Rüschen; es kostet über fünfzig Mark. Wir kaufen eine jaulende, summende Taschenlampe, Kerzen gegen die Stromsperre und für uns zwei Buletten. Den Rest nimmt Lore mit nach Hause.

Februar, und wir ziehen einfach unsere Schuhe aus. Wir laufen durch den Elsengrund nach Hirschgarten und über die Erpe-Wiesen. Überall eiskalte Wasserlachen; auch Lore, sie will absolut nicht mehr Dolores genannt werden, patscht in alle Pfützen.

Am Neuenhagener Fließ stecken die Kätzchen ihre hellgrauen Samtpfoten raus. Wir reißen Zweige ab. Wir lassen die Füße von der hölzernen Brücke ins Wasser hängen.

Wir gehen bis zu den Knien im fließenden Bach.

Kaum, daß wir unsere Strümpfe anziehen können. Sie kleben und rollen sich zusammen. Über die Schmausstraße rein in die Heidekrugstraße.

Wir lassen das Gestirgel aus Weidenruten hinter uns herschleifen.

Die Majorin von Wiechert mit ihrem Heimkehrer hängt mir zum Halse heraus. Ich will einen Liebesroman lesen, und Concordia bietet mir Hermann und Dorothea an.

Nachts stand ich auf und schrieb meine Gedichte bei Taschenlampenbeleuchtung in ein dickes Schreibheft, um sie bei Gelegenheit Reinhold zu zeigen. Schon beim Ansatz eines Schreibfehlers riß ich die Seite heraus, löste die Papierschnipsel vom Innenrand und begann von neuem.
Ich verbarg das Heft unter meiner Jacke. Bei Reinhold saßen Jungen und spielten Siebzehn und Vier. Ich saß auf dem Sofa und hielt mir die Jacke zu. Reinhold zog mich hoch und fing an, meine Jacke aufzuknöpfen. Das Heft rutschte herunter und fiel auf den Fußboden. Ich lief aus der Wohnung und die Treppe hinunter. Reinhold und seine Freunde hingen aus den Fenstern und lachten. Sie warfen mir das Heft hinterher. Es segelte, flatterte auf die Straße. Sie hatten nicht darin gelesen.

Seit Tagen läuft Kaltesophie morgens als Erste zum Briefkasten. Der Briefträger ist noch nicht am Grundstück vorbei, da steht sie schon vor dem großen, grüngestrichenen Holzkasten, der links neben dem Gartentor am schmiedeeisernen Zaun hängt. Der Kasten ist für das ganze Haus; jeder kramt darin herum, bis er seine Post gefunden hat. Endlich, kurz vor Ostern, stürzt sie in den Korridor, schwenkt einen Umschlag und ruft: Karl! Karl! Zu mir sagt sie: Du bleibst jetzt mal draußen, wir haben etwas zu besprechen. Beide verschwinden im Wohnzimmer. Ich höre sie flüstern und tuscheln und rascheln und kichern und verstehe kein Wort. Mit einem Gesicht wie ein Weihnachtsmann tritt Kaltesophie endlich aus dem Wohnzimmer, legt den Zeigefinger auf den Mund, mustert mich streng und sagt: Daß du mir zu keinem Menschen davon sprichst, aber auch zu niemandem! Verstanden? Karl kriegt endlich die Pension von seiner alten Firma im Westen. Dafür hat er vierzig Jahre lang gearbeitet, es ist schwer verdient und steht ihm zu. Trotzdem, wenn sie das hier erfahren, werden sie ihm den Hahn abdrehen und uns dazu. Die Leidtragende wärest auch du. Also halt den Mund, so hoch ist sie sowieso nicht, die Pension.

Gleich am Montag fuhren Kaltesophie und ich zum letzten Mal nach Köpenick und brachten die letzten Gürtel und Taschen zu Eitner. Kaltesophie kündigte auf der Stelle, wir gingen mit leeren Taschen davon. Dann fuhren wir nach West-Berlin, wo uns Karl am Bahnhof Gesundbrunnen erwartete. Er hatte Geld von seinem neuen Konto abgehoben und sich ein Sparbuch zugelegt. Wir gingen die Brunnenstraße hinunter und in eine Markthalle, wo es frisch geröstete Blutwürstchen gab. Ich aß vier Stück, Kaltesophie zwei, danach kaufte sie mir in derselben Halle ein Paar lange Hosen, grau mit Bügelfalte, ein Paar Stiefel und Wolle. Daraus sollte mir Concordia einen Pullover und Strümpfe stricken. Ich trug noch immer die Socken aus Zuckerwolle.

Tante Mieze und Doktor Kenzig ziehen aus. Sie können sich jetzt eine eigene Wohnung leisten, weil er als Wissenschaftler gilt und mehr Lebensmittelmarken bekommt als andere Leute. Nachmittags besuche ich ihn und lasse mir in Russisch helfen. Sie wohnen in der Gerhart-Hauptmann-Straße neben dem Konfektionsgeschäft Lindner. Tante Mieze sagt: Herr Lindner ist verheiratet und geht viel mit seiner Frau spazieren, aber er hat einen Freund und schläft lieber mit dem Freund zusammen als mit seiner Frau. Ich schlafe auch lieber mit Dolores zusammen. Wenn ich bei der Russischnachhilfe neben dem Doktor auf dem Sofa sitze, rückt er mir so nahe, daß ich Kopfschmerzen kriege. Manchmal fährt er mir beim Vorlesen über den Rücken, daß mir ist, als hätte ich Luft im Bauch.

Aus dem Prolog zu Mirza Schaffy von Bodenstedt lerne ich ein Stück auswendig. Ich sage es immerzu auf, spreche es bei Wanderungen vor mich hin. Wenn ich weiß, daß niemand in der Nähe ist, schreie ich:

Wo vielgegipfelt, wildzerklüftet
der Kaukasus zum Himmel steigt,
das Haupt erstarrt und schneegebleicht,
wenn er den Wolkenturban lüftet,
in eisigem Panzer eingezwängt,
daran die blumenreiche Steppe
des Dornes gleich wie eine Schleppe
an einem Königsmantel hängt,

wo Simurgs riesiges Gefieder
vom Wolkenthrone niederrauscht,
da ist die Heimat dieser Lieder,
da hab ich ihren Klang erlauscht.

Ich muß wieder in die Veranda ziehen. Unsere neue Untermieterin heißt Fräulein Meienburg. Sie ist fünfundzwanzig Jahre alt und kommt aus Mecklenburg. Sie arbeitet als S-Bahnschaffnerin, mit Tag- und Nachtdienst. Die Nachtschicht fällt ihr sehr schwer, denn ihre Eltern sind Bauern. Um auch am Tage schlafen zu können, nimmt sie regelmäßig Schlaftabletten. Jetzt sammle ich wieder.
Kaltesophie sagt mir glatt ins Gesicht: Solche Tochter hätte ich mir gewünscht.

Ich sage: Den Zirkelkasten kannste behalten, ich wollte 'n Fußball.
Karl sagt: Wir haben lange überlegt und uns dann für den Zirkelkasten entschieden, weil vielleicht dort deine Fähigkeiten liegen später.
Kaltesophie sagt: Einen Fußball als Mädchen.
Ich sage: Ich hätte auch 'n Handball genommen.
Kaltesophie sagt: Was denn nun, entweder oder.
Ich sage: Wär mir egal, wenn ich bloß hätte Völkerball spielen können.
Karl sagt: Der Zirkelkasten hat dasselbe gekostet wie ein Fußball, in West, und irgendwann hattest du doch um einen Zirkelkasten gebeten.
Ich sage: Na, ich freu mich ja auch.
Karl sagt: Man kann nicht alles haben, nicht alles auf einmal, meine ich.
Ich sage: Wieso nich?
Kaltesophie sagt: Alles hübsch nacheinander.
Karl sagt: Sieh doch, wie schön die kleinen Geräte in ihrem Samtbett liegen. Wahrscheinlich hat keine in deiner Klasse solchen Zirkelkasten.
Ich sage: Manche haben beides.
Karl sagt: Aber du eben nicht, du wirst es schon noch lernen.
Kaltesophie sagt: Dich zu bescheiden, verdiene erst mal dein Brot selber.

Ich sage: Ich habe genug Taschen und Gürtel gehäkelt, die reichen für mein Brot.
Kaltesophie sagt: In West, betone ich nochmals.
Ich sage: Jedenfalls hätte ich lieber 'n Ball gehabt.
Kaltesophie sagt: Raus, raaauuuus jetzt!
Ich sage: Ich geh jetzt gleich. Wo is meine Uhr?
Kaltesophie sagt: Du meinst die Uhr von Concordia. Die paßt gar nicht zu dir.
Ich sage: Mir gefälltse un mir gehörtse un ich hängse mir um.
Kaltesophie sagt: Aber zum Kaffee bist du wieder drinnen.
Ich sage: Kannste dir selber reinwürgen, den Kuchen und den Kaffee und die Sahne – in West.
Karl sagt: Immer das letzte Wort, selbst heute an ihrem eigenen Festtag.
Kaltesophie sagt: Wir wurden damals mit vierzehn erwachsen und gleich in die Lehre gesteckt.
Ich sage: Jaaaajaaaa.
Kaltesophie sagt: Da hieß es früh raus.
Karl sagt: Achgott, lange schlafen tut sie ja nicht.
Kaltesophie sagt: Wär besser, sie schliefe länger. Dann stellt sie nichts an.

Auf dem Marktplatz sind Karussells und Buden aufgeschlagen.
Wir lassen die Einsegnungsgesellschaft bei ihrem Kaffee sitzen und fahren Pferdekarussell und schreien wie Indianer.
Wir krauchen unter das hölzerne Gestell des Kettenkarussells, wir suchen nach verlorenem Geld, das den Kindern oft durch die Bretter rutscht.
Wir werfen mit Stoffbällen auf Konservendosen: ich gewinne ein großes Bild zum Aufhängen, die Jungfrau Maria mit dem Kind und ihr zu Füßen zwei Engel, die sich auf ihre Ellbogen stützen.
Wir fahren Kettenkarussell und drehen die Ketten, an denen die Sitze hängen, umeinander.
Wir schleichen uns in einen Wohnwagen, und da springt ein Schäferhund aus einer Ecke, stellt sich auf und beißt mir in die Schulter. Mich überfällt dieselbe rasende Wut wie damals in Güstrow, als mir Uz seine Vorderzähne in die Augenbraue gehauen hat. Reinhold wischt mir das Blut vom Arm und ist dagegen, daß ich den Hund vergifte.

An der Löcknitz lassen wir die Beine ins kalte Wasser hängen. Ich habe Concordias goldene Uhr um und klappe sie dauernd auf und zu. Die Uhr ist nicht größer als ein altes Fünfmarkstück, die Ziffern sind ganz verschnörkelt. Reinhold bringt mir die römischen Zahlen bei.

Ich unterschreibe meine Gedichte mit Pankracia. So nenne ich mich heimlich. Als ich einmal mit einem Strauß Fasanenaugen nach Hause kam, sagte Tante Mieze, das seien Dichternarzissen, auch Pankrazerln genannt. Natürlich sehe ich nicht gerade wie eine Narzisse aus. Ich wollte dem Pankracius ähnlich sein, »der mit allen Mitteln Kämpfende«, wie Tante Mieze übersetzt hat.

Ach ja, die Kaninchen müssen noch gefüttert werden, die Angorakaninchen und die belgischen Riesen in ihrem doppelstöckigen Reihenhaus mit Dachpappe und Türen aus feinem Maschendraht, und Concordia sagt: Ach ja, und geht den langen schmalen Garten entlang zu den Stachelbeeren, die nicht an Sträuchern, sondern an kleinen, sauber verschnittenen Bäumen wachsen, sie geht in des Nachbarn Garten, die Zäune sind niedergelegt, Onkel Egon bewirtschaftet im ganzen drei Gärten, die Besitzer sind ausgebombt und längst in die Westzonen gegangen, ach ja, und sie geht an dem großen, sandigen, viereckigen, von Steinen umlegten Beet entlang, auf dem sie Flaschenkürbisse zieht, die kennt sie aus Afrika, und weiter zu den Tomaten und dem großen Flecken, wo Petersilie wächst und Majoran und Thymian und daneben der üppige Strauch Maggikraut und daneben Wermuth und daneben Lavendel, und aus all dem brüht sie Tee gegen dies und für das und gegen jenes, ach ja, drei handtuchähnliche Gärten nebeneinander, das ergab ein ansehnliches Viereck, von dem Onkel Egon fast ein Viertel richtig versanden ließ, weil die Pfirsiche nicht genug Sonne auffangen, wenn unter den Bäumen Gras oder Unkraut wächst, selbst Dung verdunkelt den Boden, ach ja, sagt Concordia und bückt sich plötzlich, zieht eine Samentüte aus der Schürzentasche, zieht mit dem Zeigefinger eine tiefe Furche in ein leeres Beet und streut Körner hinein, die ein bißchen aussehen wie Rosinen, es sind aber Samen der roten Rübe, und schon geht sie weiter und rückt an den umgekehrten Eimern, die sie auf den

Rhabarber gestülpt hat, und geht, sich die Hände an der Schürze abwischend, ins Haus, das kein Haus ist, vielmehr ihr früherer Schuppen, vom Haus stehen nur die ausgebrannten Wände, aber der Schuppen ist aus Stein, ein Anbau und unversehrt geblieben, ach ja, darin wohnen sie jetzt, drei Kammern sozusagen, in der ersten ein Doppelstockbett, Onkel Egon schläft oben, in der zweiten ein Küchenbuffet, ein kleiner Tisch mit zwei Stühlen, ein winziger Kohleherd, so klein so warm ist die Küche mit den Töpfen und Deckeln und Kellen und Pfannen, und alles hängt so an der Wand, wie ich mir vorstelle, daß die Küchengeräte in Afrika an der Wand hängen, und über dem Tischchen ist ein Wandbrett befestigt, auf dem steht das Radio, Concordia hört regelmäßig Nachrichten und verfolgt die Theaterkritiken von Friedrich Luft, wie sie früher die Theaterkritiken von einem Mann gehört hat, der hieß Kerr, und die dritte Kammer ist etwas größer und hat als einzige ein Fenster, ein Mittelding zwischen Veranda und Wohnzimmer, denn hier steckt das alte Buffet aus dem früheren Wohnzimmer, es sind überhaupt noch allerhand Möbel da aus der Zeit, in der sie in einem richtigen Haus gewohnt haben, und in den Rahmen ihrer Bilder und Spiegel stecken Postkarten, aus ihren Büchern fallen getrocknete Stiefmütterchen und Gräser, ach ja, ihre Augen lassen etwas nach, und ich lese ihr von Tieck Die Gemälde vor, die Tür zum Garten steht immer offen, ich kann beobachten, wie bei einfallender Dunkelheit die weißen Lilien sich blau verfärben.

Ich geh nicht raus, ich will keinen sehn.
Du bist doch nicht krank?
Naaaiin, laß mich in Ruhe.
Du verkriechst dich jetzt seit zwei Wochen in der Wohnung.
Na und, wem tuts denn weh, wenn ich drinbleibe.
Ich verstehe das nicht, du bist reineweg verrückt.
Dann laß mich verrückt sein.
Vierzehn Tage lang nicht an die frische Luft.
Wem schadet es denn, sind ja Ferien, wer merkt es überhaupt.
Sag mir wenigstens, warum du dich verkriechst.
Weiß ich nicht, weiß ich selber nicht.
Normal ist das nicht, du bist irgendwie meschugge.

Dann fing ich an, einen Roman zu schreiben nach dem Muster der Majorin. Bei sechsunddreißig Heftseiten hörte ich auf und las Dolores den Anfang vor. Bei mir war alles umgekehrt. Die Majorin war ein Gutsbesitzer, der Heimkehrer war ich. Der Gutsbesitzer, der zu Pferde mich besuchen kam und mir Lebensmittel in meine einsame Hütte im Wald brachte, wollte mich heiraten und zu sich ins Schloß nehmen. Ich hatte noch nicht zugesagt, als er enteignet wurde. Und nun sollte ich mich entscheiden. Entweder mit ihm in die Fremde oder mit allen Leuten zusammen ins Schloß.
Dolores erzählte alles ihrer Mutter. Katharina sagte: Die Majorin ist der schlimmste Kitsch. Ich brachte Concordia das Buch zurück und bat um eine andere Liebesgeschichte. Sie gab mir Menander und Glycera mit. Daraufhin plante ich einen Briefroman, aus dem nichts wurde, weil ich unter akutem Papiermangel litt. Ich schrieb wieder Gedichte. Die waren kürzer.

Reinhold sitzt am Küchentisch und versucht, meine Rechenaufgaben zu lösen. Er ist sehr in die Zahlen vertieft, ich klappe mein Taschenmesser auf. Vorsichtig und ihm den Rücken zuwendend ritze ich meine Anfangsbuchstaben in seinen nagelneuen Schreibtisch. Ich würde ihn auch anzünden, aber ich traue mich nicht. Als er die Kerben entdeckt hat, quellen ihm vor Zorn die Augen aus dem Kopf. Ich rutsche am Geländer die Treppe runter, er hinterher, unten bewirft er mich mit Holzscheiten. Ich bleibe stehen und sehe zu, wie er ein Stück Holz nach dem anderen vom Haufen nimmt. Dann drehe ich mich um und gehe nach Hause. Mein Kinn blutet, ein Ohr hat was abgekriegt.

Wenn mich Kaltesophie in den Keller schickt, um ein Glas Eingewecktes zu holen, setze ich mich auf eine Kiste und lese. Wenn ich im Badezimmer bin, setze ich mich auf den dicken Teppich, angeblich ein Stück Perserteppich, und lese. Es war ein wollener, farbkräftiger Teppich mit verschlungenen Mustern, aber wer von denen hätte sich je einen Perserteppich kaufen können: Karl nicht, sein polnischer Vater auch nicht, Kaltesophie nicht, und ihr Vater, der in Antwerpen einen Kolonialwarenladen besaß, hat nach dem ersten Krieg angeblich alles verloren.

Im Keller hatte ich in jeder Nische Bücher versteckt: Gorkis Erzählungen, Märchen von Tieck, Hermann und Dorothea und Concordias Balladenbuch. Der Tod im Nadelöhr steckte hinter den abgelegten Zeitungen und Dominik Der Ritt auf dem Funken unter der Werkzeugkiste.
Im Badezimmer klemmte Die Mutter hinter dem Fuß der Wanne, Unter fremden Menschen und Meine Universitäten hatten Platz hinter der Toilette, und Iphigenie in Aulis, ein Reclamheft, lag unter der Decke des Frisiertischchens.
Das Hornunger Heimweh und ein paar Arena-Hefte sind in den Sprungfedern des Wohnzimmersofas verborgen. Don Carlos, Sammlung deutscher Schulausgaben, habe ich in vier Teile zerrissen und unter den Teppich gelegt.
Über Schiller lese ich, daß sie ihn nach seinem Tode seziert haben. Sein Herz sei nicht größer als eine Walnuß gewesen, so geschrumpft, ja vertrocknet. Ich möchte das nicht glauben. Ich stelle mir ein faltiges, dunkelrotes und zerknautschtes Hasenherz vor und träume von diesen zierlichen, pukkernden Bällchen und weiß schon im Schlaf, das soll Schillers Herz sein. In dem Artikel heißt es, Schiller habe sich für die Menschheit ganz verblutet und ausgegeben, sein Herz sei buchstäblich verbrannt.
Meine eigenen Gedichte schreibe ich neuerdings mit russischen Buchstaben und verstecke die Seiten in meinem Vertiko zwischen Fach und Schrankpapier.

Rymski war kein Junglehrer. Er war knapp fünfzig Jahre alt und groß und ging etwas gebeugt. Als er am ersten Schultag unsere achte Klasse betrat, schurrten wir mit den Schuhsohlen auf achteckigen Bleistiften herum, klopften von unten an unsere Pultplatten, jagten halbe Sätze durch die Klasse, um uns Mut zu machen. Rymski sah sich von Anfang an einer zermürbenden Geräuschkulisse gegenüber.
Während der Ferien hatte sich herumgesprochen, daß die Schulreform zu Ende sei und wir von nun an Lernbereitschaft, mehr Ordnung und bessere Disziplin zeigen sollten. Da mußte Rymski sich nicht erst hinstellen und uns erzählen, die Lehrer hätten bisher eine anarchistische Auffassung vom Unterricht gehabt und ihre Erziehungspflicht uns Schülern

gegenüber vernachlässigt. Wir verstanden nur so viel: jetzt werden die Zügel angezogen, strengere Zensuren, Maßnahmen, Strafen.
Mitten in Rymskis Rede rief Hans Meißner aus der vorletzten Reihe: Wat gehtn uns det an?
Wer etwas zu sagen hat, antwortete Rymski, steht auf und meldet sich.
Hans Meißner rief: Wozu denn uffstehn, wenn ick innem Jahr sowieso sitzen bleibe?
Ich kriegte einen Lachanfall und war nicht zu bremsen. Rymski sah mich an, seine Augen wirkten trübe; plötzlich schleuderte er mir seine Mappe an den Kopf. Die ganze Klasse sprang auf und brüllte. Ohne seine Tasche, ohne seine Papiere, die herausgefallen waren, lief Rymski aus der Klasse.
Eine Woche später ging die Hälfte der Klasse ab. Ich besuchte mit fünf anderen Mädchen in Köpenick die Handelsschule. Concordia war dagegen, weil ich nicht einmal die achte Klasse der Grundschule hinter mich gebracht hatte.

Jeden Morgen in Stiefeln und Hosen zum Bahnhof
rein in die S-Bahn und in Köpenick wieder raus
die Bahnhofstraße runter rein in die Lindenstraße
über die Dammbrücke nach Altköpenick
jetzt die Kirchstraße lang rechts rum
in die Grünstraße und vor der Langebrücke
runter auf die Schloßinsel.
Ich möchte, daß man die Stiefel sieht
aber die Hosen passen nicht in die Schäfte.
Also abgeschnitten umsäumt und Gummiband rein
also jeden Morgen in Knickerbockern und Stiefeln
auf die Schloßinsel und rein ins Schloß
und die breiten Treppen rauf und in die Klasse
und so jeden Morgen nach Köpenick
wo die Handelsschule im Schloß stattfindet
und nur ein einziger Junge in der Klasse
und nur Mädchen und die Lehrerin lacht mich aus
und die Mädchen lachen mich aus.
So jeden Morgen angetreten, um eine versierte
Schreibkraft zu werden und verspottet
Stiefel mitten im schönsten September

und die Stiefel ausgezogen
und in den Pausen auf der Schloßinsel
herumgelaufen in Knickerbockern und barfuß
und jetzt lachen sie erst recht, und zu Hause
in meiner alten Schule ist alles gar nicht so schlimm.
Da war ich noch wer, da galt ich noch was,
und keiner hat die Prügelstrafe wieder eingeführt.
Und blindschreiben und Kürzel
und Buchhaltung und Soll und Haben
nach vier Wochen hatte ich die Nase voll.

Als ich zurück an meine Schule und wieder in die achte Klasse kam, hatten wir gleich schulfrei. Wir haben jetzt eine provisorische Regierung und singen:

Es lebe, es lebe, es lebe Wilhelm Pieck
und unsre, und unsre, und unsre Republik.

aus dir wird nie was
in deinem Alter mußte ich mir schon überlegen was ich werden soll
mit vierzehn sind wir früher in die Lehre gegangen
da war nichts mit dauernd Bücher lesen
da hieß es fleißig sein und dienen lernen
mit deinen Kritzeleien kommst du nicht weit
reine Papierverschwendung
wenn du dich nicht endlich für was Vernünftiges interessierst
wirst du eines Tages Straßenkehrer
oder endest überhaupt auf der Straße

Ich gehe unter ich gehe ein ich sterbe ich komme um ich kratze ab ich gebe den Geist auf ich falle dem Tode anheim ich krepiere ich beiße ins Gras ich verschwinde ich verrecke ich mache mich kalt ich schäme mich daß es mich gibt mich sollte es gar nicht geben ich gehe ein ich bin schon ganz außer mir.

Mein richtiger Vater ist im Jahr 1900 geboren.
Mein richtiger Vater lebte in Dessau.
Mein richtiger Vater war Architekt.
Mein richtiger Vater ist seit 1937 tot.
Mein richtiger Vater hat sich erschossen.

Weil Ihr immer wissen wollt, wie es in meinem Kopf aussieht und ich es auch wissen möchte, aber schon weiß, wieviel Schlechtigkeit in meinem Kopf ist, möchte ich lieber sterben, weil Ihr mich sowieso nicht haben wollt und keiner mich haben will, weil ich böse bin und hinterlistig und undankbar und besessen und verrückt, rein wahnsinnig und ins Irrenhaus gehöre, weil mit mir nichts anzufangen ist und nicht zu reden, weder im Guten noch im Bösen, will ich tot sein. Ich weiß ja, daß Eure Geduld mit mir zu Ende ist, und meine mit mir selber auch, weil ich nämlich nicht und nie mache, was Ihr sagt, weil ich nämlich schlecht bin und mir immer wieder was Schlechtes ausdenke, um Euch zu quälen, und weil ich mich selber quäle, will ich lieber tot sein, weil ich mich nicht ändern kann und nicht gehorchen kann, obwohl Ihr mich aufgenommen und genährt und gekleidet und mir laufen beigebracht habt, weil ich im Heim nämlich elend zugrunde gegangen wäre, weil meine Mutter mich beizeiten weggegeben hat, weil sie schon ahnte, daß ich schlecht bin und ein Teufelsbraten, deshalb will ich nicht mehr leben und lieber tot sein für immer. Weil ich nicht dankbar sein kann und nicht gehorche und nicht gut bin und nie was aus mir wird, will ich nicht mehr leben, weil mich sowieso niemand leiden kann, weil ich so schlecht bin und böse und häßlich und hinterlistig, weil ich selber wissen möchte, wie es in meinem Kopf aussieht, will ich ins Wasser gehen, weil ich sogar zu feige bin, schwimmen zu lernen. Wenn Ihr mich findet, könnt Ihr ja vom Arzt meinen Kopf aufmachen lassen, dann seht Ihr mal, wie es da drin aussieht, schade, daß ich es nicht selber sehen kann, weil ich dann schon tot bin und weg und überhaupt niemanden mehr ansehen muß und mich auch keiner mehr.

Es ist schon dunkel, und ich bringe Lydia ein Stück die Chaussee nach Fangschleuse. Sie schiebt ihr Rad neben sich her, der Mond spiegelt sich auf dem Asphalt. Vor der Autobahnunterführung kehren wir um und gehen den Weg zurück. Lydia erzählt Shakespeare. Wir gehen die zwei Kilometer einmal in ihre Richtung, einmal in meine. Es ist eine schöne Nacht, die Kiefern so schwarz. Es wird immer später, aber Lydia erzählt.

»Romeo hatte kaum sein Bündel niedergelegt und sich in der

Verbannung noch nicht eingerichtet, sein Freund Balthasar war eben unterwegs, einige Lebensmittel einzukaufen, da hörte er im Laden, die reiche Tochter der Capulets von Verona habe sich vor Liebeskummer vergiftet und liege schon in ihren Sarg gebettet in der Familiengruft. Balthasar lief sofort nach Hause und berichtete seinem Freund die schmerzliche Neuigkeit, Romeo sprang auf, hungrig und ohne daran zu denken, daß er nach Verona gar nicht hineindurfte, und lief sofort auf den Friedhof und weinend in das Gewölbe, wo an der Gruft seiner heimlichen Frau ein anderer trauerte. Vor Wut und Eifersucht ersticht er den Mann, dann küßt er Julia auf die blassen Lippen und schluckt das Gift hinunter, das er sich extra bei einem Apotheker in Mantua gekauft hatte, bevor er an Julias Grab eilte. Er stirbt zu ihren Füßen, vollkommen ahnungslos, daß sie ja nur scheintot war. Als sie erwachte, stürzte sie sich auf den toten Romeo, ergriff sein Schwert und stieß es sich mit voller Kraft in die Brust, weil sie keinen Augenblick länger allein und ohne ihn leben wollte.«

hier erwische ich euch
mitten in der Nacht und mitten auf der Straße
das war es ja
was ich immer prophezeit habe
aus dir wird nichts Besseres
als eine Herumtreiberin
marsch nach Hause und du ebenfalls
um Mitternacht noch nicht daheim
ab und zwar ein bißchen dalli
einmal ein einziges Mal
möchte ich mal in deinen Kopf reinschauen
vergessen zu haben wie spät es ist
mir solchen Blödsinn zu servieren
ich wußte es ja immer wie es wird
wenn du mal größer bist

Im Laufe des letzten halben Jahres habe ich unserer Untermieterin zehn Schlaftabletten gestohlen. Die nehme ich jetzt ein, alle auf einmal; plötzlich komme ich in der Badewanne zu mir.
Ich lebe. War ich nicht glücklich mit allen fertig: trotzdem komme ich in der Badewanne zu mir.

Zitternd am ganzen Leibe, das Wasser eiskalt, und jemand klopft mir dauernd ins Gesicht. Dann taucht er mich wieder, holt mich hoch, dann verschwindet alles nochmal.
Ich werde wieder wach, liege im Bett, und Concordia sitzt neben mir auf einem Stuhl.
Sie sagt: Achje, gegen Schwermut ist kein Kraut gewachsen.

Ich sage: Stimmt es, daß es immer noch KaZets gibt?
Concordia: Gefängnisse und Lager hat es immer gegeben.
Ich sage: Ich meine richtige KaZets, wie im Krieg.
Concordia: Ich weiß es nicht, halte es aber für möglich. Die Erfinder der KaZets waren ja eigentlich die Engländer, als sie in Südafrika die Buren zusammengetrieben haben. Überhaupt die Engländer. Die sind nie besser gewesen als wir. In Indien haben die den Webern den rechten Daumen abgeschnitten, um sich die Konkurrenz vom Hals zu schaffen.
Ich sage: Ich wollte nicht wissen, was die Engländer gemacht haben, sondern ob wir jetzt hier in der russischen Zone KaZets haben.
Concordia: Wahrscheinlich.
Ich sage: Und für wen, wer sitzt da drin?
Concordia: Leute, die was anderes wollen als die Russen.
Ich sage: Die, die im Krieg die KaZets geleitet haben?
Concordia: Die auch.
Ich sage: Denen gönne ich es. Und wer sind die anderen?
Concordia: Alle möglichen Leute, aber frage mich nicht. Man hört heute das und morgen jenes.

An der Rathausbaracke hängt ein Transparent mit der Losung:

> »Die Freundschaft mit der Sowjetunion sichert den Frieden
> und fördert die Einheit unseres Landes!«

Bei Regen läuft die Schrift über das rote Tuch.

Im späten Herbst hat Karl Besuch: ein großer Mann, ziemlich alt, er riecht nach Laub und spricht von nichts anderem als vom Wald.
Hier ist die Grenze, sagt er, das Ende. Was jetzt kommt, kann ich nicht billigen. Enteignen, gut und schön, aber so

nicht. Bis jetzt gehörte unser Wald der Gemeinde, mit anderen Worten, er gehörte allen. Und zwar seit über hundert Jahren. Wozu, frage ich Sie, wozu enteignen?
Weil sie eben alles enteignen, sagt Karl, alle Firmen und Fabriken. Die können den Hals nicht voll genug kriegen, die Halunken.
Von den Fabriken will ich gar nicht reden, sagt der Förster, auch nicht von den Rittergütern, ich rede von unserem Wald. Es handelt sich in diesem Fall nämlich nicht um Enteignung, enteignet ist er ja schon lange. Nein, er wird verstaatlicht.
Das ist doch dasselbe, sagt Karl.
Es ist ganz und gar nicht dasselbe, sagt der Förster. Der Wald gehört ab sofort nicht mehr den Bauern und Gemeindemitgliedern, also kann einer daherkommen und ihnen das Reisigsammeln und Pilzesuchen verbieten. Wissen Sie, das hatten wir schon, damals im Mittelalter. Was sollen wir machen?
Anstecken, sagt Karl.
Der Förster lacht böse und sagt: Und dann ab nach Sibirien? Dort hätte ich mehr Wald, als mir lieb ist. Im Ernst, sagt Karl. Was wollen Sie tun?
Die Bauern können nichts tun, sagt der Förster, und ich gehe in Rente. Gewehre kriegen wir auch keine, und die Wildschweine fallen über die Kartoffeläcker her. Sie haben bei uns einige Morgen Land verwüstet. Zur Treibjagd mit Knüppeln bin ich zu alt.

Ich habe über die Enteignungen täglich eine andere Ansicht. Lehrer Bonhoff hat sie uns so einleuchtend erklärt, aber auch dem Förster glaube ich aufs Wort. Andererseits, wenn Karl und Kaltesophie dermaßen über die Enteignungen schimpfen, ist vielleicht doch was Gutes dran. Ich will nicht dieselbe Meinung vertreten wie Kaltesophie, egal, was richtig oder falsch ist. Neulich hat der Rias behauptet, in unserem Ort seien verdorbene Heringe auf den Markt gekommen. Das war eindeutig gelogen. Es gab seit Monaten überhaupt keine Heringe bei uns zu kaufen, weder frische noch faule.

Im fünften Nachkriegswinter hat Karl das erste Mal wieder Koks für die Zentralheizung aufgetrieben. Wir können uns auch während der Wintermonate im Wohnzimmer aufhalten. Kaltesophie hat in West-Berlin Farbe gekauft, einige der grauen Landkartenstoffe gefärbt und mir zwei Kleider nähen lassen, russischgrün, und Borten draufgestickt. Karl hat mir eine richtige Aktentasche geschenkt. Meine letzte Schultasche hatte ich mir selber genäht, aus einem Zuckersack.

Karin Becker kam aus Güstrow, aber ich konnte mich kaum noch an sie erinnern. Ihr Vater, ein Kollege aus Karls ehemaliger Firma, hatte uns 1944 das Zimmer in Güstrow besorgt. Karin war zwei Jahre älter als ich, hatte glatte, schwarze, kurzgeschnittene Haare und fand meine Zöpfe altmodisch und sowieso zu dünn. Die Knickerbocker dagegen, die ich trug, imponierten ihr. Hosen tragen, das sei für Mädchen ein Schritt zur Befreiung des Körpers: man könne überall und ohne zu zögern anpacken und mithelfen beim Aufbau. Seit einem halben Jahr war Karin in der FDJ.
Sie blieb eine Woche bei uns. Wir redeten Nacht für Nacht; bald hatte sie mich soweit, daß ich nicht mehr Rußland sagte, sondern Sowjetunion und Sowjetmenschen. Als ich von einem Vortrag erzählte, den ich in West-Berlin im Amerikahaus gehört hatte, Die Freie Jugend in der Freien Welt, lachte sie mich aus. Die einzige Freiheit, die wir uns nehmen müssen, sagte sie, ist der Kampf für die Befreiung der mit den werktätigen Bauern verbündeten Arbeiterklasse. Oder willst du ewig so alleine rumhocken, über deinen alten bürgerlichen Schwarten brüten? Das ist sie ja, die Sackgasse des Individualismus. Raus da, sagte sie, und sich organisieren. Einer für alle, alle für einen. Dann fühlst du dich nicht mehr einsam, unglücklich und verlassen.
Bevor sie abreiste, schleppte sie mich ins Haus der Deutsch-Sowjetischen Freundschaft, ließ mich in die Bibliothek einschreiben und lieh für mich Fadejews Junge Garde aus.
Karl sagte: Ich verstehe meinen Freund Werner nicht. Damals war er in der Partei, jetzt ist er wieder in der Partei, und seine Tochter ist schon richtig bolschewisiert.

Im fünften Nachkriegswinter bekam ich zu Weihnachten einen Rollkragenpullover und endlich Handschuhe, dazu sechs Küchenhandtücher für meine Aussteuer. Und am ersten Feiertag lag ein Paket vor unserer Wohnungstür, mein Name stand darauf, in dem Paket lag ein großes, dunkelrotes

Halstuch mit persischen Mustern, darunter in Seidenpapier eingewickelt das Buch von Mirza Schaffy. Dolores hatte das Paket abgelegt und nicht einmal geklingelt, weil sie mich nicht besuchen durfte. Ich lief die Straße hinunter, habe sie aber nicht mehr gesehen. Das Umschlagtuch sah in Farbe und Muster dem Gedichtband ähnlich. Das hatte Katharina bestimmt im Westen gekauft.

Wie ich ihre Vorbereitungen hasse, das Herumstreuen von Papierröllchen und Pailletten; ich weiß schon, wer morgen saubermachen muß. Jetzt rührt sie den Kartoffelsalat zu Brei und spart mit der Majonäse; jetzt kostet sie den Heringssalat und merkt nicht, daß er versalzen ist; jetzt soll ich den Tisch decken und das Pokerbrett bereitlegen, dabei würde ich hundertmal lieber Siebzehn und Vier spielen; jetzt entkorkt Karl eine Flasche Eierlikör und hat ein winziges Hütchen auf, er macht doch sonst keine Witze, denn hier gibt es wahrlich nichts zu lachen. Plötzlich hat er ein Hütchen auf, mit einer klitzekleinen Bettfeder dran. Wenn es dann knallt und ballert, fallen mir die Nächte im Keller ein. Vielleicht ist der Abend noch zu retten, wenn Reinhold kommt und wir Blei gießen.

In meiner Bleifigur erkenne ich ein geflügeltes Segelboot, oder nein, ein Flugzeug mit gesetzten Segeln, mit dem fliege ich los, lasse mich auf Seen und Flüsse nieder, steige auf, wenn es mir paßt, der Tropfen unterhalb des Rumpfes, das bin ich, ich trage einen Fallschirm, den ich öffnen kann, der Fallschirm ist auch eine Strickleiter, an der ich wieder ins Flugzeug klettern kann, heute zieht es mich aber nicht nach Spanien oder ans Schwarze Meer, ich fliege nach Norden und halte auf Helgoland, dann weiter Dänemark, Norwegen, Hammerfest, nach Spitzbergen, ich nehme eine gewaltige Ladung Zitronen mit, Reinhold erkennt in seiner Bleifigur ein Pferd, dabei sieht es wie eine Brille aus, er soll jetzt mit mir zu den Löcknitzterrassen gehen, mehr Bier holen, ich trage den Syphon, denn es ist unser Syphon, ich lasse meine Jacke auf, weil ich ein neues Kleid anhabe, es ist wieder viel zu lang, auf Zuwachs geschneidert, die blöde Zicke, in den Löcknitzterrassen tanzen sie, wir holen erst Bier aus dem Schankraum, dann sehen wir lange durch die Saalfenster hinein, Reinhold sagt, tanzen ist doof, ich kann sowieso nicht tanzen, ich habe den Syphon auf die Erde gestellt und passe auf, daß wir ihn nicht umstoßen, wir lachen über einen Mann, der im Saal von Tisch zu Tisch geht und jeder Frau einen Kuß gibt, dann dreht sich Reinhold zu mir um und drückt seine zusammengepreßten Lippen auf meine zusammenpreßten Lippen, gut, daß er mal etwas unternimmt, wir kennen uns schon so lange: als wir nach Hause kamen, saßen sie über das Pokerbrett gebeugt. Die nächsten Runden spielten wir mit, ich gewann jede Partie, denn ich hatte mir im Sommer eine Methode ausgedacht, Reinhold sagte, obwohl er mir nichts nachweisen konnte: Du betrügst, du gemeines Aas, und damit hat er alles wieder verdorben. Ich fühle mich so verlassen wie die Braut von Messina.

11

Früher wurde regelmäßig von ihnen gesprochen, nach dem Krieg wurden sie nicht mehr erwähnt. Kartoffelschütze hatte einen Polen, zeitweise noch einen Ukrainer dazu; in dem Dorf an der Oder, wohin wir im letzten Kriegsjahr evakuiert waren, erledigten Polen und Ukrainer die Arbeiten, die für Frauen zu schwer waren. Ich hatte sie in Güterwagen bei uns über den Bahndamm ankommen sehen, hatte sie in Autos, auf Lastwagen, Pferdekarren und wieder in Waggons zurückfahren sehen. Die einen trugen ein großes P auf der Jacke, die anderen das Wort OST.

Allnächtlich überfallen mich die Bilder, ich träume davon, wie im Stadtpark von Krasnodon achtundfünfzig Menschen lebendig eingegraben werden, sie singen, während ihnen der Sand ins Gesicht fällt, und immer bleibt noch eine Öffnung, ein Spalt, durch den das Lied, die Internationale, herausdringt, leiser, lauter, schließlich gedämpft noch eine Strophe und noch eine Zeile und noch ein letztes Wort. Im Buch Die junge Garde steht, sie hätten noch gesungen, seien noch zu hören gewesen, als sie schon nicht mehr zu sehen waren, zugedeckt mit Sand. Und dann die Geschichte von Walja: empfindlich, beinahe ängstlich, alle Jugendlichen sollen sich beim deutschen Arbeitsamt melden, wer nicht kommt, gilt als illegal und kann verhaftet werden, und deshalb geht Walja hin und steht in einer endlosen Schlange, in der einer den anderen vorläßt, lieber stehen und warten und stehen, ich denke lange nach, was Walja alles hätte einfallen können, und vergesse, so lange Zeit hatte sie gar nicht, daß ihr noch etwas hätte einfallen können, also wickelt sie dann doch ihren Paß aus dem klatschnassen Taschentuch, sagt ihren Namen und ihre Adresse her und antwortet auf die Frage nach ihrer Gesundheit nicht etwa, sie sei unheilbar zum Beispiel von Tuberkulose befallen, sondern der Wahrheit entsprechend und überfallen von Angst und Fremdheit: Nein, nein, ich bin vollkommen gesund. Warum hatte sie niemand gewarnt, die anderen hatten nur gesagt, am besten gar nicht erst hingehen, jetzt steht sie da, verwirrt, denn kurz vorher hat sie eine Frau aus dem Nebenzimmer kommen sehen, verrutschte Frisur, halboffene Bluse, Tränen in den Augen, und noch blickt Walja der Frau nach und sagt wie nebenbei: Ja, vollkommen gesund, ganz gesund. Da wird sie schon in jenes Nebenzimmer geschickt und ausgezogen, fünfzehn Jahre alt, nur noch die Schuhe an und gemessen und abgeklopft und betastet und tauglich, alles eins, alles in Sekunden, und den Paß behalten sie gleich da, und ratlos raus und zu ihrer Freundin, und die Freundin sagt: Fliehen, abhauen, weg, und Walja sagt: Aber wohin denn, und was wird aus meiner Mutter, und die Freundin sagt: Du machst uns ja Schande mit deiner Heulerei, widerlich ist das, und Walja weiß überhaupt nicht weiter. Jetzt konnte ich mir die Fremdarbeiter vorstellen, alle, die ich gesehen hatte.

Sonnabend vor Pfingsten, ein warmer Tag und kein Unterricht. Ich stehe an der Kreuzung Gerhart-Hauptmann-/Karl-Marx-Straße und höre vom Hof der Oberschule her lautes Rufen, Befehle, Getümmel. Ein paar Minuten später strömt eine große Gruppe Jugendlicher aus dem Tor, formiert sich und schlägt die Richtung zur Kanalbrücke ein. Die Oberschüler haben blaue Hemden an, tragen leichtes Gepäck und singen.

Ich gehe nebenher und frage. Sie fahren nach Berlin zum ersten Deutschlandtreffen. Einer sagt: Sturm auf Berlin, wir stürmen ganz Berlin.

Ich gehe weiter nebenher, gehe schneller, hole auf und sehe Reinhold, der ebenfalls ein blaues Hemd anhat und mitsingt. Ich dränge mich in seine Reihe und frage, warum er mir nicht erzählt hat, daß er in der FDJ ist. Er stößt mich beiseite, ich frage ihn nochmal, er wird rot und schüttelt mich ab.

Ich gehe wieder nebenher und begleite die Gruppe zum Bahnhof.

Mitschurin, der hat festgestellt,
daß Marmelade Fett enthält.

Ich hatte einen Schlüssel zum Klassenschrank und mußte vor Beginn jeder Stunde das Klassenbuch herausholen und auf den Lehrertisch legen. Ebenso mußte ich Kreide organisieren, den Schwamm anfeuchten und die Tafel reinigen.
Im Frühjahr wurde unsere Schule von einer Ladung Schreibhefte überflutet. Im Klassenschrank lagerten stapelweise Hefte, die ich nach Bedarf für zehn Pfennig das Stück an meine Klassenkameraden verkaufen sollte. Die Hefte waren in einen weißgrau gesprenkelten Deckel gebunden mit dem Porträt des sowjetischen Biologen Mitschurin darauf. Er sah mit seinem Strohhut wie ein Gärtner aus, hatte durch die Züchtung widerstandsfähiger Sorten die Getreideanbaugrenze weit in den sibirischen Norden verlegt, und bald, sagte Lehrer Balk, wird das Brot in der Sowjetunion überhaupt keinen Pfennig mehr kosten.
Es verging kein Tag, an dem ich nicht heimlich einige Mitschurinhefte mit nach Hause nahm. Ich blieb nach dem Unterricht noch eine Weile in der Klasse, um Ordnung im Schrank zu machen, und packte ein. Manchmal kam ich morgens früher und verstaute beizeiten die Hefte in meiner Mappe.
Dann probierte ich meinen Schrankschlüssel auch in anderen Klassenräumen aus und hatte Glück. Am Ende des Schuljahrs verfügte ich zu Hause über mehr als hundert Hefte. Ich schwamm in Papier.

Früher gab es am Ende der achten Klasse bloß ein Zeugnis wie sonst üblich. Neuerdings haben sie sich zum Abschluß der Grundschule umfangreiche Prüfungen ausgedacht. Uns stehen schriftliche und mündliche Prüfungen in allen Hauptfächern bevor, die sie »Volksschulabitur« nennen.
Die Lehrer kennen uns und unsere Leistungen in jedem Fach genau, wozu dieser Haufen Prüfungen? Das sogenannte Volksschulabitur wird von einer zehnköpfigen Prüfungskommission abgenommen. Neben unseren Lehrern sitzen vorne Lehrer aus der Kreisstadt. Der Prüfungsvorsitzende ist ein Mitarbeiter der Abteilung für Volksbildung.

Und dann hatte Katharina, Dolores' Mutter, meine Tante Käthe, die Nase voll und sagte: Ich verstehe dich und weiß, was sie für ein Biest ist, denn das ist sie immer gewesen, meine ältere Schwester Sophie, wen denn hat sie tyrannisiert, als ich noch ein Kind war, mich doch, also mir braucht keiner was über meine Schwester Sophie zu erzählen. Trotzdem kann ich nicht länger hören, wie du über sie herziehst, keinen guten Faden an ihr dranläßt. Vielleicht hast du nie daran gedacht, daß kein Mensch schlecht geboren wird, auch Sophie war mit Sicherheit ein Kind mit guten Anlagen, wenn sie auch von klein an gern befohlen und gestraft hat. Ich vergesse aber nicht, daß sie schon mit zehn Jahren hinterm Ladentisch helfen mußte. Was sie als Kind von Kindheit wußte, war wenig und hatte mit Fröhlichkeit nichts zu tun, unser Vater hatte weiß Gott eine lockere Hand, die hat Sophie als Älteste am meisten zu spüren gekriegt, und in der Schule war sie kein großes Licht, wirklich nicht, sie verstand von vornherein Bahnhof, und zu Hause gleich wieder in den Laden, mit Bücherlesen war bei unserem Vater nicht viel drin. Als sie endlich achtzehn war, meine große böse Schwester, hat sie sich verlobt. Wir waren herzlich froh, daß sie aus dem Hause gehen würde, und was passiert ihr, wo sie doch immer so gut auf sich und alle aufpassen konnte: der Verlobte haut ab und ward nicht mehr gesehen. Der Vater voll Spott, wir Geschwister konnten uns vor Lachen nicht halten, arme Sophie, kann ich da nur sagen. Denn nicht genug damit, daß der Bursche auf Nimmerwiedersehen davongeeilt ist, sie war in anderen Umständen, was tun. Wir Geschwister haben es später erst erfahren, aber der Mutter mußte sie es ja wohl oder übel anvertrauen, also haben die beiden gesucht und gesucht, bis sie eine Frau gefunden haben, die abgetrieben hat, für allerhand Geld, versteht sich, und ganz zu schweigen davon, daß meine Schwester Sophie fast abgekratzt wäre, und immer die Angst vor dem Vater, daß er ja nichts erfährt. Ich meine, wir können Sophie eine Menge vorwerfen, du vor allem, aber es war schon Strafe genug, daß sie keine eigenen Kinder mehr bekommen konnte, und was sie selber durchgemacht hat, na, ich möchte nicht tauschen. Deswegen erzähle ich dir jetzt ihre Geschichte. Sie ist meine Schwester, ich möchte sie nicht als Mutter haben, zugegeben, das weißt du, und sie meinen Kindern nicht als Mutter denken, aber so geht es nicht weiter.

Wo die Autobahn unsere Chaussee nach Fangschleuse überquert, steht ein kleiner russischer Friedhof mit einem Denkmal. Dort sitzen Lydia und ich, und ich lese ihr ein Gedicht von mir vor.

Warum ist von allen Müttern
gerade diese meine
wo wir doch wie zwei feindliche Soldaten
aufeinanderstoßen
und uns zerschmettern
und dann für immer auseinanderfliehen.
Wie Schlangen in der Grube
laufen mir meine Träume hinterher
und mein Gehirn ist voll
mit furchtbaren Plänen.

Lydia sagt: Das kenne ich doch irgendwoher.
Ich sage: Du willst wohl behaupten, ich hätte das nicht selber geschrieben.
Und Lydia: Geschrieben vielleicht, aber sowas Ähnliches habe ich schon mal gelesen.
Ich sage: Ich auch, aber da stand es ganz anders, wirklich.
Lydia schreit auf: Ich habs, ich habs: Schiller, Don Carlos!
Ich schwitze und sage: Klar, aber der hat doch seinen Vater gehaßt und die Mutter geliebt.
Lydia sagt: So geht das nicht. Wenn ein Gedicht so ähnlich ist, dann ist das Diebstahl.
Ich sage: Dann schreibe ich es eben nochmal um.
Lydia sagt: Zeige es mir aber sicherheitshalber, bevor du es woanders rumreichst.
Ich sage: Weißt du was, ich zeige es gar keinem, ich zeige dir nie mehr was, ab jetzt schreibe ich nur noch für mich selber.

Kaltesophie hat mir ganz nebenbei mein Geburtshaus gezeigt. Es steht gegenüber der Hegel-, früher Körnerschule in Köpenick.
In diesem Haus wurden nur Kinder entbunden, die zur Adoption freigegeben werden sollten. Die Mütter, meist unverheiratete Frauen, unterschrieben eine Verzichtserklärung. Sie verließen das Heim vierzehn Tage nach der Entbindung; dafür kamen täglich Ehepaare, die ein Kind adoptieren wollten. Es war mir unangenehm, als Kaltesophie mir das Haus zeigte. Ich wollte in keinem Haus geboren sein, das es

wirklich gab. Mir war, als würde mich Kaltesophie an diese Gegend, an diesen Ort fesseln. Der Anblick des grauen, dreistöckigen Hauses, das etwas in den Garten gerückt hinter Eiben stand, beleidigte mich.

Wer einen Henneckewitz erzählt, muß dreißig Mark Strafe zahlen. Ich erzähle nie Witze und erlaube es keinem, auch Reinhold nicht, mir Witze zu erzählen. Die wenigen Witze, die ich gehört habe, natürlich keine politischen Witze, fand ich beleidigend.

Wenn ich die Kristallsachen vom Buffet auf den Tisch stelle, sehe ich meinen Vater vor mir. Wenn ich die gehäkelten Deckchen ausschüttele, sehe ich meinen Vater vor mir. Wenn ich die leeren schwarzen Buffetflächen staubwische, sehe ich meinen Vater vor mir. Wenn ich den Staubsauger hinter mir herziehe, sehe ich meinen Vater vor mir. Wenn ich unter den Möbeln und dort, wo ich die Ränder des Teppichs hochgelegt habe, erst fege, dann wische, sehe ich meinen Vater vor mir. Wenn ich Kartoffeln schäle, stelle ich mir meinen Vater vor. Wenn ich Betten mache, stelle ich mir meinen Vater vor. Wenn ich Fenster putze, wenn ich Wäsche aufhänge, wenn ich die Brücken ausklopfe, stelle ich mir meinen Vater vor. In meinen Augen ist er weitgereist und belesen und großgewachsen und schöner und intelligenter als alle anderen zusammen. In meinen Augen hat er dunkle Haare und kennt alle Häuser der Welt. Deshalb bin ich auch bereit, in Kunsterziehung für immer und ewig die Grundrisse alter Basiliken und Säulen zu zeichnen, egal, ob dorisch oder ionisch, und Kapitelle zu malen, angefangen bei Mykonos und meinetwegen weiter so bis zum Kölner Dom.
In meinen Augen stand mein Vater ganz allein da und hat sich bloß deshalb erschossen, weil er wußte, daß es bald Krieg gibt.

Warum finde ich nie eine Kreuzotter?
Alle sagen
am Kalksee gibt es Kreuzottern.
Was mir über den Weg läuft
sind höchstens Blindschleichen.
Warum stoße ich nie auf ein Nest voller Wildkaninchen?

Alle sagen
im Krönchen, hinter den Eisenbahngärten
liegt ein Kaninchenbau neben dem anderen.
Was ich sehe
sind ausgewachsene Hasen, und zwar auf der Flucht.
Warum entdecke ich keinen bewohnten Fuchsbau?
Alle sagen
man kann ihn ausnehmen
wenn die Alte nicht da ist.
Was ich finde
ist höchstens ein Haufen blauweißer Taubenfedern.
Warum kenne ich keine Stelle mit Rotkappen?
Alle reden von Rotkappen.
Was ich sammle
sind Maronen, Rehpilze und jede Menge Hallimasch.
Warum sehe ich nie eine Türkenbundlilie?
Alle behaupten
in dem Erlenwald unterhalb der Müllkippe
wachsen Türkenbundlilien.
Was mir zwischen die Finger gerät
sind Salomonsiegel, Maiglöckchen und Klatschmohn
der immer gleich abfällt.
Warum fange ich keine Eichhörnchen?
Alle meinen
die sind zutraulich und lassen sich anfassen.
Was ich auffange
ist höchstens ihr neugieriger Blick
hinter einem Baumstamm hervor.
Ich bin mehr draußen als die anderen.
Ich kann länger die Luft anhalten.
Ich kann leiser auftreten.
Warum läuft mir kein Reh nach?
Warum kippen meine Borkenschiffe um?
Warum werde ich nie von einem verwilderten Köter gebissen
und kriege die Tollwut
und Schaum vorm Mund
und siele mich auf der Erde
und zucke und erlahme und kriege Krämpfe
und fresse Gras
und bin nicht mehr zu retten?

Marmor ist eine gute Sache. Er nimmt Bleistift an, jedenfalls die rauhe Unterseite. Auf meinem Nachttisch die Platte ist vierzig mal vierzig Zentimeter groß; sie liegt schwer, aber lose auf. Ich hebe sie hoch, drehe sie um und schreibe meine Gedichte mit Bleistift auf die stumpfe Seite der Platte. Ich schreibe sehr klein, bis die Nachttischplatte voll ist.
Die Marmorplatte auf meiner Kommode ist viel schwerer. Es gelingt mir nicht, sie ganz umzudrehen. Ich hebe sie an und stelle sie auf und drehe sie um ihre eigene Achse. Ich lehne sie an die Wand und hocke mich davor. Meine Kniekehlen schmatzen, das rechte Handgelenk ist halbtot. Ich drehe die Platte und lasse sie vorsichtig herunter. Die Kommode stöhnt richtig.

Concordia sagt, meine Gedichte seien gar keine Gedichte, sondern Gelegenheitsgedichte. Sie behauptet, ich schriebe nur alles auf, was mich bedrückt, wie andere, die ein Tagebuch führen. Tagebücher kann ich nicht ausstehen. Concordia gibt mir ein Buch mit Gedichten von Claudius und Mörike und Eichendorff. Sie sagt: Das nennt man Gedichte.

Eine Schande, mit fünfzehn noch ins Bett zu machen. Wenn ich das jemandem erzählen würde.
Tust du ja oft genug, hast bis jetzt noch keine Gelegenheit ausgelassen.
Du wirst dich umsehen, wenn ich mal richtig den Mund aufmache und den Leuten erzähle, wie verrückt du wirklich bist.
Umgekehrt genauso.
Hätte ich doch ein kleines Mulattenkind adoptiert, was ich ursprünglich wollte.
Wärst du bloß dabei geblieben.
So ein schwarzes.
Schwarz geärgert hast du mich auch.
Kein Wort kann man sagen, ohne daß diese Dreckschleuder mir widerspricht.
Ich hab gar nicht widersprochen.
Du hast versucht, meine Gefühle in den Dreck zu ziehen, wie immer. Die reinste Maultrommel.
Die Maultrommel heißt in Wirklichkeit Mundharfe, und das ist immer noch ein schönes Wort.

Ich greife noch zum Strick. Wenn das nicht aufhört mit dir, greife ich zum Strick. Ich kann nicht mehr. Ich bin am Ende. Hier hänge ich mich auf, am Fensterkreuz vom Wohnzimmer, daß es die ganze Straße sieht.
Die werden sich freuen.

du
betrügerischer
scheinheiliger
hinterfotziger
maßlosfrecher
niederträchtiger
verräterischer
nachtragender
rachsüchtiger
aus dem Bauch einer Hure gekrochener
Wechselbalg du

So viel Blau ist auf der Karte aus Cuba
von meinem Vetter Bertholt
Concordias Sohn und längst entlassen und längst wieder unterwegs, und jetzt
ein Himmelsband und unten das breite Wasser
hat er mir eine Karte aus Cuba geschickt:
die Küste mit blendend weißen Häusern besetzt, grüne Punkte davor, das müssen Palmen sein
und die Schiffe auf dem Wasser ebenso blendend
eine blaue weiße blaue Stille
und er schreibt: Später
wirst du fahren und das alles selber sehen.
Rechts im Bild eine Art kleiner Hafen, ein Bootehafen
eins setzt winzige Segel, die höre ich
schlagen, denn es kommt Wind auf, eine Brise
und treibt den Kahn aus dem Gewühl heraus und weiter.
Ich überlege nicht länger und springe hinein
klar weiß ich von Haifischen und Quallen und Muscheln
deren Öffnungen so groß wie Stadttore sind
klar erreiche ich das Boot nicht, denn ich
kann immer noch nicht schwimmen
und gerate in eine Höhle
mit Permutt ausgeschlagen und durchsichtig

über mir bloß noch das blaue Wasser und über dem blauen Wasser der blaue Himmel. Jetzt rauscht es in meinen Ohren in meinem Kopf, und ich versinke in all dem Blau bis ich gefunden werde und mein Gehäuse am Eingang durchbohrt.
Seitdem heiße ich Solander und hänge auf dem Bauch eines Negers als Amulett gegen den bösen Blick.

Steh nicht rum, sagt sie, kannst du nicht wenigstens den Abendbrot-Tisch decken!
Jetzt schon um fünf?
Keine Widerrede, und wenn es hundertmal erst fünf ist. Und vergiß nicht, das Brot zuzudecken, nachdem es geschnitten ist, sonst wird es ja knochentrocken, bis wir es essen, und das Schmalz, und die Marmelade, und den Quark, und den Italienischen Salat, nein, den laß noch, der kommt erst auf den Tisch, wenn wir uns setzen. Und nimm die Finger aus dem Schmalztopf, so dick haben wir es dann doch nicht. Und der Pfefferminztee geht auch zur Neige, du mußt neuen sammeln, und hast du etwa die Brotmaschine umgestellt, die Scheiben sehen ziemlich dick aus, die du schneidest, drei pro Kopf sollten reichen, auf alles muß man aufpassen.
Wenn sie bloß die Luft anhalten würde ihren weißen mehligen schimmelfarbenen sauren suppigen Blasen schlagenden Italienischen Salat aus dem Westen hundert Gramm für drei Personen sich selber reinwürgen reinstopfen mästen mit ihren hundert Gramm saure Wurst in Mehlsoße den meilenweit nach Gesundbrunnen stinkenden Italienischen Salat mitsamt Pappschachtel sich selber reinhauen da ist mir Concordias Brotsuppe lieber und ihr Karnickelragout.
Du warst wieder am Schmalztopf und hast die Grieben hervorgekratzt. Hätt ich mir doch denken können, als es plötzlich so still im Zimmer war.
Was macht es schon, ob ich jetzt esse oder mit euch.
Das macht eine Menge aus. Es ist einfach unsittlich, sich übers Essen herzumachen, bevor sich nicht alle zu Tisch gesetzt haben.
Nur gut, daß die Russen damals deine silbernen Messerbänkchen geklaut haben.
Hiergeblieben!
Bin gleich zurück.

Jaajaaa, immer weg, immer auf und davon. Immer mit fliegenden Fahnen raus und ab und uns den Rücken gekehrt und rumgetrieben und hier nichts angefaßt und nicht aufzutreiben und immer weg.

Große Concordia. Sommerliche Concordia.
Condordia in einem Meer aus Leberblumen.
Concordia unter den süßen Kirschen.
Concordia im Quittenbaum.
Concordia in Zöpfen und Leinenhemd.
Concordia in der Koje.
Concordia zwischen Herd und Ballonflasche.
Concordia beim Annähen eines Jabots.
Concordia wird für immer in einer Ruine wohnen
tapeziert mit Lavendelbüschen
mit Postkarten und schwarzem Wein.

Im Sommer schickte Kaltesophie ein Stück Papier mit meiner Handschrift darauf an einen Graphologen in München. Sie wollte endlich wissen, wie es in meinem Kopf aussieht.
»München, den 27. August 1950. Ihre Tochter ist ein negativ eingestellter Mensch, der in schwierigen Lagen einer positiven Entscheidung gerne aus dem Wege geht. Sie verläßt sich lieber auf die Mitmenschen und läßt alles an sich herankommen, anstatt vorzubauen. In komplizierten Situationen verschmäht sie nicht die Lüge als Abwehrwaffe.
Im ersten Drittel 1951 werden durch impulsives Vorgehen Trennungen und neue Verbindungen eingegangen.
Später folgen behördliche Auseinandersetzungen, auch sind unangenehme Kritik und Zurechtweisungen von Vorgesetzten zu erwarten.
Es sind verschiedene Talente vorhanden, die genutzt werden könnten, und ihre guten Geistesgaben befähigen sie zu Erfindungen.
Sonst ist sie stark impulsiv, auch im Gefühlsleben und wird einmal dessen Sklave.
Eine ihr angetane Beleidigung vergibt sie spät und mit großer List, abgesehen davon besitzt sie alle guten und schlechten Charaktereigenschaften.«
Kaltesophie hat den Brief allen vorgelesen, die es hören oder nicht hören wollten.

Karl sagt: Es paßt mir nicht, daß du nach den Ferien auf die Oberschule in der Smolkastraße gehen willst.
Ich weiß, was sie euch dort beibringen.
Kaltesophie: Mehr Russisch als Deutsch.
Und Karl: Und was sie in Deutsch lernt, ist aus kommunistischer Sicht.
Und Kaltesophie: Geschichte und Gegenwartskunde dasselbe.
Und Karl: Thälmann, wenn ich das schon höre. Der hat doch mit Hitler zusammengearbeitet, gegen die Sozis.
Und ich: Was erzählst du denn da? Die Kommunisten sind ebenso verfolgt worden wie die Juden.
Und Karl: Daß die Kommunisten gegen Hitler nichts unternommen haben, das lernst du wohl nicht.
Und ich: Thälmann hat gesagt, Hitler, das bedeutet Krieg.
Und Karl: Bißchen spät hat er das gesagt.
Und ich: Seid ihr doch ruhig. Ihr habt die Fahne rausgehängt an Hitlers Geburtstag, und überm Radio hing ein Führerbild.
Und Kaltesophie: Du weißt genau, daß wir das tun mußten.
Und ich: Du gerade. Du bist ins Radio reingekrochen, wenn der Führer geredet hat, und hast geheult. Mußtest du das auch?
Und Karl: Es steht dir nicht zu, mit uns zu rechten.
Und ich: Ihr werft mir ja vor, was ich in der Schule lerne.
Und Karl: Dabei bleibe ich auch, daß dort nichts als Vaterlandsverräter erzogen werden. Vaterlandsverräter! Und deswegen will ich nicht, daß du auf die Oberschule gehst.
Und Kaltesophie: Wir haben dich lange genug ernährt und erzogen. Nun könntest du lernen, für dich selber zu sorgen.
Und ich: Meine Heimarbeit hast du wohl vergessen.
Und Kaltesophie: Das waren außerordentliche Notzeiten.
Und ich: Wenn es um Geld geht, ich kriege in der Oberschule ein bißchen Schulgeld. Viel mehr kriegt ein Lehrling auch nicht.
Und Kaltesophie: Wieviel?
Und ich: Fünfundvierzig Mark bestimmt.
Und Karl: Lächerlich. Du sollst nicht abgehen, weil wir Geld

brauchen, sondern weil die Schule dich verdirbt bis dorthinaus.
Und ich: Ihr habt doch früher immer gesagt, ich soll eines Tages studieren.
Und Kaltesophie: Das waren noch andere Zeiten.
Und ich: Bessere wohl? Bessere Zeiten, als ihr an der Wolga rumgebuddelt habt, und hier haben die Zwangsarbeiter eure Felder bestellt, und in Auschwitz wurden massenweise Juden vergast. Waren das die Zeiten, in denen ich hätte studieren dürfen?
Und Karl: Ich gebs auf. Mach, was du willst. Ich könnte dir durchaus antworten und auf die Zwangsarbeiter in Sibirien hinweisen, aber es ist nutzlos.
Und Kaltesophie: Soll sie also gehen?
Und Karl: Laß sie solange auf der Schule bleiben, wie sie Schulgeld kriegt. Als Lehrling kommt sie ja mit denselben Schlagwörtern nach Hause.

In der Löcknitzstraße, links vor dem Fluß, war eine kleine, verlassene Villa als Pionierheim eingerichtet worden, das man anfangs auch gut als Kindergarten bezeichnen konnte. Ins Pionierheim kamen die Kinder, deren Mütter berufstätig waren. Die Pionierleiterin, Eva Güntzel, die Tochter unseres Schulleiters, übte mit den Kindern Lieder ein und Volkstänze. Ich las ihnen Galja, die Tänzerin vor.
Oft ging ich erst gegen fünf ins Heim hinüber, wenn die Kinder sich waschen und anziehen mußten.

Egon: Klar hätten auch wir einmal reich werden können. Fünftausend Mark standen auf seinem Kopf.
Ihr als Kopfjäger?
Concordia: Wir nicht, aber mein Mann.
Egon: Ein Verbrecher mehr hinter Schloß und Riegel, warum nicht. Einunddreißig waren fünftausend Goldmark eine Menge Geld.
Um wen ging es denn?
Egon: Na, um einen Russen gings. Einer, der in Rußland Revolution gemacht hat und dann abgehauen ist. Vielleicht war es genau der, den ich gefunden habe.
Concordia: War es nicht. Der Mann, den du gefunden hast, war so deutsch wie du und ich.

Egon: Ein Kommunist ist er gewesen, und Kommunisten sind vaterlandslos, nicht deutsch wie du und ich.
Concordia: So'n Quatsch.
Kommunisten nennen sich mit Recht Internationalisten. Ihr wirkliches Vaterland ist die Arbeiterklasse.
Egon: Ich hab mir nichts vormachen lassen, Nacht für Nacht das Geratter, und gleich auf eine geheime Druckerei getippt.
Concordia: Wir wohnten da noch in Schöneberg, das Haus hier war noch nicht fertig.
Egon: Also wachgelegen und nachgedacht, wie komme ich denen auf die Tour.
Concordia: Von geheim konnte gar keine Rede sein. Es war einfach eine Druckerei, eine normale Druckerei.
Egon: Normal nennst du das, wenn sie ihre Maschinen tief im Keller aufstellen und die Fenster verhängen und nachts herumfuhrwerken und das Tageslicht scheuen.
Concordia: Immerhin konntest du von draußen reinsehen.
Egon: Aber es waren Kommunisten.
Concordia: Woher weißt du das? Wir haben nie erfahren, von welcher Partei.
Egon: Sind aber Russen aus und ein gegangen. Deswegen war ich ja so hinterher, weil sie damals den Trotzki gesucht haben – für fünftausend Mark, ich bitte dich.
Concordia: Er war nicht zu halten, eines Nachts ist er runter in den Keller.
Egon: Und ich hab wen gefunden. Stimmts oder stimmts nicht? Zuerst dachte ich, das ist sicher ein vollkommen betrunkener Russe.
Concordia: War es aber nicht.
Egon: Bis zu den Knöcheln in verschmiertem Papier, die Walze naß und glänzend, der Geruch nach Druckerschwärze noch frisch, und da lag er, eiskalt, richtig steif gefroren.
Concordia: Mein Mann spinnt wieder nach Herzenslust.
Egon: Warst du unten oder ich?
Concordia: Ich geb mich mit sowas nicht ab.
Egon: Mokier dich nicht immer. Der Mann war fünftausend Mark wert.
Concordia: Himmeldonnerwetter, er wars aber nicht.
Egon: Woher willst du das so genau wissen?
Concordia: Weil der Trotzki noch jahrelang gelebt hat.

Egon: Ich habe ihn also gerüttelt, gestoßen, umgedreht, Kopf hoch, nichts zu machen, der tut keinen Atemzug mehr, schlägt kein Auge mehr auf.
Hast du die Polizei geholt?
Egon: I wo, sie hat mich ja nicht gelassen.
Concordia: Ging dich ja auch nichts an.
Egon: Von wegen. Erst 'ne Revolution anzetteln, alles aus den Fugen, Krieg, Bruderkrieg, drunter und drüber und durcheinander, und dann sich absetzen und verstecken. Er soll sogar in Frauenkleidern herumgelaufen sein.
Concordia: Der hieß gar nicht Trotzki, sondern Bronstein.
Egon: Falschen Namen auch noch, da siehst du es.
Jedenfalls hieß er Leon, daran erinnere ich mich.
Concordia: Vielleicht hat er sich Lea genannt, wegen der Frauenkleider.
Egal, wie er hieß oder sich nannte, feststeht, daß er keine Revolution angezettelt haben kann, jedenfalls nicht in Rußland. Lenin ja, Stalin ja, aber der doch nicht. Von dem habe ich nie gehört.
Concordia: Was du schon in der Schule lernst.
Natürlich hat er die Revolution gemacht, später ist er dann von Stalin weggejagt worden.
Egon: Und da kam er nach Berlin und dachte, er könnte auch uns in einen Bruderkrieg stürzen, und deswegen haben ihn alle gesucht.
Concordia: Du hast ihn jedenfalls nicht gefunden, und darüber bin ich heute noch froh. Schließlich hätten wir geendet wie der Mann in der Druckerei unten.
Hat ihn denn jemand getötet?
Egon: Weiß ich nicht. Vielleicht hatte er bloß einen Herzschlag.
Und was passierte, als er gefunden wurde?
Concordia: Gar nichts, das hat mich ja so gewundert. Eines Tages wurde die Druckerei von der Polizei geräumt, aber keine Auskunft, keine Mitteilung, daß da überhaupt ein Toter gelegen hatte.
Egon: Den hatten seine Komplizen beseitigt.
Concordia: Wir wissen es nicht, und Bronstein war es nicht, sonst wäre etwas durchgesickert.
Egon: Ein Jude war er außerdem.

Bei Regen Unterschriften sammeln, den Rinnstein entlang durch das graue Laub schlurfen, gegen die Atombombe, das heißt, für ein weltweites Verbot: da zieht Tante Mieze ihren Handwagen quer über den Marktplatz, sie hat Kartoffeln geladen und schwitzt und lächelt, schon rede ich auf sie ein und finde, sie hört nicht richtig zu.
Japan? Was geht mich Japan an?
Eine Atombombe, sage ich, hat eine viel größere Wirkung als unsere Sprengbomben vor fünf Jahren noch.
Tante Mieze wischt sich den Schweiß mit ihrem Kopftuch ab, will weiter, nach Hause, will die Kartoffeln unter Dach und Fach bringen.
Doch nicht hier mitten auf dem Markt, da weicht dir ja deine Liste auf. Wer hat denn bis jetzt schon unterschrieben?
Niemand, sage ich und stürze über die Straße und zu Inderans hinein, damit ich mit den Papieren erstmal im Trocknen bin. Meinen nächsten Vortrag halte ich in Inderans Küche. Tante Anna putzt Gemüse, Gisela ist nicht da, ihre Mutter rennt gerade raus in den Hühnerstall, dann setzt sie sich kurz, die Hände voller Eier.
Wenn Sie dafür sind, dann unterschreiben Sie hier bitte.
Dafür? Für die Atombombe?
Neinnein, dagegen, meine ich. Ich wollte sagen, wenn Sie dafür sind, daß die Bombe weltweit verboten wird.
Was denn nun, sagt sie und steht auf und kramt eine Pfanne hervor und setzt die Pfanne auf den Herd und bückt sich.
Ich habe auch was zu schreiben dabei, sage ich, während sie in der Glut stochert.
Sie sagt noch im Bücken: Sieh dir mal meine Hände an.
Die Atombombe muß verboten werden, sage ich, sind Sie nicht auch der Meinung?
Alle Bomben müßten verboten werden, sagt sie.
Dann stellt sie sich neben mich, schaut auf mein leeres Blatt, liest den Appell und sagt: Gib schon her.
Ich reiche ihr aufatmend meinen Füller, und raus und zu Kartoffelschützes. Rüdiger unterschreibt, ohne hinzusehen, und das gefällt mir nicht. Ich knüpfe ein überzeugendes Gespräch an, er drängt mich aus dem Zimmer und sagt: Ich weiß schon Bescheid, ich hab das jetzt zum vierten Mal unterschrieben. Je mehr Unterschriften, sagt er, desto eher

werden wir sie davon überzeugen, daß sie uns nicht so ohne weiteres Pilze auf die Häuser setzen dürfen.
Bei Karl und Kaltesophie darf ich mit meiner Liste nicht kommen. Ich schleiche an unserer Wohnungstür vorbei und rauf zu Dürings, unserem Hausbesitzer. Die Alte macht auf und bittet mich herein, ich fange gleich an und rede und rede, weil sie mich nicht unterbricht; dann blickt sie mich groß an und sagt: Warum sollen die in Japan nicht genauso eins auf den Hut kriegen wie wir? Erinnerst du dich noch an unsere armen Kaninchen, wie sie geschrien haben?
Ich möchte am liebsten meine Liste zerknüllen und ihr an den fast haarlosen Kopf werfen. Während ich aufstehe, sagt sie noch: Die Russen haben jetzt auch Bomben, und an der Tür einen ihrer blöden Sprüche: Lindenblüte – vor List und Verführung dein reines Herz hüte.

Ich beteiligte mich an der Kampagne zur Unterzeichnung des Stockholmer Appells zur Ächtung der Atombombe. Am zwanzigsten August fand dann das Treffen der italienischen, französischen und weniger deutscher Jugendlicher in Nizza statt, wo den Vertretern der Berliner FDJ, die mit 521 000 Unterschriften das beste Ergebnis erzielt hatte, die Siegesfahne des Wettbewerbs Berlin–Paris–Rom übergeben wurde.

Karl sagt: Von über zweihundert Richtern sind in der Zone keine fünfzig mehr im Amt.
Ich sage: Die fünfzig schmeißen wir auch noch raus.
Karl sagt: Und jetzt entlassen sie sogar die altbewährten Polizisten, die erfahrenen Lehrer, die studierten Agronomen.
Wer schon vor fünfundvierzig dabei war, ist sowieso ein Verbrecher.
Und wer soll euch in Zukunft noch was beibringen?
Wenn keine Lehrer da sind, lesen wir unsere Bücher selber.
Du würdest uns wohl am liebsten alle entlassen, Eltern, Großeltern, einfach alle?
Ja alle, denn ihr habt alle Schuld.
Und wer soll arbeiten, wenn die erfahrenen Kräfte nach Hause geschickt werden?
Wir. Wir werden arbeiten. Wir werden ein Land aufbauen, daß euch die Augen übergehen.

Und all die Entlassenen, wovon sollen die leben?
Die hauen ja sowieso nach dem Westen ab.
Gottlob ist ihnen diese Möglichkeit noch geblieben.
Übrigens gehen auch sehr viele junge Leute rüber. Die hundertfünfzigtausend jedes Jahr, das sind beileibe nicht nur Alte.
Die sind von ihren Eltern aufgehetzt worden.
Aha. Aber du bist nicht aufgehetzt, du willst das alles von dir aus.
Mich verführt niemand. Was ich ab jetzt mache, will ich auch selber, und nicht allein, sondern mit anderen zusammen.
Karl sagt: Dir ist nicht mehr zu helfen, und mit einer Kommunistin rede ich nicht länger.

Die schwarzen Keilabsatzschuhe von Katharina haben Löcher. Ich darf gar nicht daran denken, damit auf die Bühne zu klettern. Vorn aus den Schuhen ragen die Strümpfe heraus und meine Zehen. Ich soll in der Schule auf der Weihnachtsfeier ein Gedicht aufsagen.
In Kaltesophies Kleiderschrank liegen neue flache Schuhe aus braunem Leder mit einer hellen, fast weißen Kreppsohle. Sie sind verpackt und verschnürt, und Kaltesophie hat gesagt: Die neuen Schuhe werden vor Heiligabend nicht angezogen, du gehst bis dahin in den alten. Die neuen lege ich dir unter den Weihnachtsbaum.
Ich stehe vor dem Kleiderschrank, ich stehe vor dem Spiegel. Dann reiße ich mit einem Ruck das Paket aus dem Hutfach, wickle es aus, öffne den Schuhkarton. Die Schuhe liegen in Seidenpapier und riechen gut.
Das Gedicht, das ich aufsage, ist von einem sechzehnjährigen Mädchen geschrieben, Alena Syncova. Sie wurde 1942 nach Theresienstadt verschickt.

An Olga.
Hörst du
schon tönt die Schiffssirene
wir müssen fort
in unbekannte Häfen
hörst du
es ist schon Zeit.
Wir segeln fort
weit in die Ferne
der Traum wird dort zur Wirklichkeit

o süßer Name du Marokko
hörst du
es ist schon Zeit.
Die Winde wehn das Lied der Ferne
ach könnt ich blicken nach den Sternen
und nur an Veilchen denken.

Ich hatte meinen Auftritt hinter mir. Noch war die Aula voller Kinder und Eltern, ich sitze in der ersten Reihe, und plötzlich sieht Erwin Meißner sie in der Türe stehen. Er stößt mich an: Deine Mutter ist da. Ich sofort und geduckt um die Bühne herum und raus und nach Hause und die Schuhe gesäubert und sie wieder eingepackt und mich hingesetzt und gewartet.

Kaltesophie soll gesagt haben: Nicht, was sie getan hat, empört mich so, sondern daß sie es getan hat, gegen meine Anordnung nämlich.

Was hat sie denn angestellt? soll Lehrer Rymski gefragt haben.

Das tut hier nichts zur Sache, soll Kaltesophie geantwortet haben. Das kläre ich mit ihr zu Hause, und irgendwann muß sie nach Hause kommen, und wenns nach Mitternacht ist.

Warum wollen Sie sich mir nicht anvertrauen, soll Lehrer Rymski gefragt haben. Ich bin schließlich der Klassenlehrer Ihrer Tochter.

Weil das eine häusliche und keine schulische Angelegenheit ist, soll Kaltesophie gesagt haben. Es geht auch nicht darum, was sie getan hat, sondern wie sie alles macht, immer gegen meine Anweisungen, immer heimlich. Also wo ist sie, wo steckt sie?

Es tut mir leid, soll Lehrer Rymski gesagt haben, daß ich Ihr Vertrauen nicht erringen kann. Es wäre doch vernünftig, was die Erziehung betrifft, ein wenig zusammenzuarbeiten.

Und Kaltesophie soll noch einmal, diesmal sehr laut und direkt in die Aula hinein gefragt haben: Wo sie sich versteckt hat, will ich wissen, sonst gar nichts. Aber Lehrer Rymski soll sie sacht zur Tür hinausgeschoben haben mit den Worten: Sie sehen selber, daß sie nicht da ist. Es hat wenig Sinn, deshalb die Feier zu stören und unsere Kinder aufzuscheuchen. Ich warte hier draußen, soll Kaltesophie gesagt haben, bis alle herausgekommen sind. Ich warte, wenn es sein muß,

bis die Schule abgeschlossen wird. Sie wird mir schon in die Arme laufen.
Das eiserne Gartentor fällt ins Schloß, zehn Schritte bis zur Treppe, acht steinerne Stufen, die Haustür fliegt auf. Ich bleibe unter der Tischlampe sitzen und halte ein Buch. Mein Rücken juckt, warum ist denn Karl nicht da, warum muß er gerade heute seinen Freund, den Förster, besuchen und ewig bei ihm sitzen und reden und den ganzen Ersten Weltkrieg wieder ausgraben und die Fußmärsche über die Alpen hin und zurück. Jetzt knallt sie die Wohnungstür hinter sich zu, jetzt steht sie im Korridor, jetzt höre ich sie atmen. Sie rennt in die Küche, sie reißt irgend etwas an sich. Schon kommt sie ins Wohnzimmer gestürzt und schwingt den Teppichklopfer. Ich lache. Wir stehen einander gegenüber, zwischen uns der runde, schwarze Eßtisch, sie haut und haut und haut auf den Tisch, ich lache, sie brüllt, und mitten in den Lärm tönen Stimmen von der Straße herein, laut und im Chor. Draußen steht meine ganze Klasse. Alle winken mir zu und schreien: Laß dir nichts gefallen! Laß dir nichts gefallen!
Meine Angst ist vorbei, der Lachkrampf ist vorbei. Ich reiße die Fenster auf, drehe mich um, gehe an ihr vorbei und schließe mich in meinem Zimmer ein.

Wenn wir den Adoptivvertrag lösen, weißt du, was dann ist?
Was soll schon sein?
Du hast keinen Namen mehr, du heißt einfach Nichts.
Suche ich mir selber einen.
Na, denn man los, unsern Namen behältst du jedenfalls nicht.
Paaah. Wer von euch beiden wollte eigentlich ein Kind adoptieren?
Ich nicht, da kannst du sicher sein.
Na, siehst du. Es ist also gar nicht dein Name, den du mir wegnehmen willst.

12

Draußen fällt dicker, nasser Schnee, der sofort zerrinnt, wenn er die Straße erreicht hat. Es ist nun schon über ein Jahr her, liebe Karin, daß Du uns besucht hast, und wie gerne würde ich mich heute mit Dir unterhalten.

Du hast vielleicht erwartet, daß ich mich viel früher entschließe, aber erst gestern konnte ich mich endgültig dazu durchringen, meinen Antrag für die FDJ zu stellen. Ich habe im vergangenen Jahr einiges gelesen, Zement zum Beispiel, und mir auch erklären lassen, was Expropriation der Expropriateure ist, trotzdem kam immer etwas dazwischen. Ein Mädchen aus meiner Klasse, Erika Brose, mußte vor ein paar Jahren mit ihren Eltern in die Sowjetunion ziehen, damit ihr Vater, er ist Ingenieur, am Wiederaufbau teilnimmt. Letzten Sommer kamen sie zurück. Es ist ihnen auch gutgegangen dort, aber, stell Dir vor, im Oktober haben die Russen sie plötzlich mitten in der Nacht aus den Betten geholt und alle wieder zurück in die Sowjetunion gebracht. Darüber wurde in unserem Ort natürlich viel geredet, und ich kann diese Maßnahme wirklich nicht verstehen und erklären.

Dann jetzt im Januar das Todesurteil, von dem Du bestimmt gehört hast, in Dresden. Flade heißt der Junge und ist Oberschüler wie Du und ich. Und den haben sie zum Tode verurteilt, weil er, als er festgenommen wurde, einen Polizisten mit seinem Taschenmesser verletzt hat. Das finde ich nicht richtig, und meine Tante Concordia hat gesagt, eine Regierung, die die Todesstrafe braucht, hat in ihren Augen schon verspielt. Wie sollen wir mit den Menschen diskutieren, wenn so etwas vorkommt.

Trotzdem habe ich gestern meinen Antrag gestellt, denn ich möchte nicht länger abseits stehen. Alle meine Freunde sind in der FDJ, und ich möchte auch mitreden, wenn sie sich treffen.

Zu Hause muß ich das leider verschweigen. Ich habe nicht den Mut, es Karl zu erzählen. In die FDJ zu gehen ist das

Schlimmste, was ich ihm antun konnte. Er hört mir nicht zu, wenn ich ihm etwas erkläre. Für ihn ist die FDJ dasselbe wie früher der BdM. Vorigen Montag ist mir beim Staubwischen ein Kristallteller heruntergefallen, und da hat er mich Kommunistenschwein genannt und behauptet, wir Roten hätten keinen Respekt vor der Tradition und vor kulturellen Werten, schon gar nicht vor persönlichen Erinnerungsstücken.
Daß ich in der FDJ bin, werde ich ihm später oder gar nicht sagen. Ich möchte ihn nicht kränken, und ich weiß, daß er dann nicht mehr mit mir spricht und zwischen uns ewige Feindschaft herrschen wird. Bis jetzt habe ich mich aber immer noch ziemlich gut mit ihm verstanden.
In die Gesellschaft für Deutsch-Sowjetische Freundschaft bin ich ebenfalls eingetreten und leihe mir oft Bücher im Haus der Freundschaft aus. Im Augenblick lese ich Eugen Onegin und bewundere Tatjana, die so unerschrocken ist, einem Mann eine Liebeserklärung zu machen, wo es doch im allgemeinen umgekehrt ist.
Wenn Du zu den Weltfestspielen fährst, treffen wir uns in Berlin. Schreibe mir, was Du denkst, sie haben bis jetzt noch nie meine Post geöffnet.

Eva Güntzel, zwanzig Jahre alt, Pionierleiterin, der ich bei der Betreuung der Jungen Pioniere helfe, Tochter des Schulleiters der Einheitsschule, in der ich die neunte Klasse besuche, sagt auf dem Heimweg vom Pionierheim, ihr Vater werde mich morgen in der großen Pause zu sich ins Lehrerzimmer rufen. Dabei scharrt sie in einem Haufen zusammengekehrter Blätter und sagt, sie wisse aber nicht, warum. Güntzel ist nicht nur der Schulleiter, sondern auch mein Lehrer für Gegenwartskunde. Ich kann an nichts anderes mehr denken als an morgen und stelle mir die ungeheuerlichsten Verfehlungen vor, die ich entweder nicht begangen oder, schlimmer noch, ganz und gar vergessen hatte.

Güntzel kommt gleich zur Sache.
Deine Eltern sind Rentner, doch jeder hier im Ort weiß, daß sie Geld haben.
Ich antworte vorsichtig: Ich kann das nicht so genau sagen, ob und wieviel sie haben.
Er daraufhin: Du brauchst dich nicht zu verstellen. Ich habe

dich nicht um Zahlen gebeten, sondern um die Bestätigung, daß deine Eltern außer der üblichen Rente noch eine andere Geldquelle haben.
Ich weiß nicht, ob und woher sie noch Geld haben könnten.
Schulleiter Güntzel fährt fort: Es genügt ja, daß ich es weiß. Also: du holst dir hier jeden Monat fünfundvierzig Mark Schulgeld ab. Dein Vater war Angestellter, demnach Kleinbürger, deshalb sind es fünfundvierzig Mark. Und diese fünfundvierzig Mark sind als Unterstützung für Bedürftige gedacht. Ist das klar?
Ich nicke bloß.
Und Güntzel weiter: Dieses Schulgeld, das der Staat nur den wirklich bedürftigen Kindern zukommen lassen möchte, steht dir einfach nicht zu, wenn deine Eltern Geld noch aus anderen Quellen schöpfen. Oder bestehst du darauf, deine Eltern hätten die fünfundvierzig Mark unbedingt nötig?
Ich habe keine Ahnung, wie nötig meine Eltern dieses Geld haben, aber eins ist Tatsache: ich habe es nötig.
Güntzel blickt an mir rauf und runter und sagt: Wieso? Sorgen sie nicht für dich?
Ich antworte ruhiger: Sie sorgen wohl für mich, aber, wenn ich kein Schulgeld nach Hause bringe, muß ich runter von der Schule und eine Lehrstelle annehmen.
Er fragt ungläubig: Wer sagt das?
Na, meine Eltern.
Er fragt nochmal: Wer sagt, du mußt abgehen, wenn du kein Schulgeld kriegst?
Meine Eltern haben das schon vor Beginn des neunten Schuljahres entschieden, als noch nicht feststand, ob ich überhaupt Geld bekomme.
Und Güntzel: Mit welcher Begründung, denn sie sind mit Sicherheit nicht auf die fünfundvierzig Mark angewiesen?
Mit der Begründung, sie hätten lange genug für mich gesorgt, in meinem Alter müsse ich anfangen, selber für mich zu sorgen.
Und Güntzel: Würde es etwas nützen, wenn ich mit deinen Eltern spreche?
Nein.
Und er: Wieso nein?
Es würde nichts nützen.

Und er: An deinen schulischen Leistungen liegt es nicht.
Nein.
Und er: Warum sträubst du dich so dagegen, daß ich deine Eltern herbitte und mit ihnen rede?
Weil es umsonst ist. Es würde mir nichts einbringen als Ärger.
Und Güntzel wieder: Ich soll es also gar nicht erst versuchen?
Wenn Sie mit meinen Eltern über Geld und Schulgeld reden, dann machen die mir ein Theater, das können Sie bis hierher hören.
Und Güntzel: Sie denken dann, du hättest mir was erzählt?
Ja.
Und Güntzel weiter: Du hast eben gar nichts erzählt, obwohl mich die Geldquelle deiner Eltern langsam interessieren würde.
Das geht mich nichts an. Ich weiß nur, daß ich abgehen muß, wenn die fünfundvierzig Mark gestrichen werden.

Concordia: Vor einiger Zeit hast du gesagt: Wer andere gequält hat, gehört selbst ins KaZet. Das ist der Anfang. Auch du würdest also Leute ins KaZet stecken.
Ich antworte: Ich bin ganz und gar gegen KaZets, aber was soll man mit solchen Menschen machen?
Concordia: Das ist es eben. Immer fragen wir, was soll man mit den Gegnern von gestern machen, mit den Verbrechern zum Beispiel. Ich habe da keine Lösung, aber der Staat fragt nicht lange. Er weiß, was zu tun ist: einsperren.
Ich antworte: Es müssen doch nicht gleich KaZets sein.
Concordia: Zuchthaus oder KaZet, wo ist da die Grenze?
Ich antworte: Das ist aber ein großer Unterschied.
Concordia: Und was ist Sibirien?
Ich antworte: Eine Legende. Die Kommunisten, die genauso verfolgt worden sind wie die Juden, würden nie Lager einrichten und Leute reinsperren. Sie wissen ja, wie das ist. Die Kommunisten wollen Gerechtigkeit, für alle Menschen dasselbe Essen, dieselbe Arbeit, dasselbe Leben.
Concordia: Bleib bei deinem Idealismus.
Ich antworte: Ich bin Materialist.
Concordia: Was das ist, weiß ich nicht. Aber vor einem Jahr hast du noch ganz anders geredet.

Ich antworte: Inzwischen habe ich viel gelesen und sehr gut verstanden, daß die im Westen uns aufhetzen, damit die alten Fabrikherren alles zurückerhalten, was jetzt dem Volk gehört.

Ich treffe Reinhold auf der Straße.
Schraibste immernoch daine Jedichte?
Naaaiiiiinnnnn!
Schrei doch nich so, blöde Kuh.
Wer schreit denn?
Na du. Also schreibste noch Jedichte?
Dia zaijichsenich mea.
Intressiat mia och nich.
Was intressiat dirn denn?
Watn janzen Tach machst, a nu weeßicket.
Nischt weeßte. Ich denke nach.
For watn?
Ick übaleeje mia, ob ick nich ma nach Kepenick fahre zu dem Haus, wo ick jeborn bin, und nach maine richtje Mutta frare oder mit wem da rede.
Woher kennsten det Haus?
Hatse mia jezaicht.
In Kepenick, sachste? Ick fahre mit.
Ick muß aba alleene mit die Leute reden.
Denn wartick draußen, aba ick fahr mit.
Schwöre, daßde keenem wat sachst, ooch daine Mutta nich!
Willste mia beleidjen? Wenn fahrn wan?
Ick muß mia allet noch jenau übaleejen, un denn sarick dia Beschaid.

In der Aprilsonne mit der S-Bahn nach Köpenick: eine halbe Stunde Fahrt, dann die Bahnhofstreppe hinunter, links hinaus, rechts geht es zu Concordia und Katharina, links die Bahnhofstraße entlang, an der Seelenbinder vorbei, wo Karl und Kaltesophie gewohnt haben, als Christa noch lebte, weiter bei Kepa vorbei, links der Generalshof, rechts die Hegelschule, und bei der Hegelschule die Lindenstraße überqueren.
Da, in dem grauen Haus bin ich geboren.
Ist es immer noch ein Kinderheim? fragt Reinhold.

Ich sage: Ja, aber ich weiß nicht, ob es noch ein Heim für Adoptivkinder ist.
Im Heim spreche ich eine ältere Krankenschwester an. Sie erinnert sich, daß 1935 eine Frau Schwarz Heimleiterin war, die jetzt im Köpenicker Rathaus, im Jugendamt, arbeitet.
Mager, sauber, freundlich, faltig: das ist Frau Schwarz. Ich sage meine Daten auf, sie schlägt im Register nach, es gibt mich wirklich, mit Geburtsurkunde sogar. An meine Mutter kann sich Frau Schwarz nicht erinnern. Zu viele Frauen, zu viele Neugeborene sind durch das Heim gegangen, sagt sie. Und wenn ich die Adresse deiner Mutter hätte, ich dürfte sie dir auf keinen Fall geben. Deine Mutter hat nach der Entbindung auf alle Rechte an dir verzichtet, du bist ordnungsgemäß adoptiert worden, und deine Mutter hat unterschrieben, daß sie später nicht versuchen wird, Kontakt zu ihrem Kind aufzunehmen. Du bist das Kind deiner Adoptiveltern, mit allen Rechten und Pflichten.
Ich sage: Auf diese Rechte und Pflichten pfeife ich.
Frau Schwarz sagt: Du weißt nicht zu schätzen, daß du überhaupt Eltern gefunden hast.
Ich sage: Ich muß weg von zu Hause, sonst gehe ich ein. Und ich will wissen, welchen Weg ich gehen kann. Ich möchte nicht blind abhauen und von der Polizei wieder nach Hause gebracht werden. Ich will wegziehen, und zwar für immer.
Frau Schwarz sagt: Weshalb willst du unbedingt weg?
Ich sage: Sie haßt mich.
Wer haßt dich?
Na, Kaltesophie.
Wer ist Kaltesophie?
Sie hat am 15. Mai Geburtstag.
Das verstehe ich nicht.
Kaltesophie ist die letzte Eisheilige, fünfzehnter Mai.
Frau Schwarz sagt: Ich weiß im Augenblick nicht, was ich in deiner Angelegenheit unternehmen könnte. Köpenick ist schon längst nicht mehr zuständig für dich. Du müßtest auf das Jugendamt in deinem Heimatort gehen. Aber wenn du willst, dann schreib deinen Fall auf, mit Begründung, warum du dein Elternhaus verlassen möchtest. Vielleicht kann ich dir dann helfen.
Ich sage: Gut, ich schreibe alles auf.

Frau Schwarz sagt: Was schwebt dir denn vor, eine andere Familie oder ein Heim?
Ein Heim. Alleine war ich lange genug.
In welche Klasse gehst du?
In die neunte.
Möchtest du von der Schule abgehen oder weitermachen?
Ich will weitergehen.
Dann brauchst du ein Internat mit Oberschule.
Wäre mir am liebsten.
Frau Schwarz sagt: Natürlich ist es unerläßlich, Kontakt zu deinen Eltern aufzunehmen. Du darfst noch nicht alleine entscheiden, du kannst nicht einfach von zu Hause wegziehen.
Ich sage: Meine Geduld ist bald zu Ende.
Anschließend sind Reinhold und ich in einen russischen Film gegangen: Kutusow.

Das blaue Hemd ist funkelnagelneu, gefaltet wie ein Oberhemd, und trotzdem zerknautscht, weil es in einem Packen verschnürt war. Eva Güntzel hat es mir im FDJ-Zimmer unserer Schule überreicht. Ich habe es in eine Zeitung geschlagen und in meine Mappe gestopft. Zu Hause habe ich es vorsichtig ausgepackt und schnell in meine Kommode unter die Wäsche gelegt. In der Nacht vorm ersten Mai bin ich leise aufgestanden und habe das blaue Hemd gebügelt. Ich habe es anprobiert, der Stoff ist weich, schlaff, ich hätte beim Bügeln Wäschestärke gebraucht. Die Ärmel sind einwandfrei zu lang, die werde ich hochkrempeln.
Um halb acht sollen wir antreten. Ich werde kein Transparent tragen, denn ich bin nicht lange genug Mitglied, aber bei den Fahnen wird oft gewechselt. Manche können eine Fahne nicht länger als zehn Minuten richtig aufrecht tragen. Wenn ich den Fahnenschaft mit der Hüfte stütze, gehe ich fast eine Stunde damit.
Ich hänge das Hemd unter eine Bluse auf den Bügel und in den Schrank.

Ich war schon draußen, da hörte ich Karl in meinem Zimmer.
Wo willst du denn hin? Kannst du nicht wie gewöhnliche Leute durch die Tür gehen?
Entschuldige, aber ich klettere so gern am Wein runter.

Da gibt es nichts zu entschuldigen. Sieh bitte ein, daß das in deinem Alter nicht mehr geht.
Ich verspreche dir, es war das letzte Mal.
Nein, komm sofort zurück!
Ich bin ja schon mehr draußen als drinnen.
Ich verlange, daß du zurückkommst und unsere Wohnung durch die Tür verläßt. Was hast du denn da an?
Ein Hemd, einfach ein blaues Hemd.
Das ist doch nicht einfach ein blaues Hemd. Das ist ein ganz bestimmtes blaues Hemd. Nun beweg dich, beweg dich, bleib nicht auf dem Fensterbrett sitzen.
Ich muß mich beeilen.
Mir egal. Ich sehe nur, daß das ein FDJ-Hemd ist, das sehe ich. Und du wagst es, in diesem Hause, hier vor meinen Augen in einem FDJ-Hemd aufzukreuzen? Karl schlug mich mit der Faust ins Gesicht und schlug und schlug. Gerade er hatte mich früher nie geschlagen. Jetzt schrie er dauernd Kommunistenschwein, und als mir das Blut aus der Nase aufs Hemd tropfte, lachte er und rief: Da siehst du, Rot steht dir noch besser als Blau.

Irgendwas läuft, was ich nicht verstehe, was die Leute kirre macht und dazu verleitet, durchzudrehen und verrückt zu spielen und auf dem Kopf zu tanzen. Meine Cousine Dolores, lange von mir Lore genannt, will jetzt bloß noch Dolly heißen und fährt jeden Tag nach der Schule in den Westen rüber, in einem Kiosk Buletten verkaufen, erst rührt sie den Teig ein, dann formt sie die Buletten mit den Händen, dann brät sie die Buletten auf einer winzigen Elektroplatte in dem winzigen Kiosk, daß ihr die Augen auslaufen und der Qualm dick über die Straße zieht und die Leute anlockt, Werbung nennt sie das, Dolly läßt sie sich rufen und wälzt einen Kaugummi hin und her, wir wollten doch nach Spanien, sie dagegen kaut und kaut und immer die Caprifischer auf den Lippen, und Sambaschuhe hat sie an und einen Bordürenrock, überhaupt sind alle so schnell so anders geworden: Weststrümpfe mit Ringeln, Westpullover quergestrickt, Chiffontuch ausm Westen, Kaltesophie hat eine Handtasche ausm Westen, ein Umhängefuchs ausm Westen, ein Schirm zum Ausziehen und Zusammenschieben ausm Westen, und neulich, die Kokosnuß, erst hat sie

sie nicht aufgekriegt, dann war sie innen grau und verschimmelt. Mit Lore-Dolly ist nichts mehr anzufangen, ich wollte ihr was erklären über Imperialismus, der international ist, weswegen die Arbeiter auch Internationalisten seien, und daß Westdeutschland ein Kettenhund der USA ist, der aufrüstet und am liebsten wieder Krieg anzetteln würde, jagenaugegenuns, gegenwendennsonst, Dolly ist nur ein Jahr älter als ich und sieht schon aus wie neunzehn, da sitze ich besser mit Lydia zusammen aufm Denkmal und streite mich über Cäsar und lese den Anteil der Arbeit an der Menschwerdung des Affen, wobei Lore-Dollys Buletten aus einem Menschen einen Affen machen, wie ich das sehe.

Nach Ostern erhielt ich kein Schuldgeld mehr; zu Hause wurde von nichts anderem geredet als vom Schlußmachen mit der Schule, raus ins feindliche Leben. Im Handumdrehen hatte Kaltesophie eine Lehrstelle für mich. Ich sollte Verkäuferin für Kurzwaren werden, Broderien verkaufen, und zwar genau in dem Laden, in dem ich 1947 meine Kaffeeuntersetzer für zweifünfzig in Kommission gegeben hatte: hinter dem grauen Fenster, zwischen den grauen Knopfschachteln, in den Bergen von Hosenträgern, zwischen den hohen dunklen Regalen, auf der Riesenleiter, hinter dem breiten überquellenden Glastisch, bei dem alten blinden, zerknitterten Fräulein.

Ich nicht. Mit mir nicht. Mich zwischen Handarbeiten stellen und da stehenlassen, nee. Da habt ihr euch gewaltig geschnitten. Eher gehe ich ins Wasser.

Vergiß nicht, daß du noch immer nicht schwimmen kannst. Fuffzehn und Nichtschwimmerin.

Um so besser. Gehe ich wenigstens unter.

Anfang Mai, eine Woche nach der Volksbefragung »Sind Sie gegen die Remilitarisierung Deutschlands und für einen Friedensvertrag mit Deutschland im Jahre 1951?« wurde ich von meiner FDJ-Grundeinheit für einen Lehrgang vorgeschlagen. Er sollte von Ende Mai bis Ende Juni stattfinden, uns auf unsere Aufgabe als Gruppenleiter bei den Weltfestspielen im Sommer und als Zirkelleiter für das nächste FDJ-Schuljahr vorbereiten. Mitte Mai wurde dann eine Betriebs-

besichtigung bei den Rütgerswerken organisiert, um uns mit dem Lehrstellenangebot bekannt zu machen. Einige Schüler wollten nach der Neunten abgehen, und die jetzt volkseigenen Chemiebetriebe suchten Lehrlinge. Die Schule hatte unsere Eltern durch ein Rundschreiben von der Betriebsbesichtigung informiert. Kaltesophie sagte: Wenn du unter gar keinen Umständen Verkäuferin werden willst, dann versuche es als Chemielaborantin. Das ist ein Beruf mit Zukunft.
Weder vor noch nach dem Besuch der Rütgerswerke hatte ich die Absicht, von der Schule abzugehen.
Ein paar Tage später sagte ich dann beim Abendbrot, daß ich auf den FDJ-Lehrgang fahren werde. Karl und Kaltesophie stimmten zu unter der Bedingung, daß ich im Herbst eine Lehrstelle annehme.

Also was noch ach ich nehme einfach alles mit was ich habe aber den Shakespeare doch nicht den kriege ich überall wieder einen der Röcke aus Rolltuch packe ich ein den anderen ziehe ich an das blaue Hemd ziehe ich an die Schuhe das dicke blaue Kleid mitten im Sommer wird eingepackt dreimal Unterwäsche immer noch aus diesem ausgekochten gefärbten Landkartenstoff Turnhemd Turnhose jetzt die Bücher von Gorki alles die Junge Garde zwei Schreibhefte voller Gedichte Lohnarbeit und Kapital Anteil der Arbeit Über den Staat die Medea von Euripides das Balladenbuch nochmal Balladen von Goethe und Schiller Egmont den Shakespeare packe ich doch noch ein obwohl das Buch schon zerfällt das wäre alles es sei denn ich stehle Karl ein zwei Bände aus seiner Schillerausgabe er liest sowieso nie drin Mirza Schaffy habe ich vergessen das Zigarettenbilderbuch Deutsche Kolonien lasse ich zurück ab jetzt wird für die Befreiung der Völker vom Kolonialjoch gekämpft besonders in Afrika.

Wir sind fünfzig Lehrgangsteilnehmer in einem alten, jetzt enteigneten Jagdschloß. Das Haus steht in einem großen Park; früher gehörte es einem Grubenbesitzer. Es hat nur zwei Etagen, ist aber weitläufig durch die Seitenflügel. Unten links liegen die Seminarräume, darüber ein großer Vorlesungssaal. Unten rechts ist unser Schlafsaal, darüber liegt der Schlafsaal der Jungen. Von unserem Schlafsaal führt eine große Doppeltür direkt in den Park.

Sechs Uhr dreißig Wecken.
Sechs Uhr fünfundvierzig Frühsport.
Sieben Uhr fünfzehn Frühstück.
Sieben Uhr fünfundvierzig Morgenappell.
Acht bis zehn Uhr Vorlesung.
Zehn Uhr fünfzehn bis zwölf Uhr fünfzehn Vorlesung.
Zwölf Uhr fünfzehn bis zwölf Uhr dreißig Schlafsaal reinigen.
Zwölf Uhr dreißig Mittagessen.
Dreizehn bis fünfzehn Uhr Freizeit.
Fünfzehn bis achtzehn Uhr Seminar oder Selbststudium.
Achtzehn Uhr fünfzehn Abendappell.
Achtzehn Uhr dreißig Abendessen.
Neunzehn Uhr Versammlung.
Zwanzig Uhr Kulturarbeit und frohes Jugendleben.
Zweiundzwanzig Uhr dreißig Nachtruhe.

Sogar an die Pflanzen erinnere ich mich, die in unserem verwilderten Park geblüht haben. Je weiter ich mich vom Haus entfernte, um so ähnlicher wurde er einem Laubwald, wie ich ihn mir in südlichen Ländern vorstellte: Rippenfarne, die aussahen wie ein Bündel Aalgräten, die Akelei, violett, fast schwarz, fast verblüht, Wolfsmilch und der wölfische Eisenhut, bärtige Glockenblumen und manchmal ein roter Fingerhut, größer als ich. Rechts und links der Birkenallee, die bei einer Familiengruft endete, zogen sich hellgrüne Moosflächen hin, die in der Sonne schimmerten wie Samt. Und hier wuchs auch die Türkenbundlilie, von der ich so viel gehört, die ich so lange gesucht hatte und die ganz anders aussah, als ich dachte. Sie erinnerte mich eher an eine Orchidee: ein blasses Rot, beinahe Rosa und weit herausragende, nach unten hängende Staubbeutel in gleichmäßigem dunklem Karminrot. Sonst stand der Wald voller Immenblatt und Hundezunge.

In Dreierreihen auf dem breiten Kiesweg, streng ausgerichtet und stolz und Kopf hoch und vorwärts und die Augen geradeaus und die Augen links zwei drei: eine zwanzig Minuten lange, entschlossene Runde um das Jagdschloß.

Dem Morgenrot entgegen,
Ihr Kampfgenossen all!
Des Kampfes ist kein Ende,
Eh nicht im weiten Rund
Der Arbeit freies Volk gesiegt
Und jeder Feind am Boden liegt.
Wir sind die Junge Garde
Des Proletariats!
Wir sind die Junge Garde
Des Proletariats!

Mit uns haben sie noch zu rechnen, die Faschisten, die Kriegstreiber, die Wiederaufrüster, die Reaktionäre, die enteigneten Saboteure, die ehemaligen Großkapitalisten, die Hitler erst das Geld gegeben haben. Wir werden dieses ganze Land umstülpen, bis es richtig Spaß macht zu leben. Allen, die arbeiten, wird es erst richtig Spaß machen zu leben. An uns werden sich die Feinde unserer Republik noch die Zähne ausbeißen. Uns kriegen sie nicht mehr klein. Wir geben von diesem unserem Land keinen Meter zurück.
Jeden Morgen, jeden Abend Fahnenappell.

Hier fühle ich mich wohl. Hier brauchen sie mich. Hier werde ich anerkannt. Hier ist Aussicht auf Leben. Hier werde ich nicht unterworfen, hier bin ich nicht unterwürfig. Hier sind wir freundlich zueinander. Hier ist nicht alles umsonst. Hier ist Hoffnung. Hier lerne ich für den Sozialismus. Hier wird auf jeden von uns gebaut. Hier hat die Finsternis ein Ende. Hier wird gemeinsam gegessen. Hier wird auf das Leben losgegangen. Hier haben alle Schläge ein Ende. Hier bin ich nicht einsam. Hier hat die Angst ein Ende. Hier komme ich zu mir. Hier fange ich bei mir selber an. Hier wird nicht vorgeworfen und gedroht und erpreßt und bestraft. Hier ist Zuversicht. Hier bin ich richtig.

Links
und links
und links zwei drei
was ist denn mit der los
die kann ja den Stechschritt aus dem Effeff
komm her du
stell dich mal vor die Hundertschaft

nein so nicht
einmal rechts um
erst machst du es ihnen vor
dann übernimmst du das Kommando
links
links
links zwei drei vier
nee
wir sagen besser
links
und links
und links zwei drei

Wecken gefällt mir nicht. Die Glocke, die aus dem Lautsprecher über der Flügeltür durch den Schlafsaal dröhnt, erschreckt mich. Ich stehe früher auf. Um fünf bin ich auf den Beinen, damit ich nicht mit allen zugleich in den Waschraum muß, mit allen zugleich auf die Toiletten, mit allen zugleich in die Turnhosen und Turnhemden. Ich bin schon fertig, wenn alle zugleich herausstolpern und sich aufstellen zum Frühsport: Laufen, Einatmen, Füße spreizen, Springen, Arme hoch und Ausatmen. Bis dahin habe ich noch Zeit. Ich treibe mich im Park herum, sehe nach, ob die Akelei und die Lilien schon verblüht sind, gehe runter zur Quelle und denke darüber nach, wie ich es anstelle, nicht mehr nach Hause zurück zu müssen. Langsam, gründlich, Schritt für Schritt muß ich vorgehen. Grete Neubert, ein Mädchen aus meinem Lehrgang, hat mich nach Potsdam eingeladen, ihr Mann ist hauptamtlicher Funktionär und auf einem Lehrgang; ich könnte bis zu den Weltfestspielen in Potsdam bleiben, hätte den ganzen Sommer vor mir, um ein Internat zu suchen.

Der historische Materialismus.
Der dialektische Materialismus.
Geschichte der internationalen Arbeiterbewegung.
Geschichte der deutschen Arbeiterbewegung.
Das Wiedererstehen des aggressiven westdeutschen Imperialismus.
Die Antifaschistisch-Demokratische Grundordnung.
Die Kurze Geschichte der KPdSU(b).
Der Große Vaterländische Krieg.

Die Rolle des Sozialdemokratismus und des Sektierertums. Die Rolle der Partei neuen Typs als Avantgarde der Arbeiterklasse.

Vor Beendigung des Lehrgangs finden laufend Kaderbesprechungen statt. Vier Leute von der Lehrgangsleitung und ein Genosse von der Kreisleitung der Partei sitzen im großen Saal an einem langen Tisch und fragen jeden Lehrgangsteilnehmer, wo und wie er nach dem Lehrgang politisch arbeiten werde. Es sind allgemeine Einsatzbesprechungen, nicht nur die Weltfestspiele betreffend, sondern auf den jeweiligen Arbeits- oder Lernplatz zugeschnitten. Der Selbsteinschätzung folgt eine Einschätzung der Lehrgangsleitung über das Verhalten während des Lehrgangs. Diese Beurteilung wird an die Grundorganisation weitergeleitet.
Beruf?
Ich gehe noch zur Schule.
Grundeinheit?
Oberschule.
Lehrgang bestanden?
Ja.
Jetzt sind Ferien. Da kommt ein konkreter Einsatzplan für dich kaum in Frage.
Ihr könnt mich einsetzen, wo ihr wollt.
Du könntest bei euch an den Vorbereitungen zu den Weltfestspielen teilnehmen.
Von meinen Mitschülern ist den Sommer über fast niemand zu erreichen.
Sie werden nicht alle verreist sein. Nimm trotzdem mit ihnen Verbindung auf.
Ich möchte lieber woanders eingesetzt werden.
Wohnst du nicht bei deinen Eltern?
Ich möchte nicht nach Hause zurück.
Und im September, wenn die Schule wieder anfängt?
Ich bin gerade dabei, mir eine Oberschule mit Internat zu suchen und war deshalb schon beim Jugendamt. Die wollen mich unterstützen.
Darauf kommen wir noch zurück. Erstmal: In welchem Kreis möchtest du eingesetzt werden?
Am liebsten in Potsdam, weil ich dort bei Grete Neubert wohnen könnte. Ihr Mann ist selber auf einem Lehrgang.

Potsdam, warum nicht. Ist Grete Neubert bereit, für dich zu bürgen?
Ja.
Andere Frage: warum willst du dein Elternhaus verlassen?
Es sind meine Adoptiveltern. Ich ertrage es nicht länger, bei ihnen zu leben.
Die Gründe?
Sie zwingen mich, von der Schule abzugehen. Ich soll eine Lehre annehmen.
Es ist schließlich keine Schande, als Lehrling in einem volkseigenen Betrieb die Arbeiterklasse kennenzulernen, gemeinsam mit ihr für ein besseres Leben zu kämpfen.
Ich bin bereit, später in einen Betrieb zu gehen. Erst möchte ich die Schule fertigmachen.
Warum sollst du abgehen? Haben deine Eltern kein Geld? Sind sie auf das Geld angewiesen, das du als Lehrling nach Hause bringen würdest?
Sie haben genug Geld, nicht viel, aber genug. Es geht um die Schule. Mein Vater sagt, dort würden nur noch Vaterlandsverräter erzogen.
Mit anderen Worten, dein Vater ist reaktionär.
Ja.
Und deine Mutter?
Dasselbe.
Als ich am ersten Mai ein blaues Hemd angezogen habe, hat mein Vater mich blutig geschlagen.
Wir könnten dich den Sommer über als hauptamtliche Instrukteurin einsetzen, andererseits bist du noch lange nicht mündig. Wir werden überprüfen müssen, was du uns erzählt hast.
Wieso? Glaubt ihr mir nicht?
Wir glauben dir, aber du willst mehr von uns als Glauben. Du sagst, daß du dir ein Internat suchen willst. Also brauchst du Hilfe. Erstens: wenn du einen Schulwechsel vornehmen möchtest, wendest du dich in Potsdam an die Landesregierung, Abteilung Volksbildung. Es gibt in jedem unserer fünf Länder eine Landesoberschule, stelle den Antrag, in eine solche Schule mit Internat eingewiesen zu werden. Zweitens: wenn sich herausstellt, daß deine Eltern dich mit Gewalt an deiner gesellschaftlichen Entwicklung hindern wollen, dann kann niemand dich zwingen, in dein Elternhaus zurückzukehren.

Können Sie mich nicht durch die Polizei nach Hause holen lassen?
Nein. Seitdem wir das Jugendförderungsgesetz haben, hat jeder Jugendliche das Recht, aktiv am politischen und wirtschaftlichen Aufbau unseres Landes teilzunehmen. Das Gesetz sichert dir weiterhin das Recht auf Schulbildung, deinen Fähigkeiten entsprechend. Darauf berufst du dich bei der Abteilung Volksbildung. Wir werden dich nach Abschluß des Lehrgangs als hauptamtliche Instrukteurin einsetzen und dir mit Beginn des neuen Schuljahres eine Beurteilung mitgeben. Außerdem haben wir beschlossen, dich nicht in einem Privathaushalt wohnen zu lassen, sondern dir ein Zimmer im Erholungsheim des Zentralrats der FDJ in Caputh zuzuweisen.
Was passiert, wenn meine Eltern den Adoptivvertrag lösen?
Gar nichts. Dann übernimmt das Jugendamt die Vormundschaft für die restlichen drei Jahre.

An dem Tag, an dem der Lehrgang zu Ende war, wurde die FDJ in Westdeutschland verboten.

Ich habe den Garten in Caputh sehr früh unter Tau und in der Nacht wieder gesehen.
Die Äpfel wurden reifer
und die haarigen Brennesseln überragten mich schon
achtzig Meter zum Seeufer
unsere Boote schlagen an
unser Steg durchschneidet die Umrandung aus Schilf.
So viel Wasser, maßlos viel Wasser in den Havelseen.
Der Pflaumenbaum
und ein Haus in Caputh.
Morgens abends versammeln sich
Mücken Falter Fliegen Weberknechte
um meine Lampe, sie übernachten an der Decke, nisten sich ein:
die Freiheit, für immer das Fenster offen zu lassen.
Im Garten singen sie noch
im August blühn die Rosen
ein Haus in Caputh und ein See neben dem andern.
Im Flur des Erholungsheimes spricht mich einer an.

Ich hätte mal eine Bitte an dich.
Tut mir leid, ich kann nicht nähen.
Du sollst nicht nähen, sondern bügeln.
Ich kann auch nicht bügeln.
Kannst du nicht oder willst du nicht?
Beides.
Versuche es doch mal, bloß zwei Hemden.
Hemden schon gar nicht. Wie alt bist du?
Zweiunddreißig.
Das habe ich mir gedacht. Was machst du?
Ich studiere, Politische Ökonomie in Karlshorst.
Und was machst du hier?
Ferien.
Dann kannst du dir auch die Hemden selber bügeln.
Was machst du denn?
Ich arbeite als Instrukteurin.
Ich heiße Herbert, wenn du mal jemanden brauchst.

Und agitiert und propagiert und durch die Brandenburger Vorstadt und alle Straßen rauf und runter und in jede Schule, in jedes Büro, in jeden Betrieb, durch die Jäger Vorstadt über den Großen Schragen, die Sonne hört nicht auf zu brennen, und wieder einen Stapel Broschüren losgeworden, Das Leben Stalins und sein Werk, Die Grundfragen des Marxismus Leninismus Stalinismus, Um den Kampf für die Schaffung der bolschewistischen Partei, und rein in die Nauener Vorstadt und für den Erwerb des Abzeichens für gutes Wissen geworben, mindestens in Bronze, und das FDJ-Schuljahr vorbereitet, und wer eignet sich als Zirkelleiter, wer geht erstmal auf den Zirkelleiterlehrgang, weiter bis nach Nedlitz und zurück in die Innenstadt, ich hatte euch die Literaturliste versprochen, Ashajew, Fern von Moskau, Babajewski, Ritter des Goldenen Sterns, Weinert, Memento Stalingrad, Kurze Lebensbeschreibung J. W. Stalin, und treppauf treppab und mitten in eine Werkskantine, Mittagessen und ich mit der Bodenreform und dem US-Imperialismus und weiter, letzte Anweisungen zu den Treffpunkten, Sammeln, um nach Berlin zu fahren, und hier noch ein Stapel Liedertexte und weiter und nach Hause, der Pförtner hat eine Karte übrig für ein Konzert im Schloß Sanssouci, her damit, und wieder los. Wir malen ein großes Wandplakat für die Eingangshalle.

»Das Teuerste, was der Mensch besitzt, ist das Leben. Er erhält es nur einmal und muß so leben, daß es ihm nicht quälend leid tut um ziellos verbrachte Jahre, daß ihm nicht die Schande wegen einer niedrigen und kleinlichen Vergangenheit auf der Seele brennt.« Nikolai Ostrowski.

Spät abends, auf dem langen Heimweg nach Caputh, knicken mir in der Bahn die Beine ein vor Müdigkeit. Ich schlafe im Stehen, ich schlafe im Sitzen, ich schlafe bis zur Endstation. Auf der Straße habe ich Halluzinationen, mir fallen die Augen zu, ich falle lang hin.

Für die Weltfestspiele in Berlin wurde mir eine Fünfzigergruppe anvertraut. Wir fahren in Güterwaggons von Potsdam aus nördlich um ganz Berlin herum bis Weißensee, sitzen in den offenen Waggontüren und lassen die Beine raushängen. Wir singen Jugendlieder, Volkslieder, Arbeiterlieder, Spanienlieder, Weltfestspiellieder. Der Güterzug, ein langer Chor, fährt sehr langsam, bleibt oft stehen; wir fahren durch die märkische Heide, an Kiefern und Birken entlang.
Neben mir sitzt eine junge Frau, die bei der Landesregierung, Abteilung Volksbildung, arbeitet. Sie heißt Regine und ist fünfundzwanzig Jahre alt. Sie verspricht, mir gleich nach den Festspielen einen Termin zu geben und mit mir durch die verschiedenen Abteilungen zu gehen, damit ich bis Anfang September ein Internat finde.
Regine sagt: Du denkst wirklich, die Russen bringen uns nur den Sozialismus?
Den brauchen sie uns nicht zu bringen, sage ich, machen wir selber. Aber sie haben den Faschismus besiegt und die KaZets aufgemacht und die Kapitalisten weggejagt.
Dagegen ist nichts zu sagen. Aber warum verhaften sie Leute von uns und bringen sie wochen-, manchmal jahrelang nicht zurück?
Das sind doch Gerüchte.
So einfach ist es nicht, wies in deinem Kopf aussieht. In meinem Kopf siehts nicht einfach aus. Die politische Wirklichkeit ist ziemlich einfach.
Und ich sage dir, die haben 'ne Geheimpolizei, die GPU, und verhaften und schlagen. Gleich bei euch um die Ecke, in der Puschkinallee, steht ein Haus, wo die Kellerfenster und die

Fenster im ersten Stock vernagelt sind. Da halten sie Verhaftete fest. Da kannst du dich nachts hinstellen und mal hinhören.
Es laufen noch genug Nazis rum und Saboteure.
Die nehmen, was sie kriegen.
Hör auf, mich zu beackern. Warum fährst du mit uns zu den Weltfestspielen,wenn du dagegen bist?
Ich bin nicht dagegen. Ich bin schon seit über einem Jahr in der FDJ und hab immer gern mitgearbeitet. Aber jetzt bin ich wütend.
Wenn du es unbedingt loswerden mußt, erzähl es mir.
Wenn ich nur wüßte, was eigentlich los war.
Siehst du, ein Riesendurcheinander und nichts Genaues. Aber schimpfen.

Nach der Ankunft in Weißensee, wir waren fünf Stunden unterwegs, hatte ich die Aufgabe, für Nachtlager und Verpflegung zu sorgen, meiner Gruppe unsere Termine und das Veranstaltungsprogramm mitzuteilen; ich erhielt einen Hausschlüssel und sollte darauf achten, daß wir alle abends um elf im Haus sind. Daraus wurde nichts, es hat uns auch niemand überprüft. Wir waren auf dem Dachboden eines Wohnhauses untergebracht, der mit Stroh ausgelegt war. Es war eher Häcksel und flog uns dauernd um die Ohren.
Was sagst du, wenn ich dir erzähle, daß sie meinen Mann abgeholt haben. Was sagst du, wenn ich dir erzähle, daß mein Mann, dreißig Jahre alt, immer ein aufrechter Genosse war. Was sagst du, wenn ich dir erzähle, daß er plötzlich verschwand. Was sagst du, wenn ich dir erzähle, daß er im gleichen Haus gearbeitet hat wie ich, einen Stock über mir, Abteilung Landwirtschaft, und die haben mir kein Sterbenswörtchen gesagt. Was sagst du, wenn ich dir erzähle, daß sie ihn die Treppe runtergebracht haben und an meiner Abteilung vorbeigegangen sind und haben mich nicht benachrichtigt. Was sagst du, wenn ich dir erzähle, daß er drei Wochen lang nicht nach Hause kam, und ich bin von Pontius zu Pilatus gelaufen und habe nur Achselzucken geerntet. Was sagst du, wenn ich dir erzähle, selbst die, die was gewußt haben, haben mir glatt ins Gesicht gesagt, vielleicht ist er abgehauen. Was sagst du, wenn ich dir erzähle, daß sie, als ich

ihnen antwortete, mein Mann haut nicht ab, der ist Kommunist, daß sie gesagt haben, da solle ich man nicht so sicher sein, sie hätten schon Pferde kotzen gesehen. Was sagst du, wenn ich dir erzähle, wie er aussah, als er nach drei Wochen plötzlich wieder vor der Tür stand: zerschlagen, kahlgeschoren, abgerissen, kein Knopf mehr am Jackett, kein Knopf mehr an der Hose, am Hemd. Zerschunden, halb verhungert, stinkend vor Dreck, so ist er nach Hause gekommen. Was sagst du, wenn ich dir erzähle, daß er mir nichts erzählt, bloß gesagt hat, daß er nichts erzählen dürfe und das auch niemals tun werde. Was sagst du, wenn ich dir erzähle, daß einer aus seiner Abteilung nachm Westen ist und hat Pläne von MTS-Gründungen mitgenommen, einer, der unter ihm gearbeitet hat, und mein Mann sollte verantwortlich dafür sein. Was sagst du, wenn ich dir erzähle, mein Mann ist noch immer Kommunist, obwohl sie ihn unschuldig eingesperrt und gequält haben. Was sagst du, wenn ich dir erzähle, daß seine Genossen zu mir gesagt haben: Wo gehobelt wird, fallen Späne.

Am 5. August 1951 eröffnet der Präsident des Weltbundes der Demokratischen Jugend, Enrico Berlinguer, in Berlin die dritten Weltfestspiele der Jugend und Studenten für den Frieden. Wir sind zwei Millionen aus mehr als fünfzig Ländern. Zu unseren Gästen gehören Nazim Hikmet, Pablo Neruda, Martin Andersen Nexö und Jorge Amado.

Und von Festwiese zu Festwiese getaumelt, auf den Freilichtbühnen gehen die Lichter nicht aus, immer umarmt und in Kreisen und Reihen getanzt, gejubelt. Die ganze Welt ist da, aus all der Herren Länder, in denen wir die Herren beiseite fegen werden. So viel Musik, so viel Gewißheit. Alles macht Spaß bis zum Wahnsinnigwerden.

Eines Sonntagsmorgen um acht flog meine Zimmertür auf, und Kaltesophie stand vor meinem Bett.
Pfui Teufel, was stinkt denn hier so, was hast du denn da auf dem Kopf?
Läuse.
Wo hast du denn die aufgegabelt?
Bei den Weltfestspielen.

Die einen haben sich Babys, du hast dir Läuse andrehen lassen. Scheint ja für jeden etwas gegeben zu haben.
Was willst du hier?
Deinen Brief haben wir erhalten und uns gefreut, daß du überhaupt noch Bescheid gegeben hast. Wir wollten schon zur Polizei gehen und dich suchen lassen. Du wohnst ja recht herrschaftlich.
Ist das alles?
Nein, meinen Koffer möchte ich abholen.
Den Koffer? Und wie soll ich meine Sachen transportieren?
Geht mich nichts mehr an, du stehst ja nun auf deinen eigenen Füßen. Wir haben beschlossen, dich ziehen zu lassen, wohin du willst. Aber von uns kriegst du keinen Pfennig mehr, und wenn du auf dem Zahnfleisch gehst.
Ich habe weder Geld erwartet noch verlangt.
Und nun den Koffer.
Moment, ich mache ihn erstmal leer.
Komm mir nicht zu nahe mit deinem verlausten Schädel.
Sie stand an der Tür und sah zu, wie ich einen Rest Sachen in den Schrank gepackt habe, dann warf ich ihr den Koffer an den Bauch.

Und rein ins Wasser und weg und runter damit, ganz Potsdam ist auf den Beinen und feiert, wirklich ein Volksfest, in Potsdam wird der preußische Geist versenkt, über die Lange Brücke und rechts runter zur Alten Havel, eine riesige Puppe, angezogen wie Friedrich der Große, und weg damit und rein in die Alte Havel, und ein Sarg wird getragen, in dem steckt der preußische Geist, unter Jubel wird er versenkt, für immer hinein ins nasse Grab, für alle Zukunft liegen da auf dem Grunde der Alten Havel die Prügelstrafe, das Spießrutenlaufen, der Militarismus, der Feudalismus, die Aushebung, der Drill, das und nichts anderes wird versenkt und begraben in Potsdam in der Alten Havel.

Einer unserer Instrukteure sagt, ich solle morgen nachmittag um drei hinüber in die Landesleitung der Gesellschaft für Deutsch-Sowjetische Freundschaft kommen. Sie wollten dort ein Gespräch mit mir führen über meine Zukunft. Ich frage, wieso die DSF mit mir etwas zu beraten hätte. Er weiß

es nicht und sagt, ich würde doch ein Internat suchen, vielleicht geht es darum.
Ja, antworte ich, aber das Internat besorgt mir doch die Abteilung für Volksbildung.
Der Mann, der mich in der Landesleitung der DSF befragt hat, war klein, sehr breit und saß hinter einem schweren Schreibtisch. Auf der dunkel polierten Platte lagen nur ein paar leere Seiten Papier. Der Mann hatte glatte Haare, ziemlich dicht und gerade nach hinten gekämmt, kein Scheitel, etwas strähnig, glänzend schwarz, aber nicht fettig, bloß glänzend. Sein Gesicht war rund, die Augen schmal und dunkel, dichte Wimpern, dichte Augenbrauen. Seine Blicke waren beweglich, dann wieder starrend, bohrend. Er trug ein FDJ-Hemd, obwohl er kein Jugendlicher mehr war. Ich schätzte ihn auf über vierzig.
Das wirklich Auffallende an ihm war nicht sein Aussehen, es war die Sprache. Er sprach ein hartes, gerolltes, nicht falsches und trotzdem gebrochenes Deutsch.
Du hast bis Ende Juni einen FDJ-Lehrgang besucht?
Ja.
Du bist von der Lehrgangsleitung als Instrukteurin für die hiesigen FDJ-Betriebsgruppen empfohlen worden?
Ja, vorübergehend, bis das nächste Schuljahr beginnt.
Du arbeitest hauptamtlich, obwohl du noch nicht mündig bist. Du bist Schülerin?
Oberschülerin.
Du bist nach Abschluß des Lehrgangs nicht in dein Elternhaus zurückgekehrt?
Nein.
Du hast deine Eltern von diesem Schritt nicht informiert?
Doch, im nachhinein.
Dir ist klar, daß wir dich jederzeit nach Hause zurückbringen können?
Nein.
Natürlich weißt du ganz genau, daß deine Eltern auch weiterhin die Erziehungsberechtigung über dich haben.
Nein. Die Lehrgangsleitung hat mich auf das Jugendförderungsgesetz hingewiesen. Ich muß nicht nach Hause, wenn meine Eltern mich an meiner gesellschaftlichen Entwicklung hindern.
Und das versuchen sie?

Nein, jetzt nicht mehr. Meine Mutter hat gesagt, sie bestehen nicht darauf, daß ich nach Hause komme. Ich darf in ein Internat ziehen.
Aber sie haben dich an deiner gesellschaftlichen Entwicklung gehindert?
Eigentlich doch nicht, sonst wäre ich ja nicht hier.
Sie haben es also versucht. Wie haben sie es versucht?
Sie wollten mich nicht mehr zur Schule gehen lassen.
Kann man nicht in einem Betrieb arbeiten oder ein Handwerk lernen?
Ich will zur Schule gehen!
Hochmut oder Trotz?
Warum fragen Sie mich das alles?
Weil es noch lange nicht genügt als Behinderung deiner gesellschaftlichen Entwicklung. Ich will mehr hören, Genaueres!
Ich durfte nicht zu Versammlungen gehen, ich durfte lange nicht in die FDJ eintreten. Meine Eltern sind eben reaktionär, erzreaktionär. Mein Vater hat mich ein Kommunistenschwein genannt.
Jetzt kommen wir der Sache schon näher. Kommunistenschwein, so. Mit anderen Worten: Antikommunist. Beweise!
Was soll ich da beweisen? Mein Vater denkt eben so. Er ist ja schon alt, und alle Leute in seinem Alter denken so.
Beweise, habe ich gesagt!
Er macht ja nichts. Ich meine, er betätigt sich nicht.
Ich rede nur von seiner Meinung.
NSDAP?
Nein.
Soldat? Wehrmachtsangehöriger?
Nein.
Warum nicht?
Er war zu alt, außerdem schwer herzkrank.
Mitglied anderer faschistischer Organisationen?
Nein.
Wieso nicht, wenn er erzreaktionär ist?
Er war schon vorher gegen Hitler, so mehr von rechts.
Wie alt?
Er ist einundneunzig geboren, jetzt also sechzig Jahre genau.

Volkssturm?
Ja, ganz zum Schluß.
Eingesetzt?
Nein.
Was ist er denn nun, wenn er überhaupt nichts ist? Erzähle uns doch keine Märchen!
Er ist für den Kaiser.
Und vor dem hast du Angst? Vor einem Monarchisten?
Er hat mich geschlagen.
Hör mal, du bist hier nicht zum Spaß. Liest er Westzeitungen?
Ja.
Hat er Freunde in West-Berlin?
Ja, einen.
Name!
Weiß ich nicht.
Name!
Der Mann war im Ersten Weltkrieg mit ihm zusammen bei den Gebirgsjägern, daher kennen sie sich.
Name!
Georg.
Georg, und weiter? Wirds bald!
Keunler, oder so.
Siehst du, kommt alles wieder zum Vorschein, was einmal im Kopf drin war. Wo wohnt er? Seine Adresse!
Ich war sieben oder acht, als wir die Leute zuletzt besucht haben.
Denk nach! Wir warten. Denke nach, denke an nichts anderes.
Tut mir leid.
Dein Vater fährt regelmäßig nach West-Berlin.
Naja, jede Woche mal.
Und bringt politische Schriften und Broschüren mit.
Nein, nein.
Er kauft drüben Zeitungen, so viel wissen wir.
Bloß eine Rundfunkzeitung und eine Fußballzeitung. Er schwärmt für Hertha BSC.
Woher willst du so genau wissen, daß er nicht auch andere Materialien mitbringt?
Ich weiß es. Er zeigt ja, was er in der Tasche hat.
Und heimlich?

Der doch nicht.
Du bist von zu Hause weggegangen und entschlossen, nicht mehr zurückzukehren?
Ja.
Deine Eltern haben dich adoptiert?
Ja.
Hast du außer diesen Adoptiveltern noch andere Verwandte, Blutsverwandte gekannt oder weißt du von ihnen?
Nein.
Fang jetzt nicht an zu heulen!
Ich dachte, Sie hätten mich hergerufen, weil es um eine Schule für mich geht.
Später. Zuerst muß mal deine Herkunft geklärt werden, dein Klassenstandpunkt.
Ich brauch keine Herkunft mehr.
Du wirst nicht leugnen, daß auch dir ein gewisser Klassenstandpunkt anerzogen worden ist. Hör auf zu heulen! Bring ihr ein Glas Wasser, Genosse!
Ich verstehe das alles nicht.
Sabotage, nie gehört? Bezahlte Agenten des Imperialismus, nie gehört? Wo wirst du dich in der nächsten Zeit aufhalten?
Ich wohne noch im Haus des Zentralrats der FDJ. Ich weiß, mir fehlen noch das Wissen und die Erfahrung, aber ich werde bestimmt eine gute Kommunistin werden. Ich will mein ganzes Leben dem proletarischen Internationalismus und der Befreiung des Menschen von der Unterdrückung durch den Menschen widmen.
Gut, gut, gut, das interessiert im Augenblick nicht. Ich habe gefragt, wo du in Zukunft zu erreichen bist.
Ich bemühe mich um Aufnahme in eine Landesoberschule, und dort werde ich sofort beantragen, mich als Kandidatin der Partei –
Das reicht für heute. Folgendes: über dieses Gespräch mit uns wirst du zu niemandem reden, kein Wort, verstanden? Kein Wort über unsere heutige Aussprache, zu niemandem!
Der Mann, der mich hergebracht hatte und hinter mir saß, stand auf, öffnete mir die Tür, ging mir voran bis zum Portal und schloß hinter mir die große, verzierte, hölzerne Eingangstür der Villa, in der die Landesleitung der Gesellschaft für Deutsch-Sowjetische Freundschaft ihren Sitz hatte.

Ich liege im Garten, zehn Meter vom Seeufer entfernt, unterm Pflaumenbaum, der ein Mirabellenbaum ist, und weiß nicht mehr, wie ich hierhergekommen bin und ob ich je wieder aufstehe oder gleich für immer unter dem Mirabellenbaum liegenbleibe, warum erntet denn niemand die Mirabellen ab, die Erde ist bedeckt damit, und dauernd fallen mir nasse, überreife Früchte ins Gesicht und auf den Bauch, aber ich stehe nicht auf, ich liege hier und weiß nicht weiter, und wenn ich aufstehen würde, wüßte ich auch nicht weiter. Der hat doch viel mehr nach Karl gefragt als nach mir, und warum wollte Herbert mich begleiten, als ich ihm erzählt hatte, daß ich mich bei der DSF melden sollte, warum habe ich Herbert dann doch nicht mitgenommen, und wenn er unbedingt hat mitkommen wollen, warum hat er mir dann nicht gesagt, weshalb ihm das so wichtig ist, vielleicht hat er gewußt, was mich erwartet. Ich bleibe jetzt hier liegen, bis mich jemand findet, aber mich findet schon keiner mehr, die Mirabellen haben mich schon zugedeckt, ihnen werden die Wespen folgen, die Maden und Ameisen, alle zusammen werden mich auffressen. Vor allen Dingen weiß ich nicht, warum ich von dem Gespräch niemandem erzählen soll, was ist daran Geheimnisvolles, ich habe doch nur die Wahrheit gesagt, bloß wozu, es war, als hätten noch andere Bedeutungen in allen Sätzen, allen Fragen gesteckt, ich muß dahinterkommen, ich müßte aufstehen und Herbert suchen und ihm erzählen, was die alles wissen wollten. Ich denke nicht daran, das Gespräch zu verschweigen, wenn es auch ein Befehl war, zu niemandem über unser Gespräch zu reden, was denkt der sich denn, schließlich gehen die zu Karl und Kaltesophie und halten ihnen die Rundfunkzeitung vor, außerdem hat sie ja Broschüren mitgebracht, Die rote Flut, wenn die das finden, die Geschichte mit dem Westgeld habe ich ja nicht erwähnt, aber wenn die wirklich hingehen, kriegen sie auch das raus, das erzählt ihnen die ganze Straße, und zwar freiwillig, aber warum das alles: so langweilige, untätige, nichtssagende Leute, nicht mal Faschisten sind sie gewesen, außer, daß sie nichts verhindert haben. Wieso haben die mich bei der DSF ausgequetscht, feindlich behandelt, ich fühle mich betrogen irgendwie und weiß nicht weiter.

Anfang September bestellte mich Regine zur Landesregierung. In der Eingangshalle erhielt ich vom Pförtner einen Laufzettel für ihre Abteilung. Sie hatte Himmel und Hölle in Bewegung gesetzt und überreichte mir nun einen geschlossenen Brief, adressiert an den Schulleiter der Landesoberschule mit Internat in Waldsieversdorf bei Buckow, märkische Schweiz. Sie sagte: Du erhältst monatlich sechzig Mark Schulgeld, dazu hast du alles frei, Schlafen, Essen, Bücher, alles umsonst.

An meinem sechzehnten Geburtstag zog ich dann ins Internat. Unsere Köchin in Caputh hatte mir zwei Mehlsäcke ausgewaschen, in die ich meine Sachen packte. Im Laufe des Sommers waren eine Menge Bücher und Broschüren hinzugekommen.
Morgens um sechs ging ich los, erst zum S-Bahnhof Potsdam, dann mit der S-Bahnlinie Potsdam–Erkner bis Ostkreuz. Funktionäre durften nicht durch West-Berlin fahren, aber ich war im Augenblick kein Funktionär: also bis Ostkreuz, dort umsteigen und mit der S-Bahn nach Strausberg, in Strausberg warten auf den Küstriner Dampfzug, durch das Rote Luch nach Müncheberg, in Müncheberg umsteigen in die Buckower Kleinbahn und eine Station weiter bis Waldsieversdorf. Der Bahnhof bestand aus einem verödeten Holzhaus, nirgends war ein Mensch zu sehen. Ich schlug die Straße zum Dorf ein, links sah ich zwei Seen liegen, dann ein eingezäuntes Stück Wald, dann eine hohe weiße Mauer. Die Internatshäuser waren ehemalige Villen, sie lagen über zwei Hügel verteilt. Jedes Haus hatte einen Terrassengarten, der zu einem der Seen hinunterführte. Auf der Mauer waren Glasscherben einzementiert.

Sammlung Luchterhand Band 306. DM 12,80

Palisaden sammelt Erzählungen und Prosa, die Helga M. Novak zwischen 1967 und 1975 geschrieben hat; zahlreiche Texte werden hier zum ersten Mal veröffentlicht.

„Helga M. Novak ist eine Dichterin, eine DDR-Dichterin, im Westen, für mich die Größte. (...) Sie ist die zärtlich-schroffeste Dichterin. Sie schreibt männlicher als die Frauen mit dem Knebelbart und schreibt weiblicher als die emanzipationsfreudigen Softis. Sie leidet radikaler an diesem Land als sämtliche Unglücksmenschen in Ost und West, die ich traf. Und in all dem Leiden nichts von der Wehleidigkeit, an der sich die schwächeren Talente trösten."
Wolf Biermann in „konkret"